U0870266

捧读

触及身心的阅读

石继航 著

长安如梦里

唐诗三百首中遗落的绝美诗句

天津出版传媒集团
百花文艺出版社

图书在版编目（CIP）数据

长安如梦里：唐诗三百首中遗落的绝美诗句 / 石继航著 . -- 天津 : 百花文艺出版社 , 2022.11

ISBN 978-7-5306-8357-6

Ⅰ . ①长⋯ Ⅱ . ①石⋯ Ⅲ . ①唐诗－诗歌欣赏 Ⅳ . ① I207.227.42

中国版本图书馆 CIP 数据核字（2022）第 134929 号

长安如梦里：唐诗三百首中遗落的绝美诗句

CHANGAN RU MENGLI: TANGSHI SAN BAI SHOU ZHONG YILUO DE JUEMEI SHIJU

石继航　著

出 版 人：薛印胜

选题策划：唐冠群　胡晓童　**责任编辑：**胡晓童

特约编辑：安斯娜

装帧设计：仙　境

出版发行：百花文艺出版社

地址：天津市和平区西康路 35 号　**邮编：**300051

电话传真：+86-22-23332651（发行部）

+86-22-23332656（总编室）

+86-22-23332478（邮购部）

网址：http://www.baihuawenyi.com

印刷：天津创先河普业印刷有限公司

开本：880×1230 毫米　1/32

字数：256 千字

印张：11

版次：2022 年 11 月第 1 版

印次：2022 年 11 月第 1 次印刷

定价：59.80 元

如有印装质量问题，请与天津创先河普业印刷有限公司联系调换

地址：天津宝坻经济开发区宝中道北侧 5 号 5 号厂房

电话：（022）22458683 邮编：301800

清·余穉·花鸟图

清 · 余穉 · 花鸟图

清·余穉·花鸟图

清·张熊·花卉图

清·张熊·花卉图

清·邹一桂·白梅山茶图

清·邹一桂·红桃白梨轴

清·余稺·花鸟图

清·余稺·花鸟图

清 · 邹一桂 · 花卉八开

序

不知人世何珍丽，可与诗书气味双

几百年前，茫茫沙漠旁的莫高窟内，发现了一个神秘的石室，里面珍藏着数以万计的经卷、手稿、文书、织绣。这些珍宝震撼了整个世界，从此世界上多了一门学问——“敦煌学”。

1987 年，法门寺地宫的白玉石板被揭开，一大批大唐年间封存的稀世珍宝重现于世间，这些“穷天上之庄严，极人间之焕丽”的珍贵文物，让人们目瞪口呆，心驰神往……

我一直很喜欢看《周末鉴宝》《国宝档案》等节目，也曾在琉璃厂、潘家园等古玩市场中留连。然而，古董价钱不菲，不是每个人都有条件可以去尽兴收藏玩赏的。

古往今来，人们用双手和智慧创造了雄伟壮观的城池、美轮美奂的宫室、巧夺天工的珍玩……

而我觉得最值得我们一唱三叹的，是这些艺苑奇葩中蕴含的古人的思想精华。

对于大唐，我有一种异乎寻常的痴爱，那似乎是暗藏在我心中的昔日回忆，于是，我重新走进《全唐诗》。《围炉诗话》中曾说："意思，犹五谷也。文，则炊而为饭；诗，则酿而为酒。"这部《全唐诗》，就是大唐三百年间无数不世出的才子才女们，用灵心慧性酿成的千年陈酿。

走进《全唐诗》，如同走进一个美不胜收的诗歌宝库，这里有多如恒河之沙的传世瑰宝。我越看越不禁感慨，竟有如此多的好诗妙句沉在其中，犹如一颗颗明珠沉睡在泥沙里，不为人知；又如三千后宫佳丽，得见龙颜的竟然仅是寥寥数人，有多少绝色佳人空老宫中！

常见的唐诗选本，如《唐诗三百首》《千字诗》之类的诗集，编者当然不会如贪收贿赂的毛延寿一般满腹私心，但是从浩如烟海的《全唐诗》中，只选出来几百首诗，也未免太过狭隘了。而且，由于时代不同，标准不同，审美风格也不同，有很多好诗就沉睡在积满尘土的《全唐诗》中，无缘和大家见面。

比如《唐诗三百首》，在旧时带有教科书的色彩，"颂圣"的应制诗自然要有，不然读书人"金殿对策"时如何应付？律诗、绝句等近体诗，也选得比较多，因为这是科举考试时要用的诗体，必须熟悉才行。所以，李贺的诗就一首不选。但现在这个"科举指挥棒"早已作废，我们就不必拘泥于此了。又比如，二十世纪七十年代末和八十年代初的很多选本（如《唐诗鉴赏词典》），则会将一些所谓"思想消极"的闲适诗排斥在外。

当年的诗中圣手，李杜元白之属，大唐三百年间的状元才子们，他们写的每一首诗，虽不能说百分之百都是呕血之作，但多半也是殚精竭虑，有感而发的。这其间固然有高下之分，但也有这种情况：因为选本的关系，一些作品被选入《唐诗三百首》等书之后，从此家喻户晓、妇孺皆知，而另一些作品其实并没有逊色多少，却默默无闻，似有长门之恨。正所谓："一般窑怎烧出两般货，砖儿这等厚，瓦儿这等薄"，如果诗句有知，也会有此感叹吧。

清人赵翼有诗道："李杜诗篇万口传，至今已觉不新鲜。"又有诗笑后人陈陈相因，人云亦云："只眼须凭自主张，纷纷艺苑漫雌黄。矮人看戏何曾见，都是随人说短长。"

其实，并非是李杜诗篇不再新鲜，而是人们反复说来讲去的，总是其中的一小部分而已。陈寅恪先生曾有"四不讲"之说："前人讲过的，我不讲；近人讲过的，我不讲；外国人讲过的，我不讲；我自己过去讲过的，也不讲。现在只讲未曾有人讲过的。"我虽不敢和大师比肩，但也想遵循一下陈先生所提倡的精神。所以，本书从《全唐诗》中专门摘出《唐诗三百首》《唐诗鉴赏词典》《千家诗》等常见选本中没有选录的佳作，来和大家分享。

我曾经做过一个梦，梦见我的前生曾生活在大唐盛世中，所以翻开《全唐诗》，我的心中往往有一种难以言说的感觉：平和、安稳、充实、甜蜜，如同在和自己痴爱的人相拥。也许，对唐诗的钟爱是我前生的因缘，将唐诗讲述给大家是我今生的使命。

固然，时间的洪流会让很多昔日的珍宝褪色，然而，这一首首好诗，依然闪耀千年前凝固的辉光，静静地望着她们，如同仰望天空中的皎皎明月，渺渺天河，心里也慢慢装满那晶莹出尘的玉壶之冰。正所谓“素月分辉，银河共影，表里俱澄澈”。

“霏漠漠，淡涓涓，春融冶，秋鲜妍。触即碎，潭下月；拭不灭，玉上烟。”这就是唐诗在我心中的忆象，她们像汲取了日精月华的仙苑琼花一样，凝聚了人们最美好的情感。拂去诗卷上的封尘，我们依然能梳理、还原出那如梦幻一般绚烂美丽的唐代记忆。这些久埋于故纸堆中的好诗句，依旧鲜活，拨动我们的心弦。

前人有诗：“不知人世何珍丽，可与诗书气味双”，在此，就将唐人当年胸中的锦绣珠玉钩沉出来奉上，与诸君共赏。

石继航（江湖夜雨）

目录

- **日光随意落，河水任情流**
  唐诗辉煌乐章的序曲 001
- **不知身是无根物，蔽月遮星作万端**
  意味深长的讽喻之作 006
- **脸腻香薰似有情，世间何物比轻盈**
  郭震的旖旎婉转之作 011
- **故人故情怀故宴，相望相思不相见**
  被苏轼、纳兰容若“偷”去的好句 014
- **安知千里外，不有雨兼风**
  千里共婵娟的愿望也会落空 017
- **风前灯易灭，川上月难留**
  薄命才子刘希夷的悲吟 020
- **不知园里树，若个是真梅**
  倒霉诗人东方虬的咏梅诗 024

- **北邙山上列坟茔，万古千秋对洛城**

  让人悚然而惊的警句 027

- **生儿不用多，了事一个足**

  唐代的“计划生育”宣传诗 031

- **离心何以赠，自有玉壶冰**

  PK 一下“一片冰心在玉壶” 035

- **舞腰愁欲断，春心望不还**

  “扫帚星”郑愔的闺情诗 038

- **有路不通世，无心孰可攀**

  诗僧寒山的绝妙好诗 042

- **鹦鹉花前弄，琵琶月下弹**

  寒山的清丽之作 046

- **情知海上三年别，不寄云间一纸书**

  飘逸磊落的盛唐风味 050

- **拾樵供岁火，帖牖作春书**

  田间新韭般清新的好诗 053

- **下帘弹箜篌，不忍见秋月**

  媲美太白诗的佳作 056

- **杨叶楼中不寄书，莲花剑上空流血**

  铁血柔情交织的诗 059

- **曲成虚忆青蛾敛，调急遥怜玉指寒**

那一夜的少年情怀 065

- **燕觅巢窠处，蜂来造蜜房**

晶莹透彻的天然之趣 070

- **洒空深巷静，积素广庭闲**

静谧之极的咏雪佳作 073

- **白首相知犹按剑，朱门先达笑弹冠**

千古至今绝妙地狱变相 076

- **杏树坛边渔父，桃花源里人家**

王维的隐者之乐 080

- **百岁老翁不种田，惟知曝背乐残年**

周伯通般的唐代老头儿 085

- **竹竿袅袅波无际，不知何者吞吾钩**

白发渔樵江渚上，惯看秋月春风 089

- **太阳偏不及，非是未倾心**

我本将心向明月，奈何明月照沟渠 092

- **何辞向物开秦镜，却使他人得楚弓**

明白心迹的好句 095

- **仁义岂有常，肝胆反为贼**

为利益插朋友两刀 099

• **罗袖洒赤血，英声凌紫霞**
白刃报私仇的侠女 102

• **三杯弄宝刀，杀人如剪草**
李白笔下的侠客风姿 107

• **梦长银汉落，觉罢天星稀**
诗仙的羁旅情怀 111

• **此时听夜雨，孤灯照窗间**
萧瑟凄寂的夜雨秋灯图 114

• **未若不相知，中心万仞何由款**
世间最远的距离是人心 117

• **今日花正好，昨日花已老**
人生不得长少年 120

• **千日废台还挂镜，数年尘面再新妆**
春情融融的欢喜诗 123

• **痴儿未知父子礼，叫怒索饭啼门东**
百忧俱集的老杜 126

• **庭前时有东风入，杨柳千条尽向西**
细腻新颖的春怨诗 130

• **欲知心里事，看取腹中书**
美女诗人李季兰的妙句 134

• **江上雪，浦边风。笑著荷衣不叹穷**
风靡日本的渔歌 137

• **春烟间草色，春鸟隔花声**
句句皆春的奇诗 142

• **愿得此身长报国，何须生入玉门关**
豪情万丈的边塞壮曲 146

• **却是梅花无世态，隔墙分送一枝春**
冷语刺世的好诗 149

• **霜叶无风自落，秋云不雨空阴**
被屡屡“抄袭”的好句 153

• **却怪鸟飞平地上，自惊人语半天中**
雁塔胜迹题名句 157

• **柴门客去残阳在，药圃虫喧秋雨频**
心情半佛半神仙，姓字半藏半显 161

• **美人开池北堂下，拾得宝钗金未化**
既有得钗，必有失钗 165

• **风吹昨夜泪，一片枕前冰**
心何冷，泪如冰 170

• **早被蛾眉累此身，空悲弱质柔如水**
战争中，女人无法走开 174

- **无因驻清景，日出事还生**

  人生何时可得闲？ 180

- **铁佛闻皱眉，石人战摇腿**

  韩文公令人发噱的打趣之作 183

- **朝为耕种人，暮作刀枪鬼**

  战乱中的悲惨血泪 189

- **门外红尘人自走，瓮头清酒我初开**

  诗豪刘禹锡的昂扬之作 192

- **当时初入君怀袖，岂念寒炉有死灰**

  喻意深长不落俗套的秋扇诗 196

- **半夜忽然风更起，明朝不复上南楼**

  无可奈何花落去 200

- **疏钟皓月晓，晚景丹霞异**

  趣味盎然的人名诗 203

- **今交非古交，贫语闻皆轻**

  峭风梳骨中的苦语 209

- **力尽不得休杵声，杵声未尽人皆死**

  古人的“过劳死”很常见 213

- **草堂不闭石床静，叶间坠露声重重**

  澄怀涤虑的清幽之作 215

• **日月黏髭须，云山锁肺肠**

怪诞诗翁的奇句 218

• **飞香走红满天春，花龙盘盘上紫云**

瑰丽华艳的李贺诗 222

• **我不非尔，尔无我非**

求同存异的哲理诗 226

• **天可度，地可量，唯有人心不可防**

最难测的是人心 229

• **脂肤荑手不牢固，世间尤物难留连**

自古红颜多薄命 233

• **水能性淡为吾友，竹解心虚即我师**

白居易的乐天闲适之作 238

• **东涧水流西涧水，南山云起北山云**

连珠叠璧的精妙诗句 242

• **晚岁君能赏，苍苍劲节奇**

《薛涛集》中的压卷之作 245

• **惆怅后时孤剑冷，寂寥无寐一灯残**

落魄书生同此一叹 248

• **别我已为泉下土，思君犹似掌中珠**

茜纱窗下，公子情深；黄土垅中，卿何薄命 253

- **思君若孤灯，一夜一心死**

修道中人的闺情诗 257

- **人行中路月生海，鹤语上方星满天**

张祜气象不凡的好句 261

- **雨暗残灯棋散后，酒醒孤枕雁来初**

清健拗峭的小杜七律 265

- **曲尽不知处，月高风满城**

余韵袅袅的许浑绝句 269

- **争将世上无期别，换得年年一度来**

相思深入骨的李义山 272

- **玲珑骰子安红豆，入骨相思知不知**

花间体中的清新之作 278

- **春来秋去相思在，秋去春来信息稀**

才女鱼玄机的愁闷之情 282

- **晴寺野寻同去好，古碑苔字细书匀**

妙趣横生的回文诗 286

- **花下一禾生，去之为恶草**

百姓易欺，好人难做 291

- **天地沸一镬，竟自烹妖孽**

四海滔滔的末世悲叹 294

- **家家只是栽桃李，独自无根到处生**
  托物写人的咏柳诗 297
- **谁家促席临低树，何处横钗戴小枝**
  绮艳风流的晚唐诗句 302
- **国计已推肝胆许，家财不为子孙谋**
  罗隐心中的期望 306
- **怀里不知金钿落，暗中唯觉绣衣香**
  《香奁集》中的艳诗 310
- **半夜灯前十年事，一时和雨到心头**
  夜雨秋灯下的无限愁怀 314
- **田园三亩绿，轩冕一铢轻**
  道尽千古隐逸风范 317
- **有国有家皆是梦，为龙为虎亦成空**
  乱世争雄的生动写照 321
- **后记** 325

日光随意落，河水任情流

唐诗辉煌乐章的序曲

卷 37_15[1]《赠程处士》王绩

百年长扰扰，万事悉悠悠。日光随意落，河水任情流。

礼乐囚姬旦，诗书缚孔丘。不如高枕枕，时取醉消愁。

说到王绩，在唐代诗人中，他的名头并不甚响，远不如他侄孙王勃，更广为人知。不过，后世公认王绩乃是五言律诗的奠基人，扭转齐梁余风，开创唐诗的辉煌乐章，就是从他那几缕清音

① 此处指《全唐诗》卷三十七第十五首诗。后同。

开始的。正如二月时料峭寒风中的迎春花一般，虽不是十分娇艳可人，但却预示着万紫千红的到来。

《唐诗鉴赏词典》中选了王绩的《野望》《秋夜喜遇王处士》两首诗，固然也称得上是佳作，但我想如果让王绩自己来选的话，未必就完全认同这两首诗是他的代表作。因为王绩的为人，是相当狂放无忌的。这两首诗虽然也充满隐逸的色彩，却无法体现出王绩放歌山野、指天笑骂的性格。

王绩在隋朝时做过秘书省正字，后来又做过六合丞，都是没有什么实权的小官，而且后来因嗜酒误事，他连这九品芝麻官也做不成了。改朝换代后，变成了李唐的天下，朝廷征召前朝官员，王绩又当了门下省待诏。其弟王静问他当待诏感觉如何，王绩愁眉苦脸地说："当待诏很烦人，要不是图那三升好酒，我早就不干了。"

原来，按当时的规定，一天可给待诏发三升酒。唐代官员的"工资"，常以实物形式发放，发酒、发肉、发丝绸，甚至还有胭脂、香粉等化妆品。这不是开玩笑，是有证据的，刘禹锡《代谢历日面脂口脂表》中就说："……赐臣墨诏及贞元十七年新历一轴、腊日面脂、口脂、红雪、紫雪并金花银合二。"也就是说除赐给刘禹锡皇上亲笔的诏书外，还有一幅"挂历"（贞元十七年新历一轴），并金花银盒盛着的化妆品多种，当然这些化妆品不是给老刘使的，老刘并非东方不败，用不着这些，这是赏给其妻妾家眷的。想必王绩对化妆品也不感兴趣，但他嗜酒，所以他当官的唯一动力就是等着发酒。后来王绩的上司陈叔达，特意照顾他，给加到一斗，一时间传为佳话，人们称王绩为"斗酒学士"。

到了贞观初年，王绩听说任太乐署史的焦革善酿酒，于是要求改任太乐丞。一般官场人士，都是求升职晋级，而王绩求官的动机却“很傻很天真”——不在官而在酒。后来焦氏夫妇相继去世，王绩当官的动力完全丧失，于是干脆就弃官还乡了。回乡后，他精研酿酒技术，撰《酒经》《酒谱》各一卷。只可惜这两本书都早已失传了，假如哪天有某公司销售一种酒，打出王绩《酒经》的名头，大家千万别信。

《新唐书》中收入了王绩的《隐逸传》，据称王绩只读三本书：《周易》《老子》《庄子》，其他书一概不读。我觉得，未必王绩就一眼不看其他的书，只是他看不上罢了。王绩的哥哥王通是大儒，在黄河至汾河间，聚徒讲学，名传四方。而王绩却不拘礼法，对儒学那一套嗤之以鼻。王绩丢官后，乡间愚民曾嘲笑他。他写了一篇文章说，有两匹马，一匹“朱鬣白毳，龙骼凤臆，骤驰如舞”，于是主人喜欢它，天天让它拉车、狂奔，最终被活活累死；另一匹马却“重头昂尾，驼颈貉膝，踶啮善蹶”，主人生气，将它弃之荒野，倒得以“终年而肥”。这番理论明显是深得老庄精髓的。所谓“巧者劳而智者忧”，“有用”没有“无用”好，王绩算是这种思想的身体力行者。

所以，充分了解王绩的个性后，我觉得这首诗更能代表王绩的心声。我们来品味一下这首诗：

此诗劈头就来了一句：“百年长扰扰”，何为“扰扰”？就是那些烦心的尘俗之事。依我看，就是一天到晚谋职谋财，求名求利，奔波劳碌，心多牵挂。佛经云：“众生扰扰，其苦无量。”凡俗之士，或富或贫，但谁不是“世中扰扰之人”？读罢此句，但觉山穷水尽，凄云惨雾，这人生百年就如此而过？然而，正如书法中讲究用笔时欲右先左，欲下先上一样，王绩笔锋一转，诗意又柳暗花明——“万事悉悠悠”。这纷纷扰扰的诸般琐事，王绩总能从容看待，悠然以对。

“日光随意落，河水任情流”，一般人看到日光匆匆，急如逝水，总会感叹人生苦短，岁月无情。但是道家却并不这样看，他们讲究顺其自然。日光落，咱也拦不住，河水流，咱也留不住。万事有生必有死，有荣必有枯，不用强求，也不用烦恼。所以，日光就随意让它落，河水就任意让它流，皱纹上了额头，白霜染上了双鬓，也照样乐呵呵的。因为这都是自然的过程，拒绝不了，也不用逃避和畏惧。

“礼乐囚姬旦，诗书缚孔丘”，“鸡蛋”（姬旦）就是儒学中奉为圣明的周公。孔子就是周公的忠实粉丝，“读孔孟书，知周公礼”，是旧时很常见的“口号”。而此句中，王绩却对周孔两位圣人直呼其名，如唤奴仆、儿孙一般，相当不尊重。还说他们为诗书礼乐所桎梏，画地为牢，作茧自缚，对儒家礼教的讽刺是极为尖刻的。虽然在今天，周孔二圣早已无复当年的威风，但在王绩那个时代，敢说这样的话是相当了不起的。《倚天屠龙记》中的金毛狮王谢逊发起狂来曾“从老天骂起，直骂到西方佛祖，东海观音，天上玉皇，地下阎罗，再自三皇五帝骂起，尧舜禹汤，秦皇唐宗，文则孔孟，武则关岳，不论哪一个大圣贤大英雄，全给他骂了个狗血淋头”。而王绩这两句，虽不似谢逊那样疯狂偏激，但在那些中规中矩的儒生们看来，也是语惊四座，相当狂诞的了。

不受儒家礼教拘束的王绩，自然是一派优哉游哉的心怀——“不如高枕枕，时取醉消愁。”俗话说“高枕无忧”，然而，沉酣的香梦，无忧无烦的好睡，却也并非人人都能轻易得到的。正所谓“那争名的，因名丧体；夺利的，为利亡身；受爵的，抱虎而眠；承恩的，袖蛇而走”。这些人无刻不在算计，也无刻不在烦恼。在物质生活极度丰裕的今天，虽然我们在衣食住行上比古人强了不知多少倍，但我们的快乐却未必成倍地增加。现代社会的高效率、快节奏，让我们即便是出有宝马、食有鲍鱼，却免不了始终担负着巨大的心理压力，从而时时焦虑不安。读一读王绩这首诗，心胸可以为之一阔，如饮醇酒，不觉而醉，欣然忘忧。

至于为何这首诗流传不广，我觉得是这两个原因：一方面在旧时，人们推崇儒学，王绩这首诗里的“礼乐囚姬旦，诗书缚孔丘”之句，在当时实在是太过离经叛道的刺眼文字，远不如“相顾无相识，长歌怀采薇”（《野望》诗中句）更符合中庸之道。而后世人，一是因循前人；另一方面也有人觉得此诗过于“消极”，所以新的唐诗选本中也少见此诗。王绩的这首诗就这样被忽略了，沉在《全唐诗》的浩瀚海洋中，一睡就是千年。

不知身是无根物，蔽月遮星作万端

意味深长的讽喻之作

卷66_14《云》郭震

聚散虚空去复还，野人闲处倚筇看[①]。

不知身是无根物，蔽月遮星作万端。

在郭震的诗集中，称得上“招牌菜”的是他这首《宝剑篇》：

① 筇：竹制手杖。

君不见昆吾铁冶飞炎烟，红光紫气俱赫然。
良工锻炼凡几年，铸得宝剑名龙泉。
龙泉颜色如霜雪，良工咨嗟叹奇绝。
琉璃玉匣吐莲花，错镂金环映明月。
正逢天下无风尘，幸得周防君子身。
精光黯黯青蛇色，文章片片绿龟鳞。
非直结交游侠子，亦曾亲近英雄人。
何言中路遭弃捐，零落漂沦古狱边。
虽复尘埋无所用，犹能夜夜气冲天。

这首诗写得神采飞扬，充满剑芒一般的锋锐之气，无疑是篇佳作，也是郭震的成名作，很多诗词选本中都选有。郭震文武全才，十八岁时就顺利中举，可谓少年得志，很是难得。连王维这样的大才子，十九岁第一次应试时还落第了，直到二十岁时走了玉真公主的后门，才得以中举。

郭震中举后，按当时的制度，需要先从基层干起，于是他被委派到通泉当县尉，然而，年少气盛的郭震做事无法无天，为了多搞些钱来应酬宾客朋友，他竟然私铸铜钱（相当于印伪钞），并且私下掠卖人口，这还了得？女皇武则天知道了此事后，召他要治罪，但一看郭震这个小伙子相貌堂堂，比现在的男明星帅多了，女皇的心一下子就软了下来。郭震趁机献上《宝剑篇》，得到武则天的夸奖，不但没被治罪，反而因祸得福，从此官运亨通，直做到兵部尚书、同中书门下三品，封代国公，可谓荣极一时。但有道是“盛极而衰，物极必反”，唐玄宗登基后，在骊山下讲武（即军事演习），以郭震旗下兵士军容不整为由，将他罢官流放新州。不久郭震就郁郁而死。其实“军容不整”云云只是借口罢了，所谓“一朝天子一朝臣”，郭震是武周时代的旧人，唐玄宗当然不喜欢他。

郭震其人，在初唐诗坛上并不十分知名，但他的诗还是相当不错的。除了《宝剑篇》外，郭震的很多诗作都是颇有些滋味的。

题为《云》的小诗，流畅通俗，并无生涩的典故，却喻意深刻，发人深思。这首诗的意思是：

云彩在虚空中聚来散去，山野之人（也许就是诗人自诩）倚着竹杖悠然而观，他轻蔑地哂道，这些云彩不知道自己是飘浮无根的东西，却作张作致，弄出许多姿态来遮住皓月明星。

不难看出，这是一首讽喻诗，也可以说是一首哲理诗。《红楼梦》第三十八回“薛蘅芜讽和螃蟹咏”一章中，曾说写诗时“这些小题目，原要寓大意才算是大才”，郭震的这首诗可谓当之无愧。

不过，有人说“诗忌说理”，是说在诗中讲道理，很容易枯燥生硬，失去了诗歌中独有的浪漫雅致的味道。但事无绝对，有不少好诗既写景写情，又说理论道，鱼与熊掌得兼，堪称极品，本诗就处理得相当不错。

至于这首诗是在讽刺什么人呢？有人说是因武则天任用酷吏，胡乱封官，一干小人如来俊臣之类上蹿下跳，只手遮天，弄得朝中乌烟瘴气，因此郭震才有感而发，这种说法颇有几分道理。然而究竟是在何种情况下、针对何人而写，我们已无从考证。但是，郭震这首诗的意义已经远远超出他的时代，面对历代喧嚣一时、横行一时的跳梁小丑们，我们都可以送他们这两句——“不知身是无根物，蔽月遮星作万端”。其实也未必全用于政坛上的人物，文坛上也有很多知识浅薄、作品漏洞百出的“菊花教主”“美女作家”“点击率之王”之类的人在兴风作浪，倒是风光得很，将这两句送之，也十分贴切。

在郭震的诗集中，此类诗还有不少，我们再看两首：

卷 66_15《野井》

纵无汲引味清澄，冷浸寒空月一轮。
凿处若教当要路，为君常济往来人。

诗的大意是说，这口野井并不在人来人往的交通要道上，因此少人问津，辜负了一眼好水。明显是以野井为喻，大有怀才不遇之感。我们知道求人引见，常用“汲引”一词，这首诗形容得非常巧妙。

卷 66_12《萤》

秋风凛凛月依依，飞过高梧影里时。
暗处若教同众类，世间争得有人知。

这首诗以流萤为喻，也写得相当精巧深刻。这句“暗处若教同众类，世间争得有人知”，一派自负之感，萤火虽微，却不同于俗虫，就算在暗处，也终会被人看到。所以我猜测，这极有可能是郭震得到武则天赏识前的作品。像郭震这样的人物，是不会久居人下的，在大唐的盛世里，他成了一代名臣，而如果在乱世，他很有可能成为乱世枭雄而称霸一方，犹如五代时的郭威等人。

附：中唐诗人施肩吾写过一首诗，和郭震此诗相映成趣，可参照一读：

卷494_132《讽山云》施肩吾

闲云生叶不生根，常被重重蔽石门。
赖有风帘能扫荡，满山晴日照乾坤。

脸腻香薰似有情，世间何物比轻盈

郭震的旖旎婉转之作

卷 66_18《莲花》郭震

脸腻香薰似有情，世间何物比轻盈。

湘妃雨后来池看[1]，碧玉盘中弄水晶[2]。

这首绝句清丽妩媚，仿佛闺中女子的手笔，殊不知也是郭震

① 湘妃：舜二妃娥皇女英，据说舜死后，二妃滴泪，染竹成斑。此处比喻雨点。

② 碧玉盘：晶莹透明的绿色玉盘。这里比喻莲叶。水晶：无色透明的结晶石英，这里比喻叶上的水珠。

所作。郭震一生戎马边关，曾一举为大唐拓地一千五百里。武周时代及唐中宗时，西域的安定虽然未必全赖于郭震，但郭震绝对称得上是居功甚伟。虽然郭震武功赫赫，却并非像梁山上那些粗野汉子一般，只会终日演习武艺，打熬气力，一点也不懂得男女间的浪漫情调。

从郭震诗集中的某些诗来看，他对女子心事的了解，一点也不逊于那些风流倜傥的书生才子。例如，他有这样一首诗："江水春沉沉，上有双竹林。竹叶坏水色，郎亦坏人心"，将一个娇憨可人的少女心怀摹写得细致动人，很有乐府民歌的特点。其他像"帷横双翡翠，被卷两鸳鸯""罗衣羞自解，绮帐待君开"，等等，都写得旖旎婉转、妩媚动人。

这首莲花诗明写莲花，但处处都是用拟人的手法，诗中的莲花仿佛就是一位明媚动人、嫩脸生香的美人。诗中的"湘妃雨""碧玉盘"等名词，也让我们联想到古时的名媛美鬟。所以我很是怀疑，这到底是在写莲花，还是借写莲花，来写一位他心中所爱的女子。

说起郭震的婚姻，有一段趣事与大家分享，《开元天宝遗事》中说郭震年轻时"美风姿，有才艺"，是富家女儿们眼中的"抢手货"，所以当朝宰相张嘉贞都急不可待地想纳他为婿。虽然是宰相的女儿，但郭震也没有急不可待地攀亲，他说："您的家里有五个女儿，也不知道哪个最美，我还是考虑考虑吧。"呵，架子还挺大的，是不？张宰相也挺逗的，可能是这五个女儿都相中了郭震，也是"把大女儿配，恐二女儿怪，二女儿配，恐三女儿怪……"，所以他就拿出来类似于《西游记》中猪八戒"撞天婚"的方案，不过他对郭震还是比较尊重的，没有蒙住他的眼，只是竖起屏风，牵出五条丝线，五女各持一条，让郭震抽选。结果郭震的手气很好，抽中了第三位小姐，这位小姐最有姿色，据说还很旺夫。

现在有不少美女喜欢写穿越文，而且好多美女的笔下是“别人采花她采草”，堪称“狩猎美男之古旅”，我建议不要放过这个能文能武、风姿郁美、又善解风情的郭震。至于怎样从宰相之女手上抢过来，写穿越文的作者办法多得是，我就不管了。

话题有点扯远了，就诗论诗，郭震这首莲花诗是相当不错的。和郭震同时代的李峤是这样写荷的：

新溜满澄陂，圆荷影若规。风来香气远，日落盖阴移。
鱼戏排缃叶，龟浮见绿池。魏朝难接采，楚服但同披。

依我看，虽然李峤在武周时被封为“凤阁舍人”，是文章四友之一，在当时文坛上的地位远高于郭震，但他这首诗铺陈典故虽多，读来却味同嚼蜡，了无诗意。所以这文坛上一时的地位并不说明问题，当过作协主席的人，未必真的强过网络写手。

《唐诗鉴赏词典》中所选的诗中，专写荷花的也不多，比较好的是这首陆龟蒙的《白莲》：

素蘤多蒙别艳欺，此花端合在瑶池。
无情有恨何人觉，月晓风清欲堕时。

陆龟蒙的这首诗好是好，但他身处晚唐乱世，诗中透着几分郁郁、几分凄楚，和郭震《莲花》诗中凝香集艳的情怀迥异。依我之见，郭震的这首诗，也应成为咏莲诗中众口传诵的篇章才是。

故人故情怀故宴，相望相思不相见

被苏轼、纳兰容若『偷』去的好句

卷 56_58《寒夜怀友杂体二首》王勃（选其二）

复阁重楼向浦开[1]，秋风明月度江来。
故人故情怀故宴，相望相思不相见。

王勃作为“初唐四杰”之一，他的名头对于唐诗爱好者来说，可谓再熟悉不过。王勃的诗集原有三十卷，但我们现在看到的诗，不过八十来首，有很多诗句都散失了。我们知道，安史之

① 复阁重楼：指多层的高楼。浦：水滨。

乱同时也是一场文化上的劫难，初唐时的众多书籍资料都毁于此劫，所以初唐时的诗集多半散佚严重、残缺不全。

王勃的名气虽大，但是在历来的唐诗选本中，他的诗所选的并不多。一般我们熟悉的也就是他那首《送杜少府之任蜀州》："城阙辅三秦，风烟望五津。与君离别意，同是宦游人。海内存知己，天涯若比邻。无为在歧路，儿女共沾巾。"这首诗固然是王勃独步千古的佳作，但是，《王子安集》中的其他诗，我们也不能轻视，因为它们同样出于才华横溢的王勃笔下。

本篇这首诗，细细品来，也是相当有滋味的。此诗明白如话，就不过多解释了。我们注意，此诗是"杂体"，也就是说它并非是一首绝句。这首诗的独特之处在于：在短短的四句之中，也换了韵脚。一般来说，比较长的歌行往往换韵，这样一可以使诗句更富有变化，如果一韵到底，不免呆板生硬；二可以避免出现韵脚中常见字不够用，只好扭曲诗意，弄些生僻的字来硬填的现象。此诗寥寥四句就换韵，是非常少见的。王勃的这首诗，开头的二句是平声韵，而末尾的两句却换成了仄声韵，读来更多几分凄怆之感。同样，唐代女诗人程长文的诗："绮陌香飘柳如线，时光瞬息如流电。良人何处事功名，十载相思不相见"，通篇押的是仄声韵，也显得低抑悲愤。我觉得近体诗的格式中，没有仄声入韵一体，是一种很大的缺憾。

这首诗后两句最佳："故人故情怀故宴，相望相思不相见。"在短短的一句中，三个字重叠来用，却不显啰唆，很是精妙。这种句式被相当多的后人"抄袭"和"借鉴"。大诗人李白就屡屡"偷"来用，像什么"一叫一声肠一断，三春三月忆三巴"，还有那句"相思相见知何日，此时此夜难为情"，都与此类似。苏轼也有“此生此夜不常有，明月明年何处看”，这些都是仿效了王勃这首诗的句式而来。按皎然和尚定的“偷诗律条”来判，也当属于偷势一款。

纳兰容若的词近来十分流行，有很多女孩很喜欢纳兰。他的《画堂春》一词中有一句“相思相望不相亲，天为谁春？”这句“相思相望不相亲”，应该也是脱胎于王勃这首诗的末句，所以，我心中十分不平，王勃的这首原创作品却少有人知晓，何其不公？

附：有人提出骆宾王的《代女道士王灵妃赠道士李荣》中也有“相怜相念倍相亲，一生一代一双人”这样的句子，怀疑王勃是从骆宾王的诗中借鉴的，但据彭庆生《唐高宗朝诗歌系年考（总章元年至上元元年）》中所说，王诗考订为咸亨元年（公元670年）所作，骆诗则是咸亨四年（公元673年），这就排除了王勃借鉴骆宾王的可能。当然，这只是一家之言，其实他俩的诗谁在先谁在后，我觉得还真不好查证，但李白、苏轼、纳兰容若等人，无疑是借鉴了王、骆的诗句。

安知千里外，不有雨兼风

千里共婵娟的愿望也会落空

卷 61_24《中秋月二首》（其二）李峤

圆魄上寒空[①]，皆言四海同。安知千里外，不有雨兼风。

这首小诗是当时赫赫有名的“文章四友”之一的李峤所作。在当时，“文章四友”的名气远远大于“初唐四杰”。所谓“文章四友”，是指这几位：杜审言、苏味道、李峤、崔融。这几个

① 圆魄：指月亮。如南朝梁武帝《拟明月照高楼》诗：“圆魄当虚闼，清光流思延。”

人经常为朝廷书写诏策，官样文字玩得特别精熟。像李峤，官名比诗名大，在两唐书的传记中，他不在“文苑”或“儒林”类里，而在名臣之类中。其实但凡文人，都是抱着“学而优则仕”的心态来读书的，所以在“诗人”和“名臣”之间做选择题的话，多半都是宁可选择后者的。

“文章四友”的品格历来为人诟病，李峤还算比较好的。酷吏来俊臣曾捏造罪名，想除掉当时的名臣狄仁杰等人，当时武则天令李峤与大理少卿张德裕、侍御史刘宪去复核此案，张、刘两人不敢得罪杀人魔王来俊臣，凡事唯唯诺诺。李峤却刚正不阿，说道：“岂有知其枉滥而不为申明哉！”又劝服了张、刘二人，一起写奏章替狄仁杰翻案，这才保全了狄公的性命。

不过李峤后来的作为，也有不光彩的地方，张宗昌、张易之这两个武则天的男宠权势熏天，武则天宠爱他们，让他们主持《三教珠英》这项“文化工程”，李峤不免和他们关系非常密切，于是后来也被算作二张一党，贬官倒还罢了，一世清名也因此大受影响。

对于李峤的诗，我个人并不是很喜欢。李峤先生可能是写朝廷公文写出职业病来了，诗句中也端着架子，透着一股“官气”。李峤有一组“单字诗”，以“日”“月”“星”“风”“云”之类为题，共一百二十首，全是五律，规模也算十分宏大。然而，李峤写得很是乏味，试举一首如下：

卷59_2《月》李峤

桂满三五夕，蓂开二八时。清辉飞鹊鉴，新影学蛾眉。

皎洁临疏牖，玲珑鉴薄帷。愿言从爱客，清夜幸同嬉。

这首诗一味地堆砌典故，虽是闲情逸致的题目，却是应制诗的口吻。对此，前人就有评论，说李峤："诗多咏物之作，凡天文地理，禽鱼花草及文具什物，无不入诗，惜少情趣。"十分中肯。

然而，李峤毕竟还是有几分才气的，他的诗也有不俗之作，本篇选的这首小诗就意境深远、耐人寻味。

中秋的明月高挂天空，有人说："海上生明月，天涯共此时。"古人不像我们，想念友人情人时，一个电话、一条短信，就可以互通情谊。古人分离之后，却是音书渺渺，如同隔世。正所谓"每逢佳节倍思亲"，中秋之日，本当团圆欢聚，但远隔山水的人们却只能对月遥思，来换得一点心理上的安慰。而较之别人，李峤却多了一层忧虑，圆月跃上寒空，都说此时此刻四海相同，但千里之外难免会有风有雨，从而连月亮也看不到，连这千里共明月的愿望也将无法实现。而且，这"雨兼风"也隐喻着现实中的波折风雨，从这寥寥二十个字中，不难读出李峤焦首煎心的挂念，以及对世事难料、祸福难言的忧虑，这实在是一首意味深长的好诗。

附：此诗一说为张乔所作。

风前灯易灭，川上月难留

薄命才子刘希夷的悲吟

卷 82_22《故园置酒》刘希夷

酒熟人须饮，春还鬓已秋。愿逢千日醉①，得缓百年忧。

旧里多青草，新知尽白头。风前灯易灭，川上月难留。

卒卒周姬旦②，栖栖鲁孔丘③。平生能几日，不及且遨游。

---

① 千日醉：相传有一种美酒，可以使人一醉千日。干宝《搜神记》："狄希，中山人也。能造千日酒，饮之千日醉。"

② 卒卒：指急促匆忙的样子。司马迁《报任安书》："会东从上来，又迫贱事，相见日浅，卒卒无须臾之间得竭指意。"

③ 栖栖：忙碌不安貌。出于《论语·宪问》：微生亩问孔子："丘何为是栖栖者与？无乃为佞乎？"

刘希夷，是我非常喜爱的唐才子之一。他“美姿容，好谈笑，善弹琵琶，饮酒至数斗不醉，落魄不拘常检”，此类才子正是我辈中人。《红楼梦》的开头说正邪二气时，评说有一类人是：“其聪俊灵秀之气，则在万万人之上，其乖僻邪谬不近人情之态，又在万万人之下。若生于公侯富贵之家，则为情痴情种，若生于诗书清贫之族，则为逸士高人。”书中开列了一大堆名单：“如前代之许由，陶潜，阮籍，嵇康，刘伶，王谢二族，顾虎头，陈后主，唐明皇，宋徽宗，刘庭芝，温飞卿，米南宫，石曼卿，柳耆卿，秦少游，近日之倪云林，唐伯虎，祝枝山，再如李龟年，黄幡绰，敬新磨，卓文君，红拂，薛涛，崔莺，朝云之流……”其中的刘庭芝就是刘希夷。

刘希夷，一名庭芝，我觉得这两个名字都很符合他的为人。所谓“希夷”，取于《道德经》中的“视之不见谓之希，听之不见名曰夷”，从刘希夷的这首诗中，我们就能嗅到他身上浓重的道家气味，而“庭芝”一词，应该来自于《世说新语》中的“譬如芝兰玉树，欲使其生于阶庭耳”。以刘希夷的才貌，称之为芝兰玉树，自是当之无愧。

然而，有道是“霁月难逢，彩云易散”，刘希夷的遭遇却十分坎坷，虽然他二十五岁时就中了进士，但他的诗作在当时很不受人看重。因为刘希夷的诗多为古体，而且自然流畅、平白如话，不像当时正时髦的上官仪、李峤、沈佺期、宋之问等那样写些堆砌典故、讲究音律的近体诗，因此他“词旨悲苦，未为人重”。就像现在文坛一样，指不定流行什么，有时候流行恶搞一派，一副二流子腔，瞎调侃的才受欢迎，有时候又流行煽情一派，满天的雨滴都是他的泪，秒速两米的二级风，也能吹皱他的心。刘希夷如果生在中唐，“诗到元和体变新”之时，应该早就声名鹊起，天下仰慕。正所谓，“使李将军逢高皇帝，万户侯何足道哉”！

刘希夷的性格十分脆弱敏感，我们最为熟知的，是他的那首《代悲白头翁》，这首诗《唐诗鉴赏词典》中有收录，其中最为有名的警句“今年花落颜色改，明年花开复谁在”“年年岁岁花相似，岁岁年年人不同”。这几句都被《红楼梦》中的林妹妹借去，化用在《葬花吟》中。又有这样一个传说，说是刘希夷的舅舅宋之问对“年年岁岁花相似，岁岁年年人不同”一联又妒又羡，想窃为己有，刘希夷不肯，宋之问就下了毒手——“使奴以土囊”，将刘希夷“压杀于别舍”。我原来写的《唐才子评传》也因袭了这一说法，但细查史料，宋之问的年纪和刘希夷相若，甚至还要小几岁，这在古时并不算很奇怪的事，小舅舅大外甥算什么?《红楼梦》中不是说过吗，“摇车里的爷爷，拄拐的孙孙。”而且刘希夷死时，宋之问官微职卑，籍籍无名，想来不会有那样大的权势可以一手遮天，像捏死一只蚂蚁一样夺走刘希夷的性命。宋之问人品是差，他后来干过陷害自己恩人（王同皎）的歹事，但当时的宋之问，恐怕尚无这样大的能力。所以，上述说法非常可疑。不过，刘希夷早早地夭亡却是事实，《唐才子传》中感叹道：“希夷天赋俊爽，才情如此，想其事业勋名，何所不至，孰谓奇蹇之运，遭逢恶人，寸禄不沾，长怀顿挫，斯才高而见忌者也。”

刘希夷留下来的诗并不多，但每篇都不错，读来才调清逸，如兰香玉润。我们来细看一下刘希夷的这首诗，大体是说：

酿的酒熟了，到了可以喝的时候，春天又回来了，然而鬓发却如染上秋霜一样白了。我愿意一醉千日，忘掉这世上的烦忧。旧园故里生满了疯长的春草，而当年的新朋友也纷纷白头，人的一生就像这风前的孤灯一样容易被吹灭，世上的时光也像河中所映的月亮一样难以长留，像周公、孔子一样忙忙碌碌又有什么用呢？不如把握这难得的几日欢愉吧。

此诗中，“旧里多青草，新知尽白头。风前灯易灭，川上月难留”，这两联极佳，我觉得比王维的名句“雨中山果落，灯下草虫鸣。白发终难变，黄金不可成”还要好。风前的灯、川上的月，都在暗示着我们，我们的生命亦是如此脆弱，正如安妮宝贝所说：“生命是一座恢弘华丽的城堡。轻轻一触，如灰尘般溃散。”细细品来，刘希夷的这首诗和李白《春夜宴桃李园序》的意味还是迥然不同的，这里面没有李白“开琼筵以坐花，飞羽觞而醉月”的飞扬神采，而是充满了近乎绝望的忧伤。在刘希夷的笔下，生命总是那样的脆弱不堪：“白发今如此，人生能几时”“宛转蛾眉能几时，须臾鹤发乱如丝”，从这些诗句中，我们仿佛能看到当年落花之下、荒草阶前，刘希夷那清癯的容颜、单薄的身影。

不知园里树，若个是真梅

倒霉诗人东方虬的咏梅诗

卷100_8《春雪》东方虬

春雪满空来，触处似花开。不知园里树，若个是真梅。

这首小诗的作者是东方虬，说起此人，似乎是无名之辈，唐诗选本中也很少提及。不过在武则天一朝，东方虬也是“身染御炉香”的宫廷诗人，曾当过左史。左史，是被武则天改过的官名，在其他朝代一般称为起居舍人。此官品级虽然并不大（从六品），但负责记录皇帝的日常行动与国家大事，能够经常与皇帝亲近，所以该职位也是相当重要的。像裴度、苏轼等许多人，都做过起居舍人这个职位。

据说东方虬曾经打趣道，他的名字百年后可与西门豹（就是把巫婆扔水里的那个人）作对。所谓“作对”，不是瞪眼打架，他是说如果作对联的话，“东方虬”对“西门豹”，十分公整，恰好是一绝对。可惜的是，东方虬的名字在百年之后，已不被人知晓了。现在我们对他的生平事迹了解得很少，与之有关的是这样一个小故事，出于《新唐书·文艺传·宋之问》篇：

> 武后游洛南龙门，诏从臣赋诗，左史东方虬诗先成，后赐锦袍，之问俄顷献，后览之嗟赏，更夺袍以赐。

武则天和群臣游洛阳南边的龙门山，一时高兴，让大臣们写诗比赛，东方虬捷足先登，先写成了，武则天一看不错，当场赐给他一袭锦袍。东方虬乐得嘴还没合上，宋之问的诗也写成了，武则天觉得宋写得更好，于是下令将东方虬的锦袍夺过来，转赐宋之问。于是留下这样一个典故：赛文中获胜称为“夺袍”。杜甫在《寄李十二白二十韵》中就说：“龙舟移棹晚，兽锦夺袍新。”不过，在这个故事中，东方虬扮演的却是一个失败者的角色，是个给宋之问垫脚的丑角身份。可以想象当时刚得到锦袍又立马被夺去的东方虬，是何等的尴尬。

其实东方虬的诗才还是挺不错的，现在他的诗几乎完全散失，只留下四首，我们也无从窥得全豹。陈子昂写有一篇《寄东方左史修竹篇书》，文中狠批了一番齐梁风气，却猛夸东方虬的《孤桐篇》：“骨气端翔，音情顿挫，光英朗练，有金石声”，并提高到“可使建安作者相视而笑”的高度。可惜，东方虬这首颇有建安风骨的《孤桐篇》早已失传了。我们也只好从他留下的四首小诗中，选出这首来品读一下了。

《春雪》这首小诗，明白如话，不用多解释。我觉得王安石就是受了此诗的启发，写下“墙角数枝梅，凌寒独自开。遥知不是雪，为有暗香来”。当然，从诗意上来讲，王安石的诗更胜一筹。东方虬的诗中只是在讲梅雪莫辨的情景，而王安石却用“为有暗香来”，突出梅有香而异于雪这个特点，更多些说不尽的隐喻。不过，东方虬创作在先，而且这首小诗本身读起来也相当不错，就算不值一百分，九十分还是能够得到的。

有人说：“第一个以鲜花比美人的是天才，第二个是庸才，第三个是蠢材。”其实也不见得，东方虬应该说是很早就将“雪”“梅”相喻并写的诗人，但他的这首诗却远不如王安石的诗出名，宋代卢梅坡的“梅须逊雪三分白，雪却输梅一段香”一句的知名度，也要比其高得多。东方虬早于宋之问成诗，结果被夺去锦袍，早于卢梅坡、王安石二人以梅拟雪，却诗名不传，何其冤哉！故把此诗推荐给大家一读，莫使东方虬复有夺袍之恨。

北邙山上列坟茔，万古千秋对洛城

让人悚然而惊的警句

卷 97_44《邙山》沈佺期

北邙山上列坟茔，万古千秋对洛城。

城中日夕歌钟起，山上唯闻松柏声。

沈佺期也是初唐时期很有名的一个“御用文人”，他和宋之问齐名，有“沈宋”之称。《新唐书·文艺·宋之问传》曾说：“魏建安后迄江左，诗律屡变。至沈约、庾信，以音韵相婉附，属对精密。及之问、沈佺期，又加靡丽，回忌声病，约句准篇，如锦绣成文。学者宗之，号为沈宋。”确实，沈佺期和宋之问对律诗的发展和定型功绩不小。

虽号称为“沈宋”，但宋诗要好于沈诗，当年上官婉儿登上彩楼，举行“评诗大会”时，沈佺期就略逊一筹，输给了宋之问。他们二人同年而生、同科及第，并没有长幼之分，之所以后人说起来时，“沈”在“宋”前，我觉得多半是因为宋之问的人品不好，惹人厌恶的缘故。

当然，沈佺期作为御用文人，也写过不少拍马屁的诗（应制诗），这些诗铺陈词藻，读来味同嚼蜡，比如《千家诗》上选的这首《侍宴》：

皇家贵主好神仙，别业初开云汉边，
山出尽如鸣凤岭，池成不让饮龙川。
妆楼翠幌教春住，舞阁金铺借日悬。
敬从乘舆来此地，称觞献寿乐钧天。

看上去华丽堂皇的，其实空洞无味，这是一般应制诗的通病。当然，《千家诗》在旧时带有浓重的教科书色彩，当时的学子也是很需要学习这类诗的作法的，不然将来“金殿对策”时，赵钱孙李都忘了倒不打紧，但不会写这种歌颂“吾皇万岁”的肉麻诗篇，这个“公务员”的身份可就难得到了。在我们今天，高考的指挥棒早已换了样式，老沈的这类诗早已沦为垃圾之作，我们没有必要多花心思品味吟诵了。

本篇要推荐给大家的这首《邙山》，在题材上并不算太新鲜，如今流行歌曲里也唱：“看世间，忙忙碌碌，何苦走这不归路？”看来自古以来，无论在何朝何代，人都会有感叹人生苦短的愁闷，面对“生关死劫谁能躲”的无奈。汉代《古诗十九首》中有：“驱车上东门，遥望郭北墓。白杨何萧萧，松柏夹广路。下有陈死人，杳杳即长暮。潜寐黄泉下，千载永不寤。浩浩阴阳移，年命如朝露。人生忽如寄，寿无金石固……”《邙山》和这首诗的意境是类似的，但是沈佺期的这首《邙山》更为凝练，更加余味悠长。

“北邙山上列坟茔，万古千秋对洛城”，北邙山是以坟山著称的，自东汉以来，这里就是王侯公卿的葬身之地。古人认为这里是风水宝地，有道是“生在苏杭，葬在北邙”。一直到唐朝，整个北邙山几乎被埋遍了，所谓“北邙山上无闲土，尽是洛阳人旧墓”。山上这层层叠叠的坟茔，似乎千年万代就在这里遥对着繁华热闹、车水马龙的洛阳城，似乎有一双双眼睛在暗暗地注视着这一切。读罢此句，一股阴森森的寒意不免袭上心头。

“城中日夕歌钟起，山上唯闻松柏声”，这两句又是对比而写，但诗意又推进了一层，城中那些峨冠博带的大腕们，在朝堂上威仪赫赫，脂浓粉香的美人们，在急管繁弦里轻歌曼舞，而这阴森死寂的邙山上，却只有似乎千百年来就一直生长在此处的松柏沙沙作响。这两种境地，一种繁华至极，一种却沉寂至极。读到此处，不用诗人再说，我们早已悚然而惊。繁华是留不住的，歌舞之人，酒宴之欢，终归不能长久。无论再怎么不情愿，这些人都要进入北邙山的坟墓，成为累累荒冢中的一员！诗到此处，戛然而止，而诗中之意，却早已让我们冷汗涔涔，确实，诗写到此处，已不必再往下说了。

初唐诗僧王梵志有首诗的诗意与此类似：“城外土馒头，馅草在城里。一人吃一个，莫嫌没滋味。”王梵志的诗风是那种一针见血型的，说得透彻，说得狠。元朝曲作家张养浩有首《山坡羊·北邙山怀古》，写的也是此意："悲风成阵，荒烟埋恨，碑铭残缺应难认。知他是汉朝君，晋朝臣？把风云庆会消磨尽，都做了北邙山下尘。便是君，也唤不应；便是臣，也唤不应！"但这种曲词形式的文体，也是经常说得太直白透彻，唯恐读者听不明白似的。相比之下，沈佺期的这首诗显得更加余思缈缈，耐人回味。按照"诗贵含蓄"这个标准来说，沈佺期此诗有其独到之处，在同类诗中要略胜一筹。

生儿不用多，了事一个足

唐代的「计划生育」宣传诗

全唐诗续补遗《五言八首·其七》王梵志

大皮裹大树，小皮裹小木。生儿不用多，了事一个足。

省得分田宅，无人横煎蹙。但行平等心，天亦念孤独。

《回波乐 其八十一》

富儿少男女，穷汉生一群。身上无衣挂，长头草里蹲。

到大肥没忽[1]，直似饱糠牲。长大充兵仆，未解弃家门。

积代不得富，号曰穷汉村。

既然前一篇刚提到了王梵志，那就再选一组王梵志的诗来看看吧。王梵志是初唐时期的一位诗僧，他的出身也有几分神秘的色彩，冯翊的《桂苑丛谈》中是这样说的：

王梵志，卫州黎阳人也。黎阳（今河南浚县）城东十五里有王德祖者，当隋之时，家有林檎树，生瘿，大如斗。经三年，其瘿朽烂。德祖见之，乃剥其皮，遂见一孩儿，抱胎而出，因收养之。至七岁，能语。问曰：'谁人育我，复何姓名？'德祖具以实告。因曰：'林木而生，曰梵天'。后改曰"志"。……作诗讽人，甚有义旨。盖菩萨示化也。

这里说王梵志是从树疙瘩里长出来的，倒是和孙悟空从石头中蹦出来有类似之处。当然，如果用科学的方法来推断，树上是不可能结出婴孩的，十有八九，王梵志是个弃婴，父母将他丢弃在树洞中，结果被这个叫王德祖的人拾到，后来人们加以附会，犹如"穿井得一人"的故事一样，以讹传讹，传成了这个样子。

要说这王梵志出身神奇，是"菩萨示化"，持唯物主义论的朋友是绝对不信的，但是我翻阅王梵志的某些诗时，却吃惊地发现王梵志诗中的某些思想，着实超前得可以，似乎能够预知我们

---

① 肥没忽：具体文意不详，大概是唐代俗语，从上下文来看，应该是没有长胖的意思。"到大肥没忽，直似饱糠牲"，就是说像吃糠的牲口一样，到大也长不胖。

今天的某些事情。

比如我们这里选的这三组诗，竟然就体现了“计划生育”的思想：“生儿不用多，了事一个足”，这就是“只生一个好”的思想；“富儿少男女，穷汉生一群”“积代不得富，号曰穷汉村”，这是越穷越生、越生越穷的思想。在千年前的唐代，王梵志居然能有这样的思想，实在是让人非常惊奇。这难免让我们怀疑王梵志是否真的能预知世事。我还惊奇地发现，王梵志在《回波乐　七十五》中居然预测到未来人地关系紧张，普遍实行死后火化的情景：

生死如流星，涓涓向前去。
前死万年馀，寻入微尘数。
中死千年外，骨石化为土。
后死百年强，形骸在坟墓。
续续死将埋，地窄无安处。
已后烧作灰，飏却随风去。

这里说由生到死，像流星和河水一样是挡不住的，死了万年多的人化成了微尘，死了千年的人则成了化成泥土，死了百年的人，骸骨倒还在坟墓里。以后陆续死的人多了，就没有这么多土地可以埋了，于是就烧成灰，随风散去。在唐代，普遍实行土葬，王梵志居然能想到这些，实在令人感到奇怪。

王梵志的诗，俚俗如话，在唐诗中可谓别具一格，但他的诗类似于佛门偈语，在旧时一般不当作诗来选编，而且一般文人也瞧不起他这种太过俚俗的诗。于是，王梵志的诗后来失传了许久，幸好在敦煌石窟里被发现，这才重见天日。清人选编的《唐诗三百首》中，当然不会有他的诗，《唐诗鉴赏词典》中收录三首，但没有收入上一篇中提到的“城外土馒头”那首，我觉得是个缺憾。另外本篇这几首“计划生育”诗，也相当有意思，不妨一读。比我们现在讲的什么“要想富，少生孩子多种树，少生孩子多养猪”之类的，水平要高得多。

当然，王梵志的风格和其他唐代诗人很不一样，读来像吃了一粒怪味豆，他的诗里没有典故，也不讲究典雅、工整，更不推崇含蓄矜持的名士派头，闺门风范。他的诗看似信口而出，平白如话，语不惊人，但笔调质朴犀利，剔肤见骨，直指人心。王梵志的诗谈生死的较多，让人读来会在警悚中深思。我们在欣赏流行歌曲时，听腻了嗲声嗲气的娇娇女后，偶尔听上段雪村的《东北人都是活雷锋》，也觉得挺开胃的，王梵志的诗我想也有此功效。

离心何以赠，自有玉壶冰

PK一下『一片冰心在玉壶』

卷79_45《送别》骆宾王

寒更承夜永[①]，凉夕向秋澄。离心何以赠，自有玉壶冰。

我们读到这首诗，恐怕会立刻联想到自己早就从语文课本里学过的这首：“寒雨连江夜入吴，平明送客楚山孤。洛阳亲友如相问，一片冰心在玉壶。”王昌龄的这首《芙蓉楼送辛渐》，最为令人推崇就是最后这句：“一片冰心在玉壶。”此句也成为众

---

① 承：接续。此句指寒夜漫漫。

口传诵的名句之一。

但是，我们应该知道，“玉壶冰”这个典故，并非是王昌龄的原创，早在六朝刘宋时，鲍照的《代白头吟》就有“清如玉壶冰”之句。在唐代，这个典故非常流行，并不生僻。王维第一次应试时就写下《清如玉壶冰》一诗：“玉壶何用好，偏许素冰居”；开元名相姚崇写过《冰壶诫》：“故内怀冰清，外涵玉润，此君子冰壶之德也”；杜甫写过《湖中送敬十使君适广陵》：“气缠霜匣满，冰置玉壶多”；李商隐的《别薛岩宾》：“清规无以况，且用玉壶冰……”，好了好了，不用再举例了，反正这个典故在唐朝就像我们熟悉的“老鼠爱大米”这句歌词一样，并不新奇。

骆宾王的这首诗和王昌龄这首七言诗相比，在自然流畅上似乎逊色了一些，然而，此诗也不失为一首值得咀嚼品味的好诗，较之王诗，骆宾王的这首《送别》更为凄清孤寂，寒彻人心。

王昌龄诗的前两句“寒雨连江夜入吴，平明送客楚山孤”，虽然也是一派萧瑟黯淡的离别气氛，但是“寒雨连江”和“楚山孤”等语，都在写非常宏大的空间和场景，给人一种开阔悠远的感觉。而骆宾王的诗，写寥落漫长的黑夜，凉意袭人的秋夕，使得整首诗给人的感觉是充满秋露寒霜的，在这种氛围下，诗人高洁孤单的形象和玉壶冰之喻恰好相得益彰，相当有感染力。

同样的比喻，在这两首诗中的感觉有所不同，王昌龄的诗虽然有孤独之感，但其中不难读出他向朋友敞开胸怀的磊落之情，而骆宾王的诗却凄苦冷清，一如我们熟悉的《咏蝉》：“露重飞难进，风多响易沉。无人信高洁，谁为表予心？”

我觉得，“离心何以赠，自有玉壶冰”，可圈可点不逊于“一片冰心在玉壶”，从写作时间上来看，当然应该是骆诗在先，从原创性方面讲，骆宾王的这首诗也是加分的，所以在此，也将该诗推荐给大家。

舞腰愁欲断，春心望不还

『扫帚星』郑愔的闺情诗

卷106_12《折杨柳》郑愔

青柳映红颜，黄云蔽紫关[①]。忽闻边使出，枝叶为君攀。

舞腰愁欲断，春心望不还。风花滚成雪，罗绮乱斑斑。

郑愔，诗词选本中少有他的诗，唐代诗人里似乎也没有他这一户。其实郑愔这个人也挺有才的，十七岁时就中了进士，可谓

① 紫关：指北方的关塞。晋崔豹《古今注·都邑》："秦筑长城，土色皆紫，汉塞亦然，故称紫塞焉。"

是少年得志。但这人个在政治上昏头昏脑的，一生坚定不移地跟着奸臣走，而且是跟着“下降通道”里的奸臣走。一开始他依附于酷吏来俊臣，来俊臣死了后，他又依附于武后男宠张易之，张易之被杀后，他又依附武三思和韦后，最后又和谯王李重福（唐中宗的儿子），起兵反对李隆基，最终兵败被杀，全族被处斩。《资治通鉴》说：“初，郑愔附来俊臣得进，俊臣诛，附张易之；易之诛，附韦氏；韦氏败，又附谯王重福，竟坐族诛。”郑愔这个人一身的晦气，仿佛是个扫帚星般的人物，谁沾上他，谁玩完，结果最终自己也落了个“族诛”的下场。

郑愔临死前还闹了出笑话：谯王李重福事败之后，郑愔穿上一身女子的衣服，想扮成女人逃跑。结果还没有跑到城门口，就因为实在太吸引别人的眼球而被士兵捉住。郑愔也是的，如果长得和男宠张昌宗相似，扮成美女出逃，还靠谱些，但他本来就长得“貌丑而多须”，那么丑还出来吓人，那就是他的不对了。郑愔被当场斩于洛阳闹市，并灭三族。

不过，虽然郑愔长得不像美女，但他写的这首诗，倒很像是女子的手笔。我们来品味一下这首《折杨柳》：

折杨柳，这是古诗中十分常见的题材，折柳赠别的习俗也早已有之，到唐代尤为盛行，正所谓“年年柳色，灞陵伤别”。究其原因，一方面“柳”与“留”的谐音相似；另一方面，柳条柔弱摇曳的姿态，也能表达“依依不舍”之情。

此诗第一句“青柳映红颜，黄云蔽紫关”，开篇就颇有气势，用鲜明的对仗，如同电影中的分镜头一般，将长安柳边的红颜女子和黄云万里的荒凉边塞，呈现在我们的眼前，“忽闻边使出，枝叶为君攀”，写这名女子听说到边关的使者要去，于是攀动了她心中的思念，按道理，律诗三、四句是要对仗的，但这两句反而不再对仗，以后人的眼光看，似乎不合声律，但这在初唐时的诗体中，却是很常见的形式。这和当时诗律并未完全定型有关，但我觉得，有时这样的形式却显得更为活泼自由。

“舞腰愁欲断，春心望不还”，这一联写得相当不错，诗中的“舞腰”，一语双关，既指婀娜的红颜女子，也指婆娑弄姿的柳枝，而“春心”之“春”，也是一方面指满眼的春光春色，另一方面指女子心中的春意春情。“风花滚成雪，罗绮乱斑斑”，继续使用这种双关的手法：“风花滚成雪”，明写的是杨花如雪，到处飞扬，但不免让人联想到此时的边关，可能真的是雪花片片，有道是“即今河畔冰开日，正是长安花落时”；而“罗绮乱斑斑”，明写杨花沾上女子的罗裙，弄得点点斑斑，但也可以使我们联想到珠泪涟涟的女子，哭得罗裙上满是泪斑。郑愔这首诗中的写作手法当然还称不上“一声也而两歌，一手也而二牍”，但也算相当不错了。

郑愔这样一个在政治上近乎丑角的人物，在当时就被人鄙视，所以他的诗自然也会被冷落。当然，郑愔这首诗从艺术上来讲，也并非是十分的精彩，比起王昌龄的“忽见陌头杨柳色，悔教夫婿觅封侯”（这可巧了，上一篇就逮住王昌龄 PK 来着），似乎还差那么一点火候。就像九十九摄氏度的水，差一摄氏度就无法成为开水。但我觉得，一百摄氏度的开水当然和九十九摄氏度的热水有质的区别，但九十九摄氏度的水也并非毫无作用，可以作取暖等多种用途。

《全唐诗》中收录了郑愔诗一卷，共二十四首，其中不乏清丽可观之句。比如“风吹数蝶乱，露洗百花鲜”“音书秋雁断，机杼夜蛩催”“曲断关山月，声悲雨雪阴”，等等，都算得上是好句。下面附上一首诗，也是写闺情的，请大家自己欣赏一下吧：

卷106_13《秋闺》郑愔

征客向轮台，幽闺寂不开。音书秋雁断，机杼夜蛩催。
虚幌风吹叶，闲阶露湿苔。自怜愁思影，常共月裴回[①]。

① 裴回：即徘徊。

有路不通世，无心孰可攀

诗僧寒山的绝妙好诗

卷806_1《诗三百三首 其二百二十六》寒山

自乐平生道，烟萝石洞间。野情多放旷，长伴白云闲。

有路不通世，无心孰可攀。石床孤夜坐，圆月上寒山。

寒山也是唐代一位非常有名的诗僧，但是我们对他的来历一无所知，资料中也没有任何记载。所谓真人不露相，露相不真人。据说，寒山当年在国清寺中只是个负责烧火的，似乎比《天龙八部》中那个神奇的扫地僧的地位还低，扫地僧起码还是个负责看“图书馆”的。寒山似乎只是“火工头陀”。但历来真正的有道高人，往往都是“避山唯恐未山深”，离红尘俗世越远越好，身份也是越低贱、越平庸越好。有个叫韩康的隐士以卖药为生，他的药言无二价，后来有了名气，一个女子因他不肯还价而认出他，于是他就远走他乡，再也不在此地卖药了。

寒山也是如此，当时有一个叫闾丘胤的官儿（台州刺史），患头疼病，百治不愈，结果被一个叫丰干的和尚治好了。闲谈中，丰干告知他国清寺里有寒山、拾得二僧，并透露，寒山是文殊菩萨的化身，拾得是普贤菩萨的化身。于是闾丘胤专门去拜访，但寒山一见有官来了，就和拾得携手走出寺门，奔归山岩深处。闾丘胤做了两套僧衣，并带了许多礼物，派人送到山上。寒山一见，就喝道：“贼，贼！”转身退入山洞，当下山洞闭合成绝壁，再也追寻不着。闾丘胤搜寻他俩无获，只发现山后竹、木、石壁上到处都写有诗篇，于是抄得寒山写的三百余首诗，又抄得拾得写的偈语数十首，编集成一卷。

关于寒山、拾得二人的传说多多，后来他俩竟又变为和合二仙，主宰男女婚姻。传统风俗画里，有两个童子模样的形象，一人执荷花，一人捧盒子，据说就是寒山、拾得二人。清代雍正十一年（公元1733年），寒山被正式封为和圣，拾得为合圣。

这些都只是传说而已，不过关于寒山的身世，也确实十分神秘难解。他的生卒年就搞不清楚，有说他是初唐人的，有说他是中唐人的，也有人说是晚唐的，还好，没有跑到唐朝之外去。有人还觉得诗集中寒山诗的风格并不统一，怀疑不是一个人写的。对于这些问题，我的看法可能有些与众不同，我觉得寒山既然是遁世高人，很有可能从初唐活到晚唐。至于诗风中有的像初唐有的像中唐，风格很不一样，那也很好理解了，一个人活了几百年，思想能没有变化吗？别说上百年，六七十岁的老人，他们年轻时说的话、写的文章，也会和年纪大了之后大不相同。易安居士暮年“在帘儿底下，听人笑语”的情怀，和少时“倚门回首，却把青梅嗅”的娇态，不也是判若两人吗？

上面说过，现存的寒山诗是抄自他随手写在山壁竹石之上的，所以好多诗也不知道是何题目。《全唐诗》中收集的寒山诗有三百多首，堆在一块儿，统称为《诗三百三首》，这些诗风格不尽一致。本篇选的这首最能代表寒山的本色。

寒山的诗，不用晦涩艰深的典故来充门面，他的诗明白如话，如同白居易的诗能让老太太都懂一样，只要能通文识字，就不会看不懂。本篇这首诗亦是如此，所以就不用多解释了，正所谓“是真佛只道家常”。

当然，“真佛”所道的家常，绝不仅仅是张家长李家短，蒜贵还是葱贵？“真佛”是将深刻的道理融入浅显的事例中来讲。寒山的诗也有此特点，像“有路不通世，无心孰可攀”，字面意思虽浅近，但深味其意，却发现似在隐喻着不少深邃的哲理。“石床孤夜坐，圆月上寒山”也是如此，为什么不说“残月下寒山”？圆月，在佛门道门中都有其喻意，吕祖曾说：“有人问我修行法，遥指天边日月轮。”佛门中更是常用来指圆觉光明。所以这首诗乍读仅获冷清之感，但最后这句“圆月上寒山”，如果我们真正领悟后，就会感受到诗人清明在躬，智慧朗照，一派大彻大悟后畅达自如的心境。

从这首诗中我们可以体会到，寒山的诗和王维、孟浩然的诗不尽相同。王维、孟浩然虽也不乏清逸之作，但王维的诗里面总多了一份空寂之感，充满了怅惘和迷茫；孟浩然的诗虽然恬淡，但他骨子里还是有世俗中人的炽热肝肠，像什么“遑遑三十载，书剑两无成”之类的；而寒山的诗，却冷清澄澈到了极处，使人心骨俱冷，体气欲仙。

寒山此类的好句还有：“践草成三径，瞻云作四邻”“无风萝自动，不雾竹长昏”“秋到任他林落叶，春来从你树开花”，等等，都是空灵神逸的上品，不可不读。

鹦鹉花前弄，琵琶月下弹

寒山的清丽之作

卷806_1《诗三百三首》寒山

（其一）

城中娥眉女，珠佩何珊珊。鹦鹉花前弄，琵琶月下弹。

长歌三月响，短舞万人看。未必长如此，芙蓉不耐寒。

寒山的诗，很多类似于王梵志的诗，都是常用非常通俗的词语来讲述佛理，比如寒山的这首：“我见谩人汉，如篮盛水走。一气将归家，篮里何曾有。我见被人谩，一似园中韭。日日被刀伤，天生还自有”，其风格就和王梵志的“他人骑大马，我独跨驴子；回顾担柴汉，心下较些子”的风格非常相近。这类诗虽然有些“土气”，但可以说是深入浅出，让普通老百姓都能听懂领会。

寒山的这类诗，在传统诗集中往往不被认为是能登大雅之堂的，当时就有人嘲笑过寒山。寒山自己在一首诗中也这样说过：

有个王秀才，笑我诗多失。云不识蜂腰，又不会鹤膝。

平侧不解压，凡言取次出。我笑你作诗，如盲徒咏日。

这个姓王的迂腐秀才，不能体会到寒山的真实功力，却一味地嘲笑寒山所写的诗没有格律诗的形式，笑话寒山的诗不合平仄（平侧不解压），诗中多用俗语（凡言取次出），用沈约创造的什么“蜂腰”“鹤膝”[①]等东西来约束诗句。其实随着格律越来越完善，越来越精严，反而从很大程度上降低了诗词的艺术性。有道是“诗必盛唐”，而盛唐时期的诗，格律恰恰并未十分完备，“失粘”“失对”之处时常可见，却独有一种天然韵致，如行云流水般潇洒自如。

---

①蜂腰，鹤膝：声律术语。诗歌声律上的八种弊病之一。南朝梁代沈约提出八病之说，即平头、上尾、蜂腰，鹤膝、大韵、小韵、旁纽、正纽。后人对八病的解释不尽相同。据《文镜秘府论》所述：平头指五言诗第一、第二个字不得与第六、第七个字相同（同平、上、去、入）。上尾指第五个字不得与第十个字同声（连韵者可不论）。蜂腰指五言诗第二个字不得与第五个字同声，言两头粗，中央细，有似蜂腰。鹤膝指第五个字的不得与第十五个字同声，言两头细，中央粗，有似鹤膝。（近人从宋蔡宽夫说，以为五字中首尾皆浊音而中一字清者为蜂腰。首尾皆清音而中一字浊者为鹤膝。）八病说原为研讨声韵和谐变化，对律诗的形成起了一定的作用，其弊病在于刻意追求形式，雕琢繁琐，反而束缚诗歌内容的表达。对此，古人早就批评过，严羽《沧浪诗话》曾说：“作诗正不必拘此，弊法不足据也。”

本篇所选的这首诗，是寒山三百多首诗中比较清丽的一首。这也让我们知道，寒山也是会写这种清词丽句的。这首诗虽然也有一种劝世的味道，也写的是美人容华难久，但是却并不像寒山其他的诗那样尖锐。中间两联“鹦鹉花前弄，琵琶月下弹。长歌三月响，短舞万人看”，写得也是活色生香，盈盈有致。最后虽然有那么一句“芙蓉不耐寒”，但却是淡淡的、委婉的，不像寒山的其他诗那样，给我们“当头棒喝”——“中有婵娟子。其貌胜神仙……更过三十年，还成苷蔗滓”。甘蔗渣这样的比喻，虽然更有一针见血、振聋发聩的效果，但作为写诗来说未免有点过于“简单粗暴”，不符合诗要以蕴藉含蓄为贵的传统审美习惯。

不过大家注意，寒山这首诗虽然形式上很像一首五律诗，但在声韵上却不合。“珠佩何珊珊”，这句中的“何珊珊”三字，更是犯了诗家的大忌——“三平调”[①]。所以，这首诗并非是五律诗，而是一首五古诗。不过，我觉得寒山这首诗还是注意了平仄变化的，读来并不是太拗口，可见犯了这“三平调”，也没有什么大不了的啊！不知道为什么古人作律诗时一有此“病”，很多人就觉得像光膀子扎领带一般不能接受。

从这首诗中我们也可以看出，寒山和王梵志是有所不同的，王梵志现存的全是那种俚俗如话的诗，而《寒山诗集》中虽然也有很多是诸如“东家一老婆，富来三五年。昔日贫于我，今笑我无钱。渠笑我在后，我笑渠在前……”这样的，但是寒山本身的文化素养似乎高于王梵志，寒山的很多诗带有相当浓的文人气，

---

① 三平调：所谓“三平调”，就是指一句诗的结尾的三个字都是平声字，这是格律诗的大忌。

这类诗和唐代其他诗人的诗相比，没有很大的不同，而且其水平之高，也远非嘲笑寒山的什么“王秀才”这等无名鼠辈可比。比如《唐诗鉴赏词典》中选有的这首诗，通篇用叠字，当真妙到极处，是那些后世专门雕琢词句的人捻秃了胡子，熬白了头发，也写不出来的：

杳杳寒山道，落落冷涧滨。啾啾常有鸟，寂寂更无人。
淅淅风吹面，纷纷雪积身。朝朝不见日，岁岁不知春。

情知海上三年别，不寄云间一纸书

卷117_5《春草》张旭

春草青青万里馀，边城落日见离居。

情知海上三年别，不寄云间一纸书。

在唐代时，张旭的名气就非常大，但不是因为他的诗写得好，而是他的草书是当时一绝。韩愈在《送高闲上人序》中曾夸道：“往时张旭善草书，不治他技，必于草书焉发之。观于物，见山水崖谷，鸟兽鱼虫，草木之花实，日月列星，风雨水火，雷霆霹雳，歌舞战斗天地事物之变可喜可愕，一寓于书，故旭之书，变动鬼神，不可端倪，以此终其身而名后世。”

看起来好似武侠小说中讲武功练到极高境界时，草木竹石皆可为剑一样，张旭的书法也是悟天然、师造化，自然达到炉火纯青、鬼斧神工的妙境。杜甫的《饮中八仙歌》云：“张旭三杯草圣传，脱帽露顶王公前，挥毫落纸如云烟。”据说张旭习惯在酒宴间脱帽露顶，大呼挥毫作书，并能用头发蘸墨写字。要说行为艺术，人家张旭这才叫行为艺术，现在很多人只是做些出乖露丑的怪状来骇人眼目，和艺术根本不沾边儿。和张旭同时代的李颀有首诗叫作《赠张旭》：“张公性嗜酒，豁达无所营。皓首穷草隶，时称太湖精。露顶据胡床，长叫三五声。兴来洒素壁，挥笔如流星……”我们看张旭的草书，那真是笔走龙蛇，如惊雷骤雨般狂放酣畅，想他本人又荣列“饮中八仙”之一，自然是“兴来书自圣，醉后语尤颠”，其诗想必也会像李太白一样狂放无忌，长短句杂出，透着十足的桀骜不驯、豪放纵逸的情调。

岂知不然！我们看张旭留下的为数不多的六首诗中，诗的意味和他的书法的意味大相径庭，均是清幽明丽、淡泊自然之作。《唐诗鉴赏词典》中选有他的《山中留客》和《桃花溪》：

《山中留客》

山光物态弄春晖，莫为轻阴便拟归。

纵使晴明无雨色，入云深处亦沾衣。

《桃花溪》

隐隐飞桥隔野烟，石矶西畔问渔船。

桃花尽日随流水，洞在清溪何处边？

本篇这首《春草》并未收入张旭的集中，而是后人从张旭的书法作品《春草帖》中找到的，这首诗看起来平白如话，不用过多解释，但是仔细品味，才会发觉诗人独特的匠心。春草青青，明为写景状物，暗指离情。自从《楚辞·招隐士》里写过“王孙游兮不归，春草生兮萋萋”以来，就将草和离情牵连在了一起，而边城落日，也烘托出一种依依不舍的别情。

此诗最独特之处在于：意境开阔高远，有盛唐的气象。宋严羽《沧浪诗话》说：“李杜数公，如金鳷擘海，香象渡河，下视郊岛辈直虫吟草间耳。”意思是说和李白杜甫比起来，贾岛、孟郊等人就像虫子在草里哼哼。其实不单李杜，盛唐时的好多诗人都是这样，我们看张旭此诗中虽是离愁别绪，但“万里”“边城”“海上”“云间”，都是写极为高远壮阔的境界，不像后世人常写些窗下梧桐、案上残灯、池中残荷等小景小物，这就是盛唐人开阔的胸襟、潇洒的气度，是一种盛唐的时代精神，这是后世人难以效仿的。

所以，此诗读来不仅声韵上高亢清越，而且在意境上也是行云流水般的舒卷自如，于情深款款中透出飘逸磊落的神采。我窃以为这种境界，在唐人中，也就是李太白、王昌龄、王维、高适、岑参等寥寥数人可以达到，就算是“诗圣”杜甫，也难写得出来。这并不仅仅是功力的问题，而是时过境迁，当盛唐的气象衰落后，诗中的气韵也不得不随之而变了。

拾樵供岁火，帖牖作春书

田间新韭般清新的好诗

卷116_17《除日》张子容

腊月今知晦[1]，流年此夕除。拾樵供岁火，帖牖[2]作春书。
柳觉东风至，花疑小雪馀。忽逢双鲤赠[3]，言是上冰鱼。

张子容这个人，常见的唐诗选本中也少有提及，但如果我们细

① 晦：每月的最后一日。
② 牖：窗户。
③ 双鲤：古诗中往往代指书信，如“客从远方来，赠我双鲤鱼。呼儿烹鲤鱼，中有尺素书”，但此处并非指书信，就是指真的鲤鱼。

心一点，还是会对此人有些印象的。他年轻时曾和孟浩然一起隐居在襄阳，情同莫逆。孟浩然的诗集里有不少写给他的诗，比如很有名的那首《秋登万山寄张五》。这里的张五，就是张子容。唐人喜欢称排行，以示亲昵，比如杜甫被称作杜二，柳宗元称作柳八。注意这个排行，有时是整个家族的排行，并非亲兄弟间的排行，要不你会惊诧，白居易的妈妈太伟大了（白二十二）！不过称排行也有不雅观的时候，那天我猛然翻到《高适集》中一首标题赫然为《别王八》的诗，让我笑得呛了水。细读孟浩然的诗集，写给张子容的诗不只一首，像《送张子容进士赴举》《寻白鹤岩张子容隐居》，等等，都可以证明两人确是至交好友。

现在孟浩然在诗坛上的声望比张子容要大得多，但是在当时，恐怕孟浩然却是非常羡慕张子容的。因为比起孟浩然应举不第、四处求职无门来，张子容要幸运得多。他倒是一下子就中了进士，当了乐城的县令。虽然最终张子容还是“弃官归旧业以终”，但人家毕竟风光了一把，以后醉后夸口，也能唾沫星子乱飞地说：“我也曾赴过琼林宴，我也曾打马御街前……”而孟浩然临终前还在双眼通红地哀叹：“欲济无舟楫，端居耻圣明。坐观垂钓者，徒有羡鱼情。”到死也没有过过官瘾。

张子容的诗总体来说不如孟浩然的诗，他写过《春江花月夜》二首：

林花发岸口，气色动江新。
此夜江中月，流光花上春。
分明石潭里，宜照浣纱人。

交甫怜瑶珮，仙妃难重期。
沉沉绿江晚，惆怅碧云姿。
初逢花上月，言是弄珠时。

虽然也不算太差，但在张若虚那首震古烁今的绝世之作的遮掩下，张子容这两首诗不免默默无闻，无人提及了。但张子容毕竟是孟浩然的好友，也非等闲之辈，他的有些诗很接近孟浩然诗的风格——“语淡而味终不薄”，能够从平平淡淡的句子中，透出无穷的滋味。

本篇这首诗，写的是除夕的情景：

除夕这天，人们拾足了柴火，好暖暖地过个冬夜，并好好地煮一顿年夜饭。家家窗上都贴上窗花什么的，添了一些喜庆气息；此时的柳枝已泛青，似乎春风已至，几朵梅花开放，远见却似残雪未消。邻居送上两条鲤鱼，说是冰开后鲤鱼自己跳出来的，过年时有鱼，年年有余啊……这一切都洋溢着新春的情趣，弥漫着浓郁的乡情。

此诗中，不像李峤的“岁岁高堂列明烛”那样，写玉堂华厦中的年夜风光，也不像高适的“旅馆寒灯独不眠，客心何事转凄然”那样，写天涯羁旅中守岁时的愁绪，而是像杨柳青年画一般，以广阔的视角写出寻常百姓家过年时的情景，透着强烈的农家风味，乡间的烟火泥土气息，如同田间新剪的春韭一样清新。

其友孟浩然有一首《过故人庄》：“故人具鸡黍，邀我至田家。绿树村边合，青山郭外斜。开轩面场圃，把酒话桑麻。待到重阳日，还来就菊花。”历来为诗家称道。张子容的这首诗描绘的情景不同，但风格却是同样的朴实淳厚。如果以酒喻诗，此诗便是一坛土制家酿的糯米酒。

下帘弹箜篌，不忍见秋月

媲美太白诗的佳作

卷 119_33《古意》崔国辅

净扫黄金阶，飞霜皎如雪。下帘弹箜篌，不忍见秋月。

崔国辅的名头，在唐代诗人中并不很响亮。对于他的生卒年等情况，我们也是一团模糊，知之不详。只知道他是苏州人，开元十四年（公元 726 年）中了进士，比王昌龄还要早一年，后来最高做到集贤直学士。天宝十一载（公元 752 年），京兆尹王鉷犯罪被杀，崔国辅因是其近亲，受到株连，贬为竟陵司马。在竟陵时，他遇到了“茶圣”陆羽，两人交往甚密。陆羽虽后世有

“茶圣”之名，但在当时他只是个半俗半僧的穷书生，地位并不显赫。

崔国辅和孟浩然、李白都有交往，现在有句话说“看一个人，要看他的朋友”，从李白、孟浩然、陆羽等，不难想象崔国辅的为人。在唐代，对于崔国辅的五言绝句，评价是非常高的，殷璠在《河岳英灵集》中说：“国辅诗，婉娈清楚，深宜讽味，乐府数章，古人不及也。”很多后人也都认为盛唐五言绝句，崔国辅、李白、王维、孟浩然的诗并列“正宗”。

崔国辅的诗，多数写儿女闺情，风格清丽婉转，柔蔓多姿。晚唐时擅长摹写香艳之作的韩偓，就专门写过《效崔国辅体四首》。可见，崔国辅在此类诗上是有其独到之处的。

看到本篇这首小诗，我想大家可能会联想到李白的这首《玉阶怨》：

玉阶生白露，夜久侵罗袜。却下水晶帘，玲珑望秋月。

这两首诗可谓异曲同工。崔诗直写“净扫黄金阶，飞霜皎如雪”，这金阶、白霜，给人以十分直观强烈的感受，而李白的诗却善于用侧面渲染，露水虽不如严霜更举目可见，但用白露浸湿罗袜，以显夜深秋浓，也曲尽其妙。崔诗说“下帘弹箜篌，不忍见秋月”，诗中满腔幽怨的女子落下帘子，去弹箜篌解闷，不忍看到孤寂的秋月，以免更添愁思；而李白的诗更推进一层，本已落下水晶帘，不想再对月伤怀，但在这凄苦无眠之夜，又能做什么呢？于是只好再次隔帘望月。说起诗意的转折返复、婉转幽邃，太白似乎更胜一筹，但是我觉得，崔国辅的这首诗也不失为一首好诗，更接近于乐府民歌那种明快质朴的特色。

崔国辅也不是只会写闺情婉转的五言诗，他这首《九日》也相当不错，也推荐给大家一读：

江边枫落菊花黄，少长登高一望乡。

九日陶家虽载酒[1]，三年楚客已沾裳[2]。

① 陶家：这里借陶渊明说有人送酒来。

② 楚客：在楚州（江苏淮安）作客，此指诗人。

杨叶楼中不寄书，莲花剑上空流血

铁血柔情交织的诗

卷 120_9《从军行》李昂

汉家未得燕支山[①]，征戍年年沙朔间。

塞下长驱汗血马，云中恒闭玉门关。

阴山瀚海千万里，此日桑河冻流水[②]。

---

① 燕支山：即焉支山，又名胭脂山。在甘肃山丹县东。《史记·匈奴传索隐》："匈奴失焉支山，歌曰：'失我焉支山，使我妇女无颜色。'"

② 桑河：即桑干河。流经山西、河北北部，唐代时经常在此地作战。如李白诗："去年战，桑干源，今年战，葱河道。"

稽洛川边胡骑来[①]，渔阳戍里烽烟起。
长途羽檄何相望[②]，天子按剑思北方。
羽林练士拭金甲，将军校战出玉堂。
幽陵异域风烟改[③]，亭障连连古今在[④]。
夜闻鸿雁南渡河，晓望旌旗北临海。
塞沙飞淅沥，遥裔连穷碛[⑤]。
玄漠云平初合阵，西山月出闻鸣镝。
城南百战多苦辛，路傍死卧黄沙人。
戎衣不脱随霜雪，汗马骖单长被铁[⑥]。
杨叶楼中不寄书，莲花剑上空流血。
匈奴未灭不言家，驱逐行行边徼赊[⑦]。
归心海外见明月，别思天边梦落花。
天边回望何悠悠，芳树无人渡陇头。
春云不变阳关雪，桑叶先知胡地秋。
田畴不卖卢龙策[⑧]，窦宪思勒燕然石[⑨]。

---

① 稽洛：山名，即稽洛山，此处并非实指当时作战地点，只是借用汉代典故。
② 羽檄：古代军事文书，插鸟羽以示紧急，必须迅速传递。鸡毛信当是沿此传统。
③ 幽陵：即现北京市、河北省北部及辽宁省的总称。当时为幽州，是唐代的边境。
④ 亭障：亦作“亭鄣”。古代边塞要地设置的堡垒。《尉缭子·守权》：“凡守者，进不郭围，退不亭障以御战，非善者也。”
⑤ 遥裔：即遥远。如谢灵运诗：“照灼烂霄汉，遥裔起长津。”
⑥ 骖（cān）：同驾一车的三四马。有时也指位于两边的马。
⑦ 边徼：即边境。赊：远。
⑧ 田畴不卖卢龙策：曹操北征乌丸时，田畴引导曹军从卢龙口越白檀之险，出其不意，一举消灭蹋顿。事后，曹操以田畴为乡导有功，封亭侯。田畴不受，曰：“岂可卖卢龙之塞，以易赏禄哉？”这里指没有得到田畴指导破卢龙那样的好机会。
⑨ 燕然石：典故名，语出《张璠后汉纪·和帝纪·永元二年》。东汉窦宪破北匈奴，登燕然山，刻石记功。后以“燕然石”指建立边功的记功碑。以“勒燕然”咏边塞立功。

麾兵静北垂[1]，此日交河湄[2]。

欲令塞上无干戚[3]，会待单于系颈时。

唐代诗歌中，边塞诗要占据相当重要的一席之地。初唐和盛唐时期，大唐国力强盛，军威赫赫，边塞诗也是一派昂扬慷慨之态，就算是文人，也将投笔戍边看作是一种人生理想，比如杨炯就说过：“宁为百夫长，胜作一书生”；王维也道：“忘身辞凤阙，报国取龙庭。岂学书生辈，窗间老一经”；岑参更是说：“功名只向马上取，真是英雄一丈夫”。这些和后世那种“好铁不打钉，好男不当兵”的理念天差地别。

唐玄宗开元年间，唐朝对外战争胜多败少，整个大唐上下一派高昂的尚武精神。大将高仙芝远征西域，翻过葱岭（今帕米尔高原），攻破吐蕃军事要塞连云堡（部分今阿富汗境内），以千余人平定小勃律国，活捉小勃律国王及吐蕃公主，后灭掉现在塔什干地区的“石国”，大掳金银财宝无数。幽州长史张守珪，用计将契丹头目屈剌、可突干等杀死，契丹势力从此一蹶不振。大将王忠嗣、哥舒翰等率军与唐朝最凶恶的敌人吐蕃大战，也是屡战屡胜。王昌龄诗“大漠风尘日色昏，红旗半卷出辕门。前军夜战洮河北，已报生擒吐谷浑”，正是对当时大唐雄师的生动写照。

---

① 北垂：亦作“北陲”。北方边境地区。《汉书·匈奴传赞》：“其与中国殊章服，异习俗，饮食不同，言语不通，辟居北垂寒露之野。”

② 河湄：即河边。

③ 干：盾牌；戚，大斧。此处代指兵戈战争。

胜者一方的精神心态和败者是大大不同的，这也是为什么唐代的边塞诗中，早期往往是“金章紫绶千余骑，夫婿朝回初拜侯”的喜悦，而后来却是“可怜无定河边骨，犹是春闺梦里人”的凄怆。

本诗的作者李昂（并非唐文宗李昂），诗作很少，全唐诗中仅存其两首诗作，他的生平事迹也没有多少记载，只知道他在开元时任考功员外郎。所以本诗应该是写于开元年间的。

诗中有这样几处特色，是很值得称道的：

第一，意象宏阔。唐代边塞诗多从大处落笔写奇情壮景，本诗也不例外。比如像“塞下长驱汗血马，云中恒闭玉门关”“阴山瀚海千万里”“塞沙飞淅沥，遥裔连穷碛”等句，都写得气势磅礴。

第二，对仗精美。本诗虽是七言歌行体，但其中有不少句子带有律句的特色，声韵上讲究平仄，对仗也工整巧妙。如“羽林练士拭金甲，将军校战出玉堂”“玄漠云平初合阵，西山月出闻鸣镝”“杨叶楼中不寄书，莲花剑上空流血”等等，都使诗句显得有堂堂之阵、正正之师般的整饬气象。

第三，铁血柔情。此诗的主旋律是雄壮慷慨的，但并非一味地心如铁石，毫无亲情、爱情可言。本诗从“杨叶楼中不寄书”（杨叶楼，应指征人妻子所居之楼）开始，转入柔情款款的另一个乐章，音韵轻柔舒缓，词语也清丽起来。像“杨叶楼”“莲花剑”“海外明月”“天边落花”等，一下子就将人们的思绪带回到那渴望已久的家乡，想起那楼头窗前终日翘首凝望的红颜佳人。

第四，基调昂扬。此诗作为盛唐的边塞诗，透出建功立业的高昂之气。虽然战事艰苦凶险——“塞沙飞淅沥，遥裔连穷碛”“城南百战多苦辛，路傍死卧黄沙人”；虽然思乡思亲情切——“归心海外见明月，别思天边梦落花”“杨叶楼中不寄书，莲花剑上空流血”，但是众将士抱着“匈奴未灭不言家”的决心和斗志，不把敌虏首脑打得投降（“单于系颈”）不罢休，这句“欲令塞上无干戚，会待单于系颈时”相当豪迈，和李白诗“不破楼兰终不还”的精神是一致的，都反映出盛唐当年那种“犯强汉者，虽远必诛”的气概。

这首诗用的典故较多，害得我搬来《辞源》，找了半天，可能因此在一定程度上影响了此诗的传播。注意该诗中好多典故并非实指，比如“燕然石”“稽洛川”等，并非是唐朝当时作战的地方，这里只是借用汉代典故而已。这些典故对于唐代的读书人来说，是大家熟知的事情，并非生僻之词，只是流传到今天，就并非人人都了如指掌了。

回头再看看此诗，我觉得此诗中的这些句子很值得回味，和大家共同咀嚼一下：

“夜闻鸿雁南渡河，晓望旌旗北临海。”鸿雁渡河南归，回到自己的家乡故土了，而自己所随的大军却挥旗北上，直入虎狼之穴（此处的“海”，指内地大的咸水湖），作生死难测的搏杀，这时将士们的心又是何等复杂？

“玄漠云平初合阵，西山月出闻鸣镝。”天上大漠云，地上的铁甲阵，夜月才出时的鸣嘀（响箭）声，这好像是电影里的特写镜头，有声有色，给人一种连呼吸都紧张的气氛。

第一句“春云不变阳关雪，桑叶先知胡地秋”，和“春风不度玉门关”同一机杼，塞外似乎没有春天可言，而秋天又似乎来得特别早，有道是“胡天八月即飞雪”，这些都从侧面写出边塞生活的严酷艰辛。

虽然李昂在唐代诗人里毫无名气，存诗也少，但这首诗写得激越豪壮，恰似一曲嘹亮雄健的军中乐章，读完能从中感受到盛唐时那偾张的血脉。

曲成虚忆青蛾敛，调急遥怜玉指寒

那一夜的少年情怀

卷 124_9《闻邻家理筝》徐安贞

北斗横天夜欲阑，愁人倚月思无端。
忽闻画阁秦筝逸，知是邻家赵女弹。
曲成虚忆青蛾敛，调急遥怜玉指寒。
银锁重关听未辟[①]，不如眠去梦中看。

徐安贞的名字，想来大家也比较陌生。他生于七世纪的七十

① 辟：开启。

年代，和张说、张九龄的年龄相仿，比孟浩然、李白等要大二三十岁。他有个曾用名叫徐楚璧，开元时当过中书舍人、集贤院学士。

徐安贞性情耿直，常受到奸相李林甫的排挤，他赌气跑到衡山的一处破庙里装哑巴混日子，一度穷困不堪，奄奄待死。这一天，庙里请了乡下塾师来题匾额，徐安贞无意间从此人写的字上跨了过去，就遭到掌事和尚们一顿暴打，说他踏坏了字。徐安贞不忿，提笔一写，当场把这些人给震住了，和尚们才知道他也是位高人，于是逮住他这个既现成又不用花钱雇的主，把这庙殿的匾额全写了。后来徐安贞的友人李邕任地方官时，来到此处游玩，看到匾上的字，说："不知徐公在此。"于是派人把他找了出来。徐安贞感叹道："潇湘遇故人，若幽谷之睹太阳，不然委填岩穴矣。"是啊，不然的话，徐安贞可能就真的默默地死在破庙里，被和尚们随便往山涧里一丢，成了野兽们的口中食了。

后来唐玄宗听说了他的情况，"念其贤"，给了他个"东流子"的尊号。徐安贞死于天宝二年（公元 743 年），他死后被追认为尚书。从他的一生经历来看，他也是个脾气倔强的性情中人。

徐安贞的诗现存十一首，其中应制诗不少，虽然也词句巧妙，但终非好诗。不过他这首《闻邻家理筝》，读来却觉得眼前一亮，越看越觉得颇有滋味。

"北斗横天夜欲阑，愁人倚月思无端"，诗中开篇先写闻筝时的情境，这是一个什么的情境呢？北斗横天，夜深更阑，应该是家家都一枕黑甜的时候，而诗人却愁怀满腹，对月无眠，愁绪万端。

"忽闻画阁秦筝逸，知是邻家赵女弹"，就在此时，一阵悠扬的筝声从邻家高高的画阁中传了过来，诗人不禁浮想联翩，虽然他没有看到“赵女”的样子，但却似乎已经有一个妩媚可爱的女子在他眼前了——“曲成虚忆青蛾敛，调急遥怜玉指寒”，她在这样深的夜晚弹筝，是不是也有无穷的心事？

所以诗人猜测，她弹筝时是蛾黛深敛，玉指清寒的。然而，当筝声戛然而止后，诗人似乎又从梦中醒来，毕竟这只是“虚忆”“遥怜”而已，“银锁重关”、侯门如海，自己又哪里能进得去？又哪里能见得到这名女子呢？所以，最后只好无奈地说“不如眠去梦中看”，还是到梦里去梦一下她吧。我们可以想象，孤寒之夜的这阵筝声，非但不会消去徐安贞心头的愁闷，反而更撩起他的愁思，虽然他说“眠去梦中看”，但是他此夜恐怕无法成眠了。

不用考据我就敢打保票说，这首诗肯定是徐安贞少年时的作品，徐安贞是唐神龙二年（公元706年）的进士，也就是说他三十五岁时才得以功成名就，可以想象，在他的少年时代，会经历很多的挫折和失意，也许这一夜，正是他漂泊羁旅之中借宿在一间茅舍之内时，也许这一夜，正是他又一次饱尝落第的滋味时，这一夜的筝声拨动了他的心弦，虽然或许他一直没有见到弹筝的这个女子，虽然他和这个女子之间什么故事也没发生，但是这一夜的筝声却永远存在他的回忆里，再也忘不掉。

我想，徐安贞此时的心境大概和郁达夫在《沉沦》里写得差不多：

> 若有一个美人，能理解我的苦楚，她要我死，我也肯的。
>
> 若有一个妇人，无论她是美是丑，能真心真意的爱我，我也愿意为她死的。

我所要求的就是异性的爱情！

苍天呀苍天，我并不要知识，我并不要名誉，我也不要那些无用的金钱，你若能赐我一个伊甸园内的“伊扶”，使她的肉体与心灵，全归我有，我就心满意足了。

有道是“哪个男子不钟情，哪个少女不怀春”，在落魄书生们的心中，总是期望有一个添香红袖，无怨无求地给自己的寒窗添些暖意。即使来个《聊斋》中的女狐女鬼，也聊胜于无。像《白狐》这首歌中唱的：“我爱你时，你正一贫如洗寒窗苦读，离开你时，你正金榜题名洞房花烛……”这些正是书生们所梦寐以求的。

但是从诗歌中来讲，似乎“少女怀春”的题材要比少男“怀春”的题材，更让人们接受和欣赏。男子爱慕女人，在汉唐之前算是楚王巫山云雨、子建洛水遇仙的美丽佳话，但到了明清时，就成了猪八戒背媳妇、贾瑞被浇一头屎尿的笑话。《唐诗三百首》是清人所编，我觉得这大概是此诗被排斥在常见选本外的一个重要原因吧。其实，我觉得此诗从艺术手法上来看，不逊于《唐诗鉴赏词典》中的这首：“抽弦促柱听秦筝，无限秦人悲怨声。似逐春风知柳态，如随啼鸟识花情。谁家独夜愁灯影，何处空楼思月明。更入几重离别恨，江南岐路洛阳城。”（柳中庸《听筝》）

和其他题材相类似的诗比较，此诗自始至终是只闻其声不见其人，大有“曲终人不见，江上数峰青”一样的韵味。白居易诗中写“千呼万唤始出来，犹抱琵琶半遮面”，但终究还是见到了人的，很多文学作品中，像《红楼梦》中的凤姐出场，都是先闻其声，后见其人，但此诗中，却是始终没有正面出现这位弹筝的“赵女”，反而更给人以无穷的遐想。从艺术性上来看，此诗是相当成功的。虽然这首诗在其他唐诗选本中极少见到，但《金圣叹评唐诗》中选有此诗，并对此诗大夸特夸，可见此诗不俗。

燕觅巢窠处，蜂来造蜜房

晶莹透彻的天然之趣

卷 160_67《夏日辨玉法师茅斋》孟浩然

夏日茅斋里，无风坐亦凉。竹林新笋稚，藤架引梢长。
燕觅巢窠处，蜂来造蜜房。物华皆可玩，花蕊四时芳。

沈德潜在《唐诗别裁》一书中称孟浩然的诗“语淡而味终不薄”，的确如此，孟浩然的诗往往不加雕饰，说的似乎就是寻常景、家常话，直得不能再直。从诗家的眼光看，也“浅白”得可以。然而，细细品味后，却发现这些看似简单而不起眼的句子组合起来，竟诗意盎然，是那些为苦心经营一两个警字警句而“掐擢胃肾”的人，努力到吐血也写不出来的。

《射雕英雄传》一书中，黄蓉对洪七公说她最拿手的菜是“炒白菜”“蒸豆腐”“炖鸡蛋”“白切肉”之类的。书中借洪七公之口评道：“真正的烹调高手，愈是在最平常的菜肴之中，愈能显出奇妙功夫，这道理与武学一般，能在平淡之中现神奇，才说得上是大宗匠的手段。”我觉得孟浩然的诗就是唐诗中的“炒白菜”“蒸豆腐”。

本篇所选的孟浩然的这首诗，平心而论，虽不算是他的最佳之作，但却也极富孟诗的特色。

“夏日茅斋里，无风坐亦凉”——夏天茅屋中，无风自凉。有人不禁摇头：平易、平白。但作为起句，粗一点、平一点，也算罢了，接下来这句“竹林新笋稚，藤架引梢长”，还是一样的味道，未见新奇。再往下看，第三、四句总该出点“警句”了吧？寻常诗家所谓的“警句”，或是妙用古人典故，或是用些“险”字作些精巧的对仗，而孟浩然还是慢悠悠地来了句“燕觅巢窠处，蜂来造蜜房”，也只是眼前景、口头话，完了。全篇都是这种“流水账”，最后当然也不会有什么奇句，“物华皆可玩，花蕊四时芳”，这样普普通通的结句，也是在意料之中的。

然而，读罢之后，果然就是寡淡如水的流水账、大白话吗？虽然诗中处处都是“平铺直叙”，一点也不讲迂回婉转，但回味起来，却觉得有滋味无穷的融融诗意。辨玉法师的夏日茅斋，无风自凉，凉的不止是身体，也是人心，心静自然生凉，而佛门禅地，自是清凉胜境。联想到有文殊菩萨道场之称的五台山，也有清凉山之称，可为印证。“竹林新笋稚，藤架引梢长。燕觅巢窠处，蜂来造蜜房”，这几句看似在平平写景，但其中却透出茁茁生机。竹林新笋、攀梢藤蔓、燕巢蜂房，让我们感受到一片平安喜乐的气氛。

闻一多先生曾评：“孟浩然不是将诗紧紧的筑在一联或一句里，而是将它冲淡了，平均地分散在全篇中……”确实如此，想从孟浩然的诗中找一两句警句，不太容易，但他的诗是一种“整体美”，这种境界的最高处，当然就是像“春眠不觉晓”那样的句子。我们知道，诗仙李白对孟浩然是极为推崇的，李白似乎也从孟浩然这里学到了其中的精髓，像他的“床前明月光”之类的诗句，也深得孟浩然这种“语淡意远”的神韵。

苏轼好像很瞧不起孟浩然，他在《后山诗话》中曾说：“浩然之诗，韵高而才短，如造内酒手，而无材料耳……”意思说孟浩然的肚子里没货。当然，孟浩然的诗也有题材狭窄、风格单一这样的缺点，不过却自有其独到的艺术特色，也不是其他人轻易就能学到的。

陆时雍曾在《诗镜总论》中对诗的审美提出这样的标准：“善言情者，吞吐浅深，欲露还藏，便觉此中无限。”但我觉得，这并不算是一种最高的境界，相比之下，严羽的《沧浪诗话·诗辨》中说的这种境界更为高明：“盛唐诗人，惟在兴趣。羚羊挂角，无迹可求。故其妙处，透彻玲珑，不可凑泊。如空中之音，相中之色，水中之月，镜中之相，言有尽而意无穷。”

孟浩然之诗，似得其中真趣。

洒空深巷静，积素广庭闲

静谧之极的咏雪佳作

卷 126_8《冬晚对雪忆胡居士家》王维

寒更传晓箭①，清镜览衰颜。隔牖风惊竹②，开门雪满山。

洒空深巷静，积素广庭闲。借问袁安③舍，翛然④尚闭关。

---

① 晓箭：拂晓时漏壶中指示时刻的箭。常借指凌晨这段时间。

② 牖：窗户。

③ 袁安：《后汉书·袁安传》载：袁安发迹前，有一年在洛阳遇罕见大雪，“人家皆除雪出，有乞食者”，袁安家的屋舍早已给雪封住，县令除雪入户，见袁安却僵卧在家。问他何以不出？答曰：“大雪，人皆饿，不宜干（打扰）人。”后来袁安历任太仆、司空、司徒，不畏权贵，曾多次弹劾大权在握却专横跋扈的窦宪兄弟。

④ 翛（xiāo）然：无拘无束、自由自在的样子。

写雪景的诗不少，虽然写的都是雪，但其中往往灌注了诗人不同的性格，因此风格各异。“未若柳絮因风起”，这种翩翩然的意境自然是大才女谢道韫的句子；而“皓虎癫狂，素麟猖獗，掣断珍珠索”，这种狰狞霸悍的口气，就只有一代枭雄完颜亮才讲得出；“明月照积雪，朔风劲且哀”，透出乱世中谢灵运的惆怅；“乱云低薄暮，急雪舞回风”，饱含着饥寒交迫里老杜的辛酸；“欲将轻骑逐，大雪满弓刀”，写的是雪中的豪情；“孤舟蓑笠翁，独钓寒江雪”，写的是隐者的胸怀……而一向推崇幽静的王维，他笔下的雪景，也是如此的恬淡静谧。

在一个雪后的清晨，已是白发衰颜的诗人起来梳洗时，不免对镜感叹。此时听到窗外风动竹声，开门后只见远处山上早已积满白雪，雪还在下，静静地下，此时的街巷是那样的幽静，似乎整个世界都空无一人。盐粒般的雪，洒遍整座庭院。这时诗人想起老朋友胡居士（信佛但未出家者称居士），想必他正在闭门悠然自得吧。所谓隐士，都是喜静不喜闹，冬雪之夜，清静之极，正为王维、胡居士他们所喜，整首诗都沉浸在一种宁静淡泊的情调中。

读王维的诗，如欣赏一幅轻笔淡墨的山水画，如听一曲素雅平和的古琴曲，他的诗多数都体现一个“静”字，如“人闲桂花落，夜静春山空”“涧户寂无人，纷纷开且落”“雨中山果落，灯下草虫鸣”……都是如此。此诗也不例外，这句“洒空深巷静，积素广庭闲”，写雪中之静，当真妙到巅毫，历来咏雪诗中无人可及。如“千山鸟飞绝，万径人踪灭。孤舟蓑笠翁，独钓寒江雪”，貌似写静，其实不静，这孤舟老翁，独钓江雪，别有一种倔强不平之态，远不如王维的这首诗幽雅清淡。

清代王士禛在《渔洋诗话》中曾说："古今雪诗，惟羊孚一赞[①]，及陶渊明'倾耳无希声，在目浩已洁'，及祖咏'终南阴岭秀'一篇，右丞'洒空深巷静，积素广庭宽'，韦左司'门对寒流雪满山'句，最佳。"王维此诗，说是写雪诗中最佳者，我倒觉得未必，这多半是王渔洋个人的偏好。但此诗中所写的雪景，有动有静，有声有色，笔墨简淡，描画细腻，确实可称佳作。

顺便说句题外话，王维诗写得好，琴棋书画也俱佳，他有一幅《袁安卧雪图》，上面画了一株雪中芭蕉，引出无穷争议。另有一幅《雪溪图》，也是绝世珍品，殷璠云："维诗词秀调雅，意新理惬。在泉为珠，着壁成绘，一字一句，皆出常境。"苏东坡也说："味摩诘之诗，诗中有画。味摩诘之画，画中有诗。"我觉得欣赏王维之诗，不可不看其画；观赏王维之画，不可不读其诗。

---

① 羊孚：晋人。其《雪赞》云："资清以化，乘气以霏。遇象能鲜，即洁成辉。"见《世说新语》。

千古至今绝妙地狱变相

白首相知犹按剑，朱门先达笑弹冠

卷 128_16《酌酒与裴迪》王维

酌酒与君君自宽，人情翻覆似波澜。
白首相知犹按剑，朱门先达笑弹冠[1]。
草色全经细雨湿，花枝欲动春风寒。
世事浮云何足问，不如高卧且加餐。

① 弹冠：弹去帽子上的灰尘，准备做官。出典：《汉书·王吉传》“王阳在位，贡公弹冠。”汉代王子阳作了高官，其友贡禹掸去帽上尘土，等着王子阳关照提拔。

王维诗中的意境，多是像“人闲桂花落，夜静春山空”这样的，恬淡、清幽、澄澈、自然，但这首诗中却充斥了一股郁积在心中的愤懑之气。可见王维也并不是完全超脱尘外，对世事始终无动于衷的。

说起王维的仕途，也并不顺利，其中栽的两个最大的跟头，一个是及第后不久因“舞黄狮子案”被贬到济州，第二个是安史之乱中被迫给安禄山担任伪职。王维曾说“一生几许伤心事，不向空门何处销”，看来王维后半生的乐山乐水，多半是在疗伤，心头的伤，也是最难疗的伤。

裴迪是王维最要好的朋友，他和王维的交情不一般。王维被安禄山的贼军监禁在菩提寺中时，裴迪冒险去探望他，后来王维买下辋川别墅后，曾邀裴迪同游吟唱，两人的感情极深，有诗为证：“不相见，不相见来久。日日泉水头，常忆同携手。携手本同心，复叹忽分襟。相忆今如此，相思深不深。”（《赠裴迪》）语言明朗自然，感情真挚。王维给裴迪写的诗很多。王维的辋川别业有华子岗、竹里馆、鹿柴等名胜多处，王维携裴迪共游，各赋五言绝句二十首，互为唱和，并一起去寻访隐者吕逸人（我怀疑此人就是吕洞宾）。

本文开篇这首诗并非写两人之间的友情，而是感叹世事难料，人心狡诈。诗中王维似乎是在劝慰裴迪，“酌酒与君君自宽，人情翻覆似波澜”，意思是说，先喝口酒，消消气，世间的人情本就像波澜一样反复难料。“白首相知犹按剑，朱门先达笑弹冠”，这两句让人非常警悚的句子，金庸先生在他的小说《白马啸西风》中曾借一个书中人物之口解说过，我们来看一下：

李文秀跟着他进屋，……堂中悬着一副木板对联，……上联道："白首相知犹按剑。"下联道："朱门早达笑弹冠。"……华辉道："你读过这首诗么？"李文秀道："没有。这十四个字写的是什么？"

华辉文武全才，说道："这是王维的两句诗。上联说的是，你如有个知己朋友，跟他相交一生，两个人头发都白了，但你还是别相信他，他暗地里仍会加害你的。他走到你面前，你还是按着剑柄的好。这两句诗的上一句，叫做'人情翻覆似波澜'。至于'朱门早达笑弹冠'这一句，那是说你的好朋友得意了，青云直上，要是你盼望他来提拔你、帮助你，只不过惹得他一番耻笑罢了。"

李文秀自跟他会面以后，见他处处对自己猜疑提防，直至给他拔去体内毒针，他才相信自己并无相害之意，再看了这副对联，想是他一生之中，曾受到旁人极大的损害，而且这人恐怕还是他的知交好友，因此才如此愤激，如此戒惧。这时也不便多问，当下自去烹水泡茶。

相交了一辈子，从穿开裆裤开始，一直到白头的朋友，却还要抓着剑柄提防他会突然变脸加害于自己，原来和你一起喝酒骂街、发牢骚的朋友，一旦平步青云飞黄腾达了，你也不用为之高兴。正所谓，一阔脸就变，他会越来越不愿意搭理你这个贫贱之交，你指望他能来提携、关照你，等来的只不过是一番耻笑罢了。这是多么让人心寒啊！金圣叹读到此处，曾感叹是"千古至今绝妙地狱变相"。

对于这种令人无奈的现实，王维在诗中还是采取了充满佛、道二家思想的应对方法，“草色全经细雨湿，花枝欲动春风寒”——做一株不起眼的小草，让细雨滋润，而如果想做早发的春花，不免会被料峭的寒风吹落。于是王维劝道：“世事浮云何足问，不如高卧且加餐”，正如佛经上所说：“一切有为法，如梦幻泡影。如露亦如电，应作如是观”，世上事本为虚幻，何必在意，还是多吃些酒菜吧。

相比于王维的其他一些诗，这首诗还是锋芒极盛的，其中“白首相知犹按剑，朱门先达笑弹冠”两句，格外引人注目，当属名句之列。有人评说王维：“这种亦显亦隐，半儒半释的人生经历与处世态度，势必造成巨大的心理矛盾，犹如碧潭止水，宜清心静观；但仰望高谷急湍，依旧凛然飞动，怵目惊心。”这首诗在王维诗集中就应该属于“凛然飞动，怵目惊心”的体现吧。

杏树坛边渔父，桃花源里人家

王维的隐者之乐

卷128_67《辋川六言》王维

厌见千门万户，经过北里南邻。
官府鸣珂有底[1]，崆峒散发何人[2]。
再见封侯万户，立谈赐璧一双。

① 鸣珂：《新唐书·张嘉佑传》："方嘉贞为相时，任右金吾卫将军。昆弟每上朝，轩盖驺导盈闾巷，时号所居坊曰'鸣珂里'。"后来常用以指贵人的居处。有底：有什么。

② 崆峒散发：用《庄子·在宥》中的典故："黄帝立为天子十九年，令行天下，闻广成子在崆峒之山，故往见之。"

讵胜耦耕南亩[1]，何如高卧东窗。
采菱渡头风急，策杖林西日斜。
杏树坛边渔父，桃花源里人家。
萋萋春草秋绿，落落长松夏寒。
牛羊自归村巷，童稚不识衣冠。
山下孤烟远村，天边独树高原。
一瓢颜回陋巷，五柳先生对门[2]。
桃红复含宿雨，柳绿更带朝烟。
花落家童未扫，莺啼山客犹眠。
酌酒会临泉水，抱琴好倚长松。
南园露葵朝折[3]，东谷黄粱夜舂。

王维四十岁左右时，购得原属宋之问的辋川别业，并加以精心设计经营，使此地成为充满诗情画意的园林。以王维这等琴棋书画冠绝当时的大家手笔，想必当年的辋川别业不会逊色于我们现在看到的任何园林，王维在《辋川集》序中写道：

余别业在辋川山谷，其游止有孟城坳、华子冈、文杏馆、斤竹岭、鹿柴、木兰柴、茱萸泮、宫槐陌、临湖亭、南垞、欹湖、柳浪、栾家濑、金屑泉、白石滩、北垞、竹里馆、辛

① 讵：何如。耦耕：汉代学者郑玄注《周礼·考工记》，认为古代的耦耕是两人各执一耜，共同耕作的方法。
② 五柳先生：陶渊明的外号。
③ 露葵：古时一种蔬菜。李时珍《本草纲目·草五·葵》："古人采葵必待露解，故曰露葵。"战国时宋玉《讽赋》："炊雕胡之饭，烹露葵之羹。"

夷坞、漆园、椒园等，与裴迪闲暇，各赋绝句云尔。

打开王维和裴迪的诗集，确实保存了两人唱和的这二十首诗，分述以上那二十个“景点”。其中王维那首《鹿柴》我们从小就背：“空山不见人，但闻人语响。返影入深林，复照青苔上。”可惜的是，当年的园林名胜早已不在，唯一值得欣慰是，这些好诗句还能传诵至今。

王维的《辋川六言》这七首诗，其中“桃红复含宿雨”那首被选入了《唐诗鉴赏词典》，但我觉得，其他六首诗也是相当不错的，而且这七首诗也并非各自成篇，全无瓜葛，而是如一组乐曲中的几个乐章一样，是彼此呼应、步步相生的。

第一首，先抒写归隐之志：“厌见千门万户，经过北里南邻”，说明王维早已厌倦了红尘俗世，厌倦了那些礼俗应酬。“官府鸣珂有底”——“鸣珂”是指长安城内的富豪居住区，房价大概都要上千两银子一平方米。王维说，那些排场极大、看起来阔气无比的朱门甲第，又有什么值得羡慕的呢？还不如做一个隐居山野的逸士高人——“崆峒散发何人”。

第二首继续强调金堂玉马的富贵，不如茅舍竹篱之清雅的思想，“再见封侯万户，立谈赐璧一双”，这在旧时是至高无上的荣光，是无数人做梦都渴望实现的理想，但王维却说，还不如回家安安心心地种田，随意“高卧东窗”，用我们现在的话说就是“睡觉睡到自然醒”。

而第三首就转入了对隐居之地风景的描绘，后两句暗用了两个典故：“杏坛”“渔父”，出于《庄子·渔父》篇：“孔子游乎缁帏之林，休坐乎杏坛之上……”此篇中，后来冒出来一个隐者身份的“渔父”，将孔子教训了一番。这里王维用此典故，表达的是弃儒从道的态度。“桃花源”，当然是出于陶渊明的《桃花源记》一文。此处的这两个典故，用得贴切自然，不露痕迹，知晓其中典故的，自然能多理解一层意思，但就算仅从字面上来看，杏坛、渔父、桃花之类的字样也和辋川之地的自然景物水乳交融，意脉相通。

接下来这几首，都是写隐居之景、隐居之乐。有几句特别值得玩味：“落落长松夏寒”，“夏”字后面怎么着一“寒”字？初看似乎无理，但想山高林深之处，纵然当流火烁金的酷暑之时，也是清风满怀，更高处甚至有积雪皑皑。这样一想，但觉只有这一“寒”字，方为得力。“牛羊自归村巷，童稚不识衣冠”，牛羊随意乱走，自行回归家中，根本不必担心有人偷盗什么的，孩子们根本也不识得什么是衣冠楚楚的达官贵人。这样淳朴纯挚的民情，不由得让人联想到陶渊明在《五柳先生传》中所说的：“无怀氏之民欤！葛天氏之民欤！”

“南园露葵朝折，东谷黄粱夜舂”，这两句也耐人寻味。王维信佛，长年吃斋，露葵是当时的一种菜，可能在王维的盘中常有。他的诗中不时出现这个词，比如“山中习静观朝槿，松下清斋折露葵”，《唐诗鉴赏词典》中解释说“参木槿而悟人生短暂，采露葵以供清斋素食”。而这里，“露葵朝折”和“黄粱夜舂”不但对仗工整，品味起来也有不少喻意。

我们知道“黄粱梦”的典故：一个姓卢的书生，在邯郸旅店中遇见一个道士（吕洞宾），道士给了他一个枕头，他枕在上面睡着了。梦见自己做了大官，娶妻生子，享尽了荣华富贵。然而一觉醒来，店主人刚蒸的一锅黄米饭还没有熟。这个故事最早见于沈即济的《枕中记》，说是发生于开元七年（公元 719 年）。联想到王维当时曾和裴迪访问过吕逸人（疑为吕洞宾），所以可能王维也是知晓这个典故的。就算王维当时并不知道此典故，但我们今天读到“黄粱夜舂”这句时，也会联想起“一枕黄粱”的故事，这和本诗的情境也是浑融相谐的。

吴均的《与朱元思书》曾说，富春江的美景可使“鸢飞唳天者，望峰息心；经纶世务者，窥谷忘返”。而读王维的《辋川六言》这一组诗，也有此效用。古诗中六言者比较少见，写得好的更是少，王维的这组诗可谓不可多得之上品。王维笔下悠闲疏淡的情致，对于强调“时间就是金钱”，整日里忙碌不堪的现代人来说，我想依然会有人为之神往的。

百岁老翁不种田，惟知曝背乐残年

周伯通般的唐代老头儿

卷 134_44《野老曝背》李颀

百岁老翁不种田，惟知曝背乐残年。

有时扪虱独搔首，目送归鸿篱下眠。

说起李颀，有些朋友可能不是太熟悉，其实《唐诗三百首》里倒有好多他的诗，有《古意》《送陈章甫》《琴歌》《听董大弹胡笳声兼寄语弄房给事》《听安万善吹觱篥歌》等，《唐诗鉴赏词典》选的大体也是这些诗。他的那首《送魏万之京》中的“鸿雁不堪愁里听，云山况是客中过”，也是为人传诵的名句。

不过李颀的诗句虽多，却也像现下影视剧中半红不黑的二流角色一样，只混得个脸熟，想来有不少人听我说了这许多后，还是没有什么印象。电视剧《还珠格格》总看过吧？小燕子知道吧？乾隆罚她背的那首《古从军行》记得吧？就是那个“白日登山望烽火，黄昏饮马傍交河。行人刁斗风沙暗，公主背诗幽怨多……”说错了，“公主琵琶幽怨多”，前面那句是小燕子杜撰的。

虽然李颀在开元十三年（公元725年）中过进士，但他一生只做过新乡县尉，这样一个芝麻小官。想必李颀也是不会做官的人，人家都是“三年清知府，十万雪花银”，而李颀当了一回新乡的县尉（相当于公安局长），却沦落到这等尴尬境地：“数年作吏家屡空，谁道黑头成老翁。男儿在世无产业，行子出门如转蓬。”（《欲之新乡答崔颢綦毋潜》）可见他的确在做官方面略显“低能”，所以后来他索性辞官，又过起隐士的生活——“罢吏今何适，辞家方独行”。

施蛰存先生在他的《唐诗百话》里讲过李颀的《渔父歌》，宋人洪迈的《容斋随笔》中记下的这四句，也相当不错：“远客坐长夜，雨声孤寺秋。请量东海水，看取浅深愁。”（此四句《全唐诗》中不载）在这里，我就不拾这些名家的牙慧了。

《野老曝背》这首诗别具一格，读来饶有趣味。诗中写一个百岁老人，年岁大了，也不用耕田使力了，每天在暖乎乎的阳光下晒晒背，坐在地上捉捉虱子，有时困了，就干脆倒在篱笆下面睡一觉。读罢此诗，我的脑海中显现出的是老顽童周伯通的形象——虽已是年高岁老，白发白须，但却有孩童一般的天真烂漫。

其实想想，这个百岁老人也挺不容易的，年过百岁才得以放下田里的活，说明他是像老耕牛一样出了一辈子的力，种了一辈子的田，直到晚年才得以喘息。然而，这样他就觉得很满足了，正像他在太阳底下晒晒背，就觉得很满足一样。

《列子·杨朱》里讲过这样一个故事：从前宋国有个农夫，经常没有棉衣穿，冬天冻得不行。终于盼到开春了，这个农夫在暖暖的阳光下一晒，那个舒坦劲就别提了。他跑到家里和自己的老婆说："晒太阳这样舒服的事，人们都不知道，我要把这件事告诉国王，肯定会得重赏的。"——可他根本不知道，国王住的是广厦深宫，穿的是狐裘锦袍。

对于这个典故，我们一般都当作笑话来听，但是转念想想，也没有什么可笑的。宋国国王虽然偎红依翠、锦衣玉食，但他也丧失了体会到春日煦暖阳光的乐趣，这只属于一个冬日里忍冻过来的农夫。历代的帝王，平均寿命只有三十多岁，昏昏然于声色犬马中的帝王，震怒于文武百官前的帝王，却始终不会享受到平民百姓最容易得到的快乐。

所以，世上有百岁的村夫，却没有百岁的皇帝。诗中的这个老人，已活了百岁，应该是从隋末一直活到开元年间，这百年来什么风风雨雨他没有见过？一百年，从历史上来看，虽然说起来很短，但其中的沧桑变故也是惊人的，比如我们今天的百岁老人，他们出生时可能还是清朝呢。一百年，就算是一张桌子、一把椅子，也因岁月的磨蚀变得泛黄，就算是一株树也会渐渐枯空，正所谓"树犹如此，人何以堪"。到了人生的片尾，名利财物似乎也不那么重要了，正如《菜根谭》中所说："发落齿疏，任幻形之凋谢，鸟吟花开，识自性之真如。"从本诗中看，这个老人面对生命的最后时光，也是万事不再萦怀，一切谈笑任之，所以他才目送飞鸿，篱下酣眠，这是一种几近于道家的境界。也许正因为老人素来有此胸怀，才得享百岁遐龄吧。

当然，这首诗里，也透出一种盛唐时安乐祥和的气氛，中唐之时的窦巩有一首《代邻叟》：“年来七十能耕桑，就暖支羸强下床。满眼儿孙身外事，闲梳白发对残阳。”其中就多有衰败之气，远不如此篇雄健。到了晚唐离乱之时，韦庄的《秦妇吟》中的老翁更是这等形象：“明朝又过新安东，路上乞浆逢一翁。苍苍面带苔藓色，隐隐身藏蓬荻中。”《笑傲江湖》一书中，祖千秋和令狐冲“论杯”，说“饮这绍兴状元红须用古瓷杯，最好是北宋瓷杯，南宋瓷杯勉强可用，但已有衰败气象”。确实，不同的时代，人的精神面貌也随之不同，诗句的意境也不同，岂独瓷杯邪？

竹竿袅袅波无际，不知何者吞吾钩

白发渔樵江渚上，惯看秋月春风

卷 144_50《戏题湖上》常建

湖上老人坐矶头，湖里桃花水却流。

竹竿袅袅波无际，不知何者吞吾钩。

常建和前面我们说的李颀一样，在唐代诗人中也是配角的身份。但古人对常建的评价是相当高的，唐人殷璠所编选的《河岳英灵集》中，将常建的诗放在卷首，以说明他对常建诗的喜爱，而此集中，“诗圣”老杜的诗，却一首也没有入选，看来时代不同、社会环境不同，人们的欣赏水平还是有非常大的差别的。

常建和李颀的官运也相似，最终才混了个县尉的职位。为此，《唐才子传》作者辛文房愤愤不平地说："古称高才而无贵仕，诚哉是言。曩刘桢死于文学，鲍照卒于参军，今建亦沦于一尉，悲夫！"

关于常建的诗，最有名的当然是他那首《题破山寺后禅院》，其中"竹径通幽处，禅房花木深"一联，让欧阳修大为叹服，曾说："吾尝喜诵常建诗云'竹径通幽处，禅房花木深'，欲效其语作一联，久不可得，乃知造意者为难工也。"而后面的"山光悦鸟性，潭影空人心"一联，也被殷璠誉为"警策"。一般来说，一首诗有上一联名句，就可以称为好诗了，而常建这首诗中警句连连，放在强手如云的盛唐诗坛中，也毫不逊色。不过此诗在《唐诗三百首》和《唐诗鉴赏词典》中都有收录，这里就不多说了。

这首《戏题湖上》，虽然篇幅短小，也少为人知，却不失为一首能代表常建风格的好诗。《河岳英灵集》中称："建诗似初发通庄，却寻野径，百里之外，方归大道。所以其旨远，其兴僻；佳句辄来，惟论意表。"像《题破山寺后禅院》那首，笔调有如古体诗，并不拘泥于格律，却得天然之趣。这首诗也是如此，第一句有"湖上老人"，第二句又是"湖里桃花"，这要是放在穷讲究的宋代及后世酸文人那里，就会被视作诗家之病而不敢道，因为他们觉得一首诗内，同一字、词重复地使用，是诗之大忌。而常建之诗恰恰代表了盛唐时挥洒自如的诗风，像"竹径通幽处，禅房花木深"一联，连对仗也不顾了，却成为千古不可多得之妙句，这就是盛唐的爽朗之气。

后面这两句，以渔翁湖上垂钓，意不在鱼，体现出一种超世的感觉。古来就有姜子牙用直钩钓鱼，愿者上钩一说，但老姜也是有目的的，他钓的不是小鱼小虾，而是王侯将相。常建笔下的这个老人，似乎连侯王将相也无意去钓，一派得失随缘、心无增减的豁达之情。我觉得这同样是一种盛唐气息的体现，我们来看看晚唐时穷愁一生，又因借宿在宰相王涯家被错杀的诗人卢仝，他笔下的钓鱼者就是满腔郁闷、满腹牢骚：

初岁学钓鱼，自谓鱼易得。三十持钓竿，一鱼钓不得。人钩曲，我钩直，哀哉我钩又无食。文王已没不复生，直钩之道何时行。

相形之下，常建笔下的这个渔翁更有高人风范，有道是："白发渔樵江渚上，惯看秋月春风，古今多少事，都付笑谈中"，"不知何者吞吾钩"，世间设钩者众，吞钩者亦众，闲看贪饵上钩者，不亦乐乎？

太阳偏不及，非是未倾心

我本将心向明月，奈何明月照沟渠

卷147_14《游南园，偶见在阴墙下葵，因以成咏》刘长卿

此地常无日，青青独在阴。太阳偏不及，非是未倾心。

这首小诗的题目虽长，正文却短。然而，仅仅这二十个字，却意味无穷。这首诗并不难懂，诗中说有个墙根下背阴而生的葵——古代的葵，有人说并非今天的向日葵，但古人所说的这种葵，也是向日的。《三国志·魏志·陈思王植传》就说："若葵藿之倾叶，太阳虽不为之回光，然向之者诚也。"

历来诗人咏葵，多以此来表达自己的一片忠臣之心，比如宋代名臣司马光的诗：“更无柳絮因风起，唯有葵花向日倾”，一副义胆包天，忠肝盖地的模样。而刘长卿这首诗的意味不大一样，他说这株葵并不是不想向阳而倾，而是太阳根本照不到它，它终日生长在见不到太阳的阴暗角落，又如何能朝向太阳，沐浴阳光呢？退一步来说，就算是它努力朝向太阳，太阳也终究照不到它的身上啊！刘长卿的诗中充满了寥落、幽怨之情，大有“我本有心向明月，奈何明月照沟渠”的意味。

如果我们了解了刘长卿的经历，对这首诗中透出的悲慨之情就不难理解了。刘长卿的一生，堪称命运多舛，他的第一件倒霉事是：在科举考试上，刘长卿从二十岁一直考到三十二岁，这十二年中一次又一次落第。古人以“金榜题名时”为人生四喜之一，又以“下第举人心”为四悲之一，刘长卿这十二年来不知流了多少伤心泪。更倒霉的是，好不容易等到开元十四年（公元726年），这回刘长卿终于金榜题名了，但是却没有品尝到“春风得意马蹄疾”的滋味。因为还没有揭榜，安史之乱就爆发了，这滋味肯定和我们中了百万元大奖，突然被宣布无效一般，岂不让人急得发疯？

到了唐肃宗即位后，刘长卿好容易被任命到苏州下属的长洲县当了县尉。然而，这人要是倒霉了，喝口凉水也塞牙，不久后他被人诬告贪污而被下狱。据有些资料中说，他任转运使判官的时，竟然得罪了既是郭子仪的女婿，又是他的顶头上司的吴仲孺。吴仲孺诬告他贪赃二十万贯，将其下狱。这唐代诗人都是文质彬彬的读书人，和杀人放火的梁山好汉不大一样，坐过牢、服过刑的并不多，也就骆宾王、陈子昂、李白等寥寥数人，而刘长卿不幸也成为其中之一。好在唐代还不兴在脸上刺字，不然带了两行金印，更是有辱斯文。在狱中时，刘长卿写了不少充满哀怨的诗句，如：“斗间谁与看冤气，盆下无由见太阳”（《罪所上御史惟则》），“不谓衔冤处，而能窥大悲”（《狱中见壁画佛》），和我们选的这首诗的意境是相通的。

后来唐朝大军收复洛阳时，唐肃宗欢喜之下，大赦天下。刘长卿终于得以出狱，他写道：“壮志已怜成白首，馀生犹待发青春。风霜何事偏伤物，天地无情亦爱人”，可以看出，这场牢狱之灾带给刘长卿的打击虽大，但他没有气馁。然而，刘长卿此后的宦海生涯也终不得志，究其原因，还是刘长卿孤傲的性格所致。辛文房的《唐才子传》说到了点子上：“长卿清才冠世，颇凌浮俗，性刚多忤权门，故两逢迁斥，人悉冤之。”

我们知道这些，对此诗中所表达的情感就不难理解了。相比之下，宋人刘克庄有首诗似乎是反刘长卿之意而作：“生长古墙阴，园荒草木深。可曾沾雨露，不改向阳心。”意思是说，不管沾不沾皇恩雨露，其忠心不改，但我觉得刘克庄之诗比较流俗，不如刘长卿此诗更有意思。

何辞向物开秦镜，却使他人得楚弓

明白心迹的好句

卷 151_40《避地江东，留别淮南使院诸公》刘长卿

长安路绝鸟飞通，万里孤云西复东。
旧业已应成茂草，馀生只是任飘蓬。
何辞向物开秦镜[1]，却使他人得楚弓[2]。
此去行持一竿竹，等闲将狎钓渔翁。

---

① 秦镜：《西京杂记》中说相传秦始皇宫中有镜，能窥见人之五脏六腑，洞察八微。有邪心的人，会照见胆张心动。

② 楚弓：刘向《说苑·至公》中说楚王打猎时丢了张弓，左右请求寻找回来。楚王说："算了，楚人丢了弓，拾到的也是楚人，有什么呢？"后来比喻人对得失的豁达之情。

关于刘长卿的诗才，历来世人都有不同的见解。高仲武《中兴间气集》中评道：“大抵十首已上，语意稍同，于落句尤甚，思锐才窄也。”毋庸讳言，刘长卿的不少诗确实有这样的特点，比如上面引到的“风霜何事偏伤物，天地无情亦爱人”一句，在另一首五言中化为“得罪风霜苦，全生天地仁”，这样极为相似的句子。一首五言诗中的“秦台镜欲临”，和本篇中的“何辞向物开秦镜”也大致相近，这是实情。

但以此否定刘长卿的才情，说其“思锐才窄”，我觉得未免有些过分。就算是诗仙李太白，也常有雷同的手法，比如“请君试问东流水，别意与之谁短长”和“桃花潭水深千尺，不及汪伦送我情”；“且就洞庭赊月色”和“暂就东山赊月色”；“狂风吹我心，西挂咸阳树”和“我寄愁心与明月，随风直到夜郎西”，等等，也有此弊吧？

刘长卿有“五言长城”之称，但我觉得刘长卿不但五言写得好，六言、七言都写得非常不错，我们看这两首六言诗：

（其一）

危岩才通鸟道，青山更有人家，
桃园应在深处，涧水浮来落花。

（其二）

晴川落日初低，惆怅孤舟解携。
鸟向平芜远近，人随流水东西。
白云千里万里，明月前溪后溪。
独恨长沙谪去，江潭春草萋萋。

都是相当不错的好诗，而刘长卿的七言诗中也是妙句叠出，如“江上几回今夜月，镜中无复少年时”“孤城尽日空花落，三户无人自鸟啼”“水近偏逢寒气早，山深常见日光迟”，都是卓为可观的好句子（这里只说常见选本中没有的，还没提“闲花落地听无声”之类的）。所以，单说刘长卿是“五言长城”，未免如管中窥豹，只见一斑。

本文开篇的这首诗，很能代表刘长卿诗的风格：对仗工整精致，诗意清淡幽远，于深密中见清秀。高仲武曾说刘长卿诗的特点是“甚能炼饰”，倒是十分中肯的。从诗题看，当时刘长卿正避乱于江南。“长安路绝鸟飞通”，是说当时正值安史之乱，通往长安的路都被断绝，只有鸟才能飞去，而包括刘长卿在内的这些避乱的人，像孤云一样四处漂泊。一句“西复东”，将白云本无根，只能随风去的情态描写得十分贴切。

“旧业已应成茂草，馀生只是任飘蓬”，遥想家里的旧舍，恐怕早只剩下一片荒草了，而这些乱后余生的人，也像风里的飞蓬一样，不知何处有着落。接下来用了两个典故（请参看注释），“何辞向物开秦镜”一句是说，我刘长卿问心无愧，何惧在秦镜之前摊开心胸？“却使他人得楚弓”是说，世间的财物得失，我早已不萦于怀，谁抢到了名、抢到了利，又有什么呢？我们知道刘长卿性格耿直，和哪些俗不可耐的同僚们肯定很合不来。假如你在某家公司上班，被同行排挤，干得非常不舒心时，恐怕也会有此感慨的。所以，如果哪位朋友一肚的委屈离开某公司时，大可抛下这样一句：“何辞向物开秦镜，却使他人得楚弓。”

最后两句表达了刘长卿的志向：我只想独把一竿，到江上和钓鱼翁相亲相爱，度过江湖上闲散疏懒的岁月。这不禁让我们想起刘长卿另一首诗中为人熟知的名句："长江一帆远，落日五湖春。"此诗于感慨深沉的叹喟中，又透出一股倔强孤直之气，意境苍凉幽远，情在景中，兴在象外，当属一首值得反复吟诵的好诗。

《全唐诗话》载："长卿以诗驰声上元、宝应间。皇甫湜云：'诗未有刘长卿一句，已呼宋玉为老兵矣……'其名重如此。"意思是说，有些后辈狂妄，写的诗还比不上刘长卿一句，就敢瞧不起宋玉。反过来理解也就是说，如果真有了刘长卿的水平，那瞧不起宋玉也就没有什么了。看来在当时刘长卿一度名气很高，但后来不知为什么名气有所下降，我觉得刘长卿就算不及王维，也和王昌龄、孟浩然差不了多少。

仁义岂有常，肝胆反为贼

为利益插朋友两刀

153_1《杂诗六首》李华

（其六）

钝且直。争权复争利，终不得其力。

牙与翼。相旋如疾风，并命趋紫极①。

何相逼。仁义岂有常，肝胆反为贼。

勿嫌书生直，钝直深可忆。

① 紫极：星名。借指帝王的宫殿。这里借指权位。

说起李华，他的文章比诗作更有名。那篇《吊古战场文》被选入《古文观止》中，成为众口传诵的名篇。据《全唐诗话续编》载：李华和一个叫萧颖士的是好朋友，但当时的人都认为李华的文才不及萧颖士。李华不服气，于是暗中写了这篇《吊古战场文》后，像现在做假古董一样进行“做旧”——放在破屋里，烟熏尘污了很长一段时间，又装作无意中发现的，拿给萧颖士看。萧颖士一看，极口称赞，李华趁机问道：“你觉得现在有谁能写出这样的文章？”萧颖士说：“君若加精思，便能至矣——你要是用全力的精心去写，也能达到这个水平。”李华听了，“愕然而服”，看来朋友还是挺了解他的。

李华的文章名垂千古，但他的诗作人们了解得不多。《唐诗鉴赏词典》也只选有他的一首诗：“宜阳城下草萋萋，涧水东流复向西。芳树无人花自落，春山一路鸟空啼。”这首诗写得非常之妙，但这是他集中唯一的一首七绝，我怀疑李华的诗也有不少散佚了。

本篇选的这首诗是一首古体诗，此诗不讲究温婉蕴藉、矜持收敛的那种含蓄美，而是风格古朴生拗，不加雕饰，别有一种直白粗犷的厚重感，有汉魏六朝诗的风采。

此诗大体是说，和书生之辈结交，这些书呆子们看起来既是笨笨的，又是一根筋的直肠子，如果想让他们帮你争权夺利的话，似乎派不上什么用场，而遇见“纵横者”——也就是那些很会上蹿下跳、兴风作浪的人，却能充当我的羽翼和爪牙，他们可以当我的马前卒，帮我向更高的权位（紫极）冲锋。然而，一旦事情有变，前途不妙时（“奔车得停轨”），他们就疯狂反噬，转过来落井下石，正所谓“墙倒众人推”。“仁义岂有常，肝胆反为贼”，这些人口中的仁义哪能信？本来被视为肝胆的心腹之人，一下子变脸，比贼人强盗还狠。所以，诗人结句时说：“勿嫌书生直，钝直深可忆。”看起来愚钝的书生们，才是值得相交的。

杜甫有一首《贫交行》（也是古体诗）：“翻手为云覆手雨，纷纷轻薄何须数。君不见管鲍贫时交，此道今人弃如土。”可以和本篇得这首诗对照来读，从唐代到今天，时光已过去了千年，但人世间很多翻云覆雨的故事却一再重复，有道是：为朋友两肋插刀——傻瓜；为了钱插朋友两刀——不犹豫。李华此诗中所说的现象，依然值得我们警醒和感叹。

罗袖洒赤血，英声凌紫霞

白刃报私仇的侠女

卷 24_1《杂曲歌辞·秦女休行》李白

西门秦氏女，秀色如琼花。手挥白杨刀①，清昼杀仇家。

罗袖洒赤血，英声凌紫霞。直上西山去，关吏相邀遮②。

婿为燕国王，身被诏狱加。犯刑若履虎③，不畏落爪牙。

---

① 白杨刀：短刀的一种。

② 邀遮：拦阻。如汉荀悦《汉纪·平帝纪》："虏邀遮前后，危殆不测。"

③ 履虎：即履虎尾的略写。意为踩踏虎尾。比喻身蹈危境。《梁书·武帝纪上》："江淮扰逼，势同履虎。"

素颈未及断，摧眉伏泥沙。金鸡忽放赦，大辟得宽赊[①]。

何惭聂政姊[②]，万古共惊嗟。

《李白集》历来少有人提及。所谓“秦女休行”，我一开始不知道，以为“秦女”是一个词，“休行”是一个词，深入了解后，才知不然，应该断句为“秦女休行”。行是诗歌的一种体裁，也称歌行。而秦女休，是一个女子的名字，她姓秦名女休，为了替家族复仇，她杀人于都市，虽依律当死，但在临刑时却被赦免。因何赦免她？她到底是哪个燕王的妻子或妾妇？我们现在似乎都不清楚了。我们知道此事，主要是因为三国时魏国有个“妙于音律、善郑声”的音乐人左延年，据此事创作了这首辞曲，名为“秦女休行”。这首曲辞创作之后，晋时的傅玄也以“秦女休行”为题，写过一个“庞氏有烈妇”的故事，胡适先生曾认为此两首诗所写的是同一件事，但也有人持不同意见，认为并非一事。但不管怎么样，都是写女子挥刀杀人报仇的故事。

左延年的《秦女休行》是这样写的：

始出上西门，遥望秦氏庐。秦氏有好女，自名为女休。

休年十四五，为宗行报仇。左执白杨刃，右据宛鲁矛。

仇家便东南，仆僵秦女休。女休西上山，上山四五里。

关吏呵问女休，女休前置辞：

---

① 大辟：斩首的刑罚。宽赊：宽赦的意思。

② 聂政姊：聂政是战国时有名的刺客，为了不连累家人亲属，他完成刺杀任务后，用刀划烂自己的脸后自杀。仇家将他暴尸街头，一时无人敢认，然而他的姐姐为了世人知道他的英名，坦然指认后自杀而死。

"平生为燕王妇，於今为诏狱囚。平生衣参差，当今无领襦。

明知杀人当死，兄言怏怏，弟言无道忧。女休坚辞为宗报仇，死不疑。"

杀人都市中，徼我都巷西。丞卿罗东向坐，女休凄凄曳梏前。

两徒夹我持刀。刀五尺馀。刀未下，朣胧击鼓赦书下。

我们看左延年写的这首诗，以叙事为主，而且参差不齐，不像诗，倒像文，其中也似有错讹之处，读起来不怎么通畅。在《太平广记》一书中，此诗得以精简编辑，成了这样："始出上西门，遥望秦氏家。秦氏有好女，自名曰女休。女休年十五，为宗行报仇。左执白阳刀，右据宛景矛。雠家东南僵，女休西上山。上山四五里，关吏不得休。女休前置辞：生为燕王妇，今为诏狱囚。刀矛未及下，拢童击鼓赦书下。"这样就通畅连贯了不少，但也是平实无文。从上面的诗文中，我们了解事情的过程大体是这样的：

这个姓秦名女休的女孩，年仅十四、五岁，她为了给家族报仇，左手持刀，右手执矛，杀死了仇人。后来她逃到西山上，被关吏追到，她慷慨陈词，说明其甘愿舍命报仇的决心。但历来杀人偿命（要是按现代法律，秦女休的年龄尚不适用死刑），官长也只好判她死罪，然而就在临刑前，出现了"刀下留人"的戏剧性一幕，赦书及时下达，秦女休也得以有惊无险，死里逃生。

好了，事情清楚了，但有道是"货比货得扔"，左延年的诗和李白之诗比起来，有霄壤云泥之别。我们看左诗上来就是平铺直叙，像小学生写记叙文一样，老老实实地交代时间、地点、人物，什么左手拿刀，右手拿矛，仇家的尸体僵卧东南，秦女休逃到西山，等等，从文采上来讲很是寡淡无味，倒是像一篇纪实性的新闻报道。而经太白之手一写，真可谓化腐朽为神奇，这神韵顿时灵动飞扬起来。

太白之诗，上来就是“西门秦氏女，秀色如琼花”——一个雪肤花貌的美女立刻浮现在我们眼前，而接下来的句子更是惊人——“手挥白杨刀，清昼杀仇家”，一般的如花美女都是娇娇滴滴的依人小鸟，而这个美貌的女子居然手拿雪亮的短刀，于青天白昼之时，斩落仇家的脑袋，这是何等的英姿飒爽！

左延年诗中所形容的是“仇家东南僵”，整个诗意也显得很“僵”，而太白的诗像富有美学眼光的优秀摄影师一样，总能从最佳角度捕捉到最炫人眼目的画面——“罗袖洒赤血，英声凌紫霞”，太白不像左延年那样把“镜头”对准硬邦邦的僵尸，也不像傅玄的《秦女休行》一诗中那样着力描写“肉与土合成泥”的血腥画面，而是定格在殷红的血洒上这名女子的罗袖，这就充满了动感和美感。突出了秦女休的侠女形象。后来崇祯帝给巾帼英雄秦良玉赐诗曰：“胡虏饥餐誓不辞，饮将鲜血带胭脂”，应该也是仿效了李白的手法，平心而论崇祯帝虽是亡国之君，但这首诗写得还是不错的。

之后的诗句，太白也是写得精彩绝伦，什么“犯刑履虎”“金鸡放赦”，等等，也显得诗意纵横激荡，比左延年的原诗强了不止一点，这也给我们启发：想写好诗，就得有艺术加工、巧于剪裁才行。

另外，从此诗中我们也可以了解到，汉唐之时，不但男儿有

"犯强汉者，虽远必诛"的豪情胜慨，不仅三国里的勇将典韦有"提人头过闹市，百人不敢近"的威风，就连女儿家也并非娇弱，她们居然也可以于光天化日下手刃仇敌，也用不着利用身体优势，像《色戒》里那样玩"色诱"的把戏，而是大义凛然，堂堂出手，正所谓"休言女子非英物，夜夜龙泉壁上鸣。"只可惜后世中，大部分身体和精神都被裹脚布缠住的女子们都缺失了这种精神，甚至连男人们也越来越怯弱如鸡，早没有了"该出手时就出手"的侠骨热肠。这些人和秦女休一比，岂不汗颜?

附：傅玄所写的《秦女休行》：

庞氏有烈妇，义声驰雍凉。父母家有重怨，仇人暴且强。

虽有男兄弟，志弱不能当。烈女念此痛，丹心为寸伤。

外若无意者，内潜思无方。白日入都市，怨家如平常。

匿剑藏白刃，一奋寻身僵。身首为之异处，伏尸列肆旁。

肉与土合成泥，洒血溅飞梁。猛气上干云霓，仇党失守对披攘。

一市称烈义，观者收泪并慨慷。百男何当益? 不如一女良。

烈女直造县门，云："父不幸。遭祸殃。今仇身已分裂虽死情益扬，杀人当伏辜，义不苟活隳旧章。"县令解印绶："令我伤心不忍听"。

刑部垂头塞耳："令我吏举不能成。"烈著希代之绩，义立无穷之名。

夫家同受其祚，子子孙孙咸享其荣。今我作歌咏高风，激扬壮发悲且清。

三杯弄宝刀，杀人如剪草

李白笔下的侠客风姿

卷164_5《白马篇》李白

龙马花雪毛，金鞍五陵豪[1]。秋霜切玉剑，落日明珠袍。

斗鸡事万乘，轩盖一何高？弓摧南山虎，手接太行猱[2]。

---

① 五陵豪：五陵是长安城外五个汉代皇帝陵墓所在地，分别是汉高祖的长陵、汉惠帝的安陵、汉景帝的阳陵、汉武帝的茂陵、汉昭帝的平陵。汉唐时代为贵族和有钱人居住区。

② 猱：善于攀援腾跃的猿。

酒后竞风采，三杯弄宝刀。杀人如剪草，剧孟同游遨[①]。

发愤去函谷，从军向临洮。叱咤经百战，匈奴尽奔逃。

归来使酒气，未肯拜萧曹。羞入原宪室[②]，荒径隐蓬蒿。

说起李白，离不开“侠”“酒”“诗”“仙”，这四个字。太白之诗，也少不了任性行侠、酩酊醉酒、浪漫游仙这些事。然而，传统的选本，如《唐诗三百首》和《唐诗鉴赏词典》之类的，选李白诗时，“酒”“仙”题材的选得更多一些，而“侠”字类的却选得比较少。这可能是考虑到“侠以武犯禁”，不符合后世“少说话，多磕头”的处世原则吧。

其实，李白不少诗中，侠气纵横，正可谓“凌厉中原，顾盼生姿”，他的那首《侠客行》：“赵客缦胡缨，吴钩霜雪明。银鞍照白马，飒沓如流星。十步杀一人，千里不留行。事了拂衣去，深藏身与名……”挥洒豪迈，煞是精彩。此诗因成了金庸先生的同名武侠小说而广为人知，这里就不多说了。其他如“笑尽一杯酒，杀人都市中”等骇人眼目的句子，纵观所有唐诗，也是他人所未能道的。所以，我们敢断定，李白当年的确曾做过侠客，不然他如何写得出这等能活灵活现地展示侠客神采的诗句？

《白马篇》这个题目并非李白首创，三国时才高八斗的曹植就写过，而且是其集中相当出色的名篇。其中像“仰手接飞猱，俯身散马蹄”“捐躯赴国难，视死忽如归”等，成为传诵至今的

---

① 剧孟：西汉时的豪侠，威望极高。吴王刘濞叛乱时，周亚夫带兵出征，到洛阳后，见到剧孟，大喜说：“吴楚作乱不求助剧孟，可见成不了大事。”三个月内，叛乱就平定下来。

② 原宪：为孔子弟子，一生穷困潦倒。后常比喻安贫乐道的人。

名句。有曹植之作在先，别人再写难免有东施效颦之虞，但李白的才气比之曹植，恐怕只高不低，所以李白这首《白马篇》雄视千古，似乎更胜于曹植。

“龙马花雪毛，金鞍五陵豪”，太白有诗仙之称，他的诗中也总是高雅华贵，到处是“名牌”，这首诗一开始出场的也是“龙马”“金鞍”，和孟郊、贾岛等那些穷酸书生的诗天差地别。我在《华美的大唐碎片》一书中曾大胆揣测过，认为李白极有可能也是李唐皇室的子孙，出于李建成或李元吉一支，是避难逃到西域去的。虽然如此，他身上的那种天潢贵胄的气度却不曾减少。

“秋霜切玉剑，落日明珠袍”，读罢这两句，才露出些侠者本色，剑如秋霜，能削金切玉，袍饰明珠，落日下生辉。“斗鸡事万乘，轩盖一何高”，斗鸡，是当时游侠儿热衷的一种活动，犹如现下的赌马，万乘，往往代指皇帝或皇室，这里是说这些游侠儿经常和皇室贵族一起玩乐。李白曾有诗：“我昔斗鸡徒，连延五陵豪”，看来李白确是有过此种经历。

然而，如果只是会斗鸡走马，喝酒胡闹，那和高衙内之类的人也没有什么区别。接下来的描写，不免令我们对李白笔下的这位侠者的敬意油然而生——“弓摧南山虎，手接太行猱。酒后竞风采，三杯弄宝刀。杀人如剪草，剧孟同游遨。”这位侠者武功超群，豪气盖世，“弓摧南山虎，手接太行猱”，明显有曹植诗中那句“仰手接飞猱，俯身散马蹄”的影子，然而“青出蓝而胜于蓝”，李白这句更显得虎虎生风。李白有个忠实的粉丝叫魏颢，曾如“追星”一般，跑了上千里路去见李白，他形容李白的形貌是“眸子炯然，哆如饿虎，或时束带，风流蕴藉”。可想而知，对行侠生涯有切身体验的李白，其笔下的侠者更具风采。三杯过后，酒酣耳热之余，侠者不像乡巴佬们一样“把酒话桑麻”，而是像《水浒》中的豪杰一样，较量枪棒，把弄刀剑。这些侠客杀人如剪草，不怕官，不怕天，驰骋江湖，好不快活！

路见不平，拔刀相助，杀人报仇，笑傲江湖，这些还都是“侠之小者”，金庸先生塑造其小说中的侠客时曾提过，“为国为民”方是“侠之大者”。此处李白笔下的侠客也是如此，他到西北边陲（“临洮”“函谷”正是唐代边境）报国杀敌，身经百战，威震胡虏，立下无数奇功。从边疆归来后，这位侠客按理说会加官晋爵，但他任性使酒，不肯向萧曹（萧何、曹参，这里借指宰相）这样的高官低首摧眉，于是他重回江湖，又到荒径草野中去了，从此隐姓埋名，正所谓“事了拂衣去，深藏身与名”。

诗中所叙，是一个侠者的完美的一生，看武侠小说中，无论是袁承志、张无忌，还是令狐冲、杨过，都是这样，轰轰烈烈地干上几件大事，然后功成身退，再度退隐江湖，过那种笑傲天地、无拘无束的日子。这应该也是李白的人生理想。

梦长银汉落，觉罢天星稀

诗仙的羁旅情怀

卷183_6《秋夕旅怀》李白

凉风度秋海，吹我乡思飞。连山去无际，流水何时归。
目极浮云色，心断明月晖。芳草歇柔艳，白露催寒衣。
梦长银汉落，觉罢天星稀。含悲想旧国，泣下谁能挥。

李白之所以被誉为“诗仙”，并非是因为他在诗中曾自诩为“青莲居士谪仙人”，也并非完全源于他写过不少游仙类的诗篇，而是因为太白之诗，挥挥洒洒，清越明亮，飘逸如散花天女，轻妙如凌波微步，遒劲如玉龙飞天，正所谓“言出天地外，

思出鬼神表，读之则神驰八极，测之则心怀四溟，磊磊落落，真非世间语者，有李太白。”（皮日休语）

李白的诗，往往说的都是“仙家语”，传说中的神仙似乎都是他的朋友，比如他在《有所思》中说：“我思仙人乃在碧海之东隅。海寒多天风，白波连山倒蓬壶。长鲸喷涌不可涉，抚心茫茫泪如珠。西来青鸟东飞去，愿寄一书谢麻姑。”我们看这首诗中的场景，是碧海蓬壶这样的仙境，而其中的角色是青鸟、麻姑这样的仙家，到处是仙风仙韵，所以这李白想不叫诗仙也难。

如果是游仙题材的诗，有仙味也不算多离奇出众，而本篇这首写羁旅乡愁的诗，却也透着“仙味”，不改诗仙本色，自是其他诗人绝不可为。我们来细品一下：

“凉风度秋海，吹我乡思飞。连山去无际，流水何时归”，虽写的是愁思，但一来境界高远——“秋海”“连山”，二来动感十足——“凉风”“流水”，有大开大阖的气度，有行云流水般的飒爽。

“目极浮云色，心断明月晖”，羁旅乡愁之时而望月，是人之常情，也是诗家常用之语，但比较老杜的那句“片云天共远，永夜月同孤”，我们会品出其中的不同滋味。老杜之语，写片云孤月，悲怆凄清，而太白之句，虽有悲戚之情，但毕竟高华磊落，不像老杜一样沉沦落寞。

“芳草歇柔艳，白露催寒衣。梦长银汉落，觉罢天星稀”，太白诗中的比喻，往往也是用一些高洁幽美的景物作喻，像此诗中的“芳草”“白露”就是一例，而“银汉”“天星”之句，又是贴合太白诗仙身份的妙句。读罢此句，我们似乎看见太白正在昂首望天长叹。

“含悲想旧国，泣下谁能挥”，意为，我满怀愁绪想念家乡，谁能为我拭去眼泪？写到此处，戛然而止。全诗不用一个典故，也没有文字技巧上的刻意卖弄，而是疏朗有致，率然天真，深得“清水出芙蓉，天然去雕饰”的妙旨。

我觉得将大家熟知的《旅夜书怀》一诗，拿出来和本篇这首诗参照来读，也是颇有滋味的：

细草微风岸，危樯独夜舟。星垂平野阔，月涌大江流。

名岂文章著？官应老病休。飘飘何所似，天地一沙鸥。

老杜的这首诗，题目是《旅夜书怀》，和《秋夕旅怀》大同小异。只不过老杜的笔下，沉郁苍凉的意味更多一些，太白的笔下，飘逸洒落的情致更多一些。正所谓“春兰秋菊”各擅胜场，诗仙、诗圣的这两首诗，都值得我们珍爱咀嚼。

此时听夜雨，孤灯照窗间

萧瑟凄寂的夜雨秋灯图

卷188_30《简郡中诸生》韦应物

守郡卧秋阁，四面尽荒山。此时听夜雨，孤灯照窗间。
药园日芜没，书帷长自闲。惟当上客至，论诗一解颜。

韦应物的诗，一向以高雅闲淡著称，他的诗风似乎和陶渊明、孟浩然、王维等一脉相承，但韦诗自有其清幽寥落的特色。这应该和韦应物的个人经历和他所处的年代有很大的关系。韦应物当年曾是豪门高第，有道是“城南韦杜，去天尺五”。当时韦家和杜家是世代簪缨的贵族，韦应物少年时是唐玄宗的贴身侍卫，韦应物自己在诗中叙道：“与君十五侍皇闱，晓拂炉烟上赤墀。花开汉苑经过处，雪下骊山沐浴时。”当时唐玄宗带着杨贵妃到骊山度假玩乐，韦应物作为“警卫员”，当然也相随左右，看来韦应物提起此事来，还是相当骄傲的。

韦应物少年时是个胆大妄为的人，他曾自叙：“少事武皇帝，无赖恃恩私。身作里中横，家藏亡命儿。朝持樗蒲局，暮窃东邻姬。司隶不敢捕，立在白玉墀。骊山风雪夜，长杨羽猎时。一字都不识，饮酒肆顽痴。”此处说得很清楚，韦应物当年仗着是皇帝跟前的人，家里藏着杀人亡命的逃犯，早上起来没有事，就赌博玩钱，晚上钻穴逾墙偷人家的小老婆，而且爱喝酒胡闹，一字不识，十足的恶少形象。这和《韦苏州集》中的那些诗句，我们无论如何也联想不到一起。

如果没有“安史之乱”，韦应物很可能就这样混一辈子，最多会像和珅一样成为一个颇有权势的弄臣。但“安史之乱”改变了这一切，长安陷落，韦家的富贵钱财凋零殆尽，而唐玄宗的失势，也让韦应物风光不再，这之间的巨大落差一方面让韦应物发奋读书，考取了进士，另一方面也让他对佛道有了极深的感情。说到这里，突然觉得《红楼梦》中的贾宝玉，和韦应物的遭际有相似之处，宝玉也是在家业衰败后去考功名，然后又出家为僧的。当然，贾宝玉是小说中的人物，他的行为不免有些戏剧化的倾向，而韦应物不会彻底“撒手”的，他的后半生是一种时官时隐的状态。做几天官，他就辞职，到寺院中隐居静修，后来又有人力推他出来做官，于是他就又当上几年官，厌倦后又回去隐居在寺院中。他最后的时光就是在苏州永定寺中度过的。当时他做了六年苏州刺史，就主动辞职，所以世人又称其为韦苏州。

韦应物后半生正处于山河破碎、战乱不已的时代，所以他眼前心中的情景也是寂寞凄清者居多。韦应物诗中好用“寒斋”“夜雨”“幽”“独”之类的字样，显得荒凉萧瑟，此诗也不例外。

“守郡卧秋阁，四面尽荒山”，独卧秋阁，四面荒山，一起笔就是寥落清寂的调子，“此时听夜雨，孤灯照窗间”，这两句我觉得完全可以媲美那些传诵已久的名句。黄庭坚的“江湖夜雨十年灯”，在时空的范围上有所拓展，意境更为广阔，但说到缱绻凄恻，韦诗这一联似乎更为胜之。后人笔记小说，有以《夜雨秋灯录》为名，大概也是取自韦应物的这句诗。

“药园日芜没，书帷长自闲”，园中不植花草，全是药物，种药不种花，这就相当与众不同了。而“日芜没”三个字更妙，药乃医病之物，养生之物，但韦应物连这事也懒得去经心照看，使之日渐荒没，书房也终日长闲，可见韦应物当真达到道家的无为之境。这也让人联想起唐伯虎的一句诗：“善亦懒为何况恶？”韦应物连读书、种药这等清幽雅事也懒得去做，那红尘中的是非，更是和他半点关系也沾不上。《唐才子传》中说韦应物“为性高洁，鲜食寡欲，所居必焚香扫地而坐，冥心象外”，可见韦应物此句并非矫情作态。

然而，韦应物终非彻底出世的僧道，诗句如果一味枯寂，也会如死水一潭，缺乏灵动之感，最后这句“惟当上客至，论诗一解颜”，笔锋一转，转出一阵活跃全篇的轻风来。原来韦应物的孤独疏懒还有这样一个原因，就是知音难遇，同调无人。另外，此诗作为送给“郡中诸生”一封书简，通过这句也起到了抒情达意的作用。《沧浪诗话》中说“诗难处在结尾”，韦应物此篇的结句纯熟老辣，颇见功底，一看就是大家的手笔。

未若不相知，中心万仞何由款

世间最远的距离是人心

卷195_15《难言》韦应物

掬土移山望山尽，投石填海望海满。持索捕风几时得，将刀斫水几时断。未若不相知，中心万仞何由款①。

《韦应物集》中的这首诗，和其他诗作的风格迥然不同，这首诗写得有乐府民歌的风味，别具特色，读来令人耳目清新。而诸多选本中罕见有载，甚是可惜。

① 款：此处为倾诉衷肠之意。

此诗一上来连用四个比喻，诉说世上难为之事：用手捧土想移走大山，像精卫鸟一样投石子想填平大海，拿着绳子想捉住狂风，手把钢刀想劈断流水，不用说，这些都是难上加难的事情，而这些都是铺垫而已，最画龙点睛的是最后这句——“未若不相知，中心万仞何由款”，上面这些事情虽然看起来难于上青天，但比起彼此间的心意难知来，还不算什么。心中的阻隔似乎是压着万仞山岳，如何能贯通倾诉呢？

韦应物这首诗的手法，似学自乐府中的那首《上邪》：“上邪！我欲与君相知，长命无绝衰。山无陵，江水为竭，冬雷震震，夏雨雪，天地合，乃敢与君绝！”都是用一系列惊人的比拟，来表达十分强烈的内心情感。

在《全唐诗》中，紧随这首诗是它的姊妹篇：

卷195_16《易言》韦应物

洪炉炽炭燎一毛，大鼎炊汤沃残雪。疾影随形不觉至，千钧引缕不知绝。未若同心言，一言和同解千结。

这篇的内容完全相反，先是列举一些最容易的事，第一句应是出于《后汉书·何进传》：“今将军总皇威，握兵要，龙骧虎步，高下在心，此犹鼓洪炉燎毛发耳。”但韦应物这句更进一步，洪炉还是洪炉，但“工作量”减少了——只燎一毛，更为容易。第二句当源于枚乘的《七发》：“小饭大歠，如汤沃雪。”但这里也是“加强版”，大鼎中的沸水对付即将消融殆尽的残雪，更是加倍的容易。接下来的影子随形而走，千钧巨力拉断一根丝线，也都是讲不费吹灰之力的事情。同样，这些事情都是为了衬托最后一句话：“未若同心言，一言和同解千结”——彼此同心同气，万事都不难解决。正所谓“两人同心，其利断金”，“一言和同解千结”，说得真好，我觉得很值得大笔书写，精心装裱起来，挂在墙上，比挂什么“鹏飞万里”“和气生财”之类的强多了。

人生不得长少年 今日花正好，昨日花已老

卷199_72《蜀葵花歌》岑参

昨日一花开，今日一花开。今日花正好，昨日花已老。
始知人老不如花，可惜落花君莫扫。人生不得长少年，
莫惜床头沽酒钱。请君有钱向酒家，君不见，蜀葵花。

提起岑参，人们往往会记起他的边塞诗，岑参的边塞诗写得确实非常好，这来源于他的切身生活体验。我们知道岑参三十多岁时，曾跟随安西四镇的节度使高仙芝，到现在的新疆去当军中掌书记。所谓“掌书记”，并非现在的党支部书记一职，按《新

唐书·百官志》所说，掌书记主管“朝覲、聘问、慰荐、祭祀、祈祝之文与号令升绌”等一大堆琐碎的事情，似乎是办公室主任的工作。而岑参诗中常提到的“封大夫”，就是唐朝历史上很有名的封常清。

所以，岑参的边塞诗那可是真材实料，是在西北大漠的风沙暴雪中，化开砚上的残冰写就的。这和有些诗人一生从未去过边塞，未见识过兵戈，就也闭门造车般地写“边塞诗”，是大不相同的。陆游就十分推崇岑参，他曾说：“予自少时绝好岑嘉州诗，往在山中，每醉归，倚胡床睡，辄令儿曹诵之，至酒醒，或睡熟，乃已。尝以为太白、子美之后，一人而已。”

然而，岑参除了那些优秀的边塞诗外，还有不少的好诗。本篇这首诗我觉得就不错，起笔两句：“昨日一花开，今日一花开”，乍一看，似乎像不会写诗的样子，有点类似于那个有名的打趣体咏雪诗：“一片两片三四片，五片六片七八片。十片百片千万片，落入芦花寻不见。”然而，咏雪诗有点故意搞噱头，最后一句转得也突兀生硬，这样的诗当趣谈可以，真正赏味起来，却经不起咀嚼。而岑参这句则不然，接下来这句“今日花正好，昨日花已老”，就对应了第一句，也让第一句不再显得那么平淡。再往下看，“始知人老不如花，可惜落花君莫扫”，原来是以今日之花喻少年之人，昨日之花喻年老之人，“花有重开日，人无再少时”，这情调和林妹妹的《葬花吟》差不多。

但是，岑参毕竟是盛唐时的诗人，这首诗不会像林妹妹一样遁入彻底悲观绝望的调子——“试看春残花渐落，便是红颜老死时。一朝春尽红颜老，花落人亡两不知！”此诗后面笔锋一转——“人生不得长少年，莫惜床头沽酒钱”，又回到盛唐时那种健康乐观的血脉上来了，让我们不禁想起岑参的另一个名句：“一生大笑能几回，斗酒相逢须醉倒。”是啊，人生苦短，悲愁无益，若苦昼短夜长，何不秉烛而游？

千日废台还挂镜，数年尘面再新妆

春情融融的欢喜诗

卷 202_36《代征人妻喜夫还》梁锽

征夫走马发渔阳，少妇含娇开洞房。

千日废台还挂镜，数年尘面再新妆。

春风喜出今朝户，明月虚眠昨夜床。

莫道幽闺书信隔，还衣总是旧时香。

梁锽的诗，在诸多选本中少见提及，唐代才子中像是没有他这一号人似的。偶尔出现他的名字，往往伴随着这样一首诗：“刻木牵丝作老翁，鸡皮鹤发与真同。须臾弄罢寂无事，还似人生一梦中。”此诗描写的是一个傀儡木偶，喻意却相当深刻。

安史之乱后，唐玄宗退位当了太上皇，失去了权力，被迁到太极宫中，虽衣食珍宝玩器样样不缺，但亲信之人却全被遣走，成了半软禁的状态。唐玄宗终日郁郁不乐，据说就时常吟诵梁锽的这首诗，以至于有人误传此诗为唐玄宗所写。不过唐玄宗虽然不是作者，倒是最好的读者，因为他身临其境地体会到了从繁华极盛到惨淡凄凉，从大功大业到极危极殆。晚年时受制于人的情形，实在和演罢戏后丢在一边的傀儡无异。

梁锽的情况和资料，我们现在所知极少。但在当时，他也并非籍籍无名之辈，李颀有一首长诗，名为《别梁锽》，让我们能够了解他的一些情况。其中说：“梁生倜傥心不羁，途穷气盖长安儿。回头转眄似鵰鹗，有志飞鸣人岂知。”可见梁锽也是个豪气满怀，头角峥嵘的才子。“虽云四十无禄位，曾与大军掌书记。抗辞请刃诛部曲，作色论兵犯二帅。一言不合龙额侯，击剑拂衣从此弃……”这里是说梁锽也像岑参一样，当过军中的掌书记，但是他性格孤傲，以小小一个“掌书记”的身份居然敢正颜厉色地冒犯主帅，所以这掌书记他也当不长了，他索性主动炒了上司的鱿鱼——“击剑拂衣从此弃”，过起放荡不羁，而又清贫自守的生活——“朝朝饮酒黄公垆，脱帽露顶争叫呼”。

同样，岑参也十分敬慕梁锽，他有一首名为《题梁锽城中高居》的诗写道：“高住最高处，千家恒眼前。题诗饮酒后，只对诸峰眠。”对梁锽的高风亮节也是推崇备至。

梁锽的诗在《全唐诗》中只余下十五首，但不乏精彩之作。本篇所选的这首诗，就清新活泼，极为独特。一般来讲，写诗填词，总是写愁怀的多，说喜悦的少，闺情诗尤其如此。而这首诗却一反常态，不流于俗滥，捕捉到闺中少妇闻得丈夫归来的喜悦心情加以描绘，读来春意融融，十分畅快。

“征夫走马发渔阳，少妇含娇开洞房。千日废台还挂镜，数年尘面再新妆”，这几句是说听到丈夫从渔阳边塞平安回来了，闺中思妇的喜悦自不待言，于是含着娇羞和兴奋整理内室。她许久没有坐在梳妆台前打扮了，现在终于可以洗净尘面，画一个靓丽的新妆了。正所谓“自伯之东，首如飞蓬。岂无膏沐？谁适为容”，从“千日废台”和“数年尘面”之词，不难让我们从侧面感觉到这么多年来少妇愁眉难展、翘首思念的情景。然后，这许多的辛苦和泪水，似乎都被一阵春风吹散了——“春风喜出今朝户”，在这种喜气的感染下，连下句“明月虚眠昨夜床”也显得并非悲切之语了。如果将这句诗换个语境，明月高悬，空床独眠，似乎不胜幽怨，但在丈夫马上就归来的前夕，意味着她将永远地告别这孤单难熬的岁月，所以这过去的种种忧伤，也都被相逢的喜悦冲得丝毫不剩了。“莫道幽闺书信隔，还衣总是旧时香”，此句则是道出闺中少妇贞心不改的情怀，衣是旧时香，人是旧时人，多年渴望后的重逢，是何等的喜乐甜蜜。

《唐诗鉴赏词典》和《唐诗三百首》都选有权德舆的这样一首诗：“昨夜裙带解，今朝蟢子飞。铅华不可弃，莫是藁砧归？”（《玉台新咏》）题材和本篇这首诗相同，都是写思妇盼丈夫远归的喜悦之情，在含蓄婉转上，权诗似乎更有味道，但梁锽这首诗也有其细腻清新的特色，并不比那首《玉台新咏》差多少。

痴儿未知父子礼，叫怒索饭啼门东

百忧俱集的老杜

卷 219_18《百忧集行》杜甫

忆年十五心尚孩，健如黄犊走复来。

庭前八月梨枣熟，一日上树能千回。

即今倏忽已五十，坐卧只多少行立。

强将笑语供主人，悲见生涯百忧集。

入门依旧四壁空，老妻睹我颜色同。

痴儿未知父子礼，叫怒索饭啼门东。

对于杜甫的诗，历来有不同的评价，在其生前，老杜的诗名远不及李白大，原因很多，我觉得其中最重要的就是时代风气的影响。安史之乱前，正是开元天宝间的大唐盛世，人们丰衣足食，无忧无虑，所以更喜欢李白诗歌里那种潇洒飘逸、纵酒游仙的句子，而老杜一上来就哭丧着脸说："朝扣富儿门，暮随肥马尘，残杯与冷炙，到处潜悲辛。"不免被视为"诗丐"一般，不怎么受人待见。

而安史之乱后，山河破碎，血泪纵横，无论是富家巨室的贵族，还是小门小户的普通老百姓，都经历了离乱之痛、丧亡之悲。所以再读起老杜的诗来，感同身受，不得不重新定位杜甫诗歌的价值。

唐代之后的许多年里，我们中国也是多灾多难，文人们的境遇也越来越悲惨，像明代狂客徐渭就曾"每于风雨晦暝时，辄呼杜甫"，喊老杜干吗？徐渭的理由是"彼拾遗（指杜甫）者，一见而辄阻，仅博得早朝诗几首而已，馀俱悲歌慷慨，苦不胜述……见吾两人之遇，异世同轨，谁谓古今人不相及哉？"意思是说，老杜一生坎坷，虽当过几天小官，写过几首早朝诗（指《奉和贾至舍人早朝大明宫》等诗），但平生还是苦不堪言，诗中也是悲歌慷慨者居多，和自己的境遇大略相似。正所谓借古人之酒杯，浇心中之块垒。鲁迅先生曾认为，陶潜、李白、杜甫都是诗人中第一流的，但又说："我总觉得陶潜站得稍稍远一点，李白站得稍稍高一点，这也是时代使然。杜甫似乎不是古人，就好像今天还活在我们堆里似的。"在鲁迅先生所处的时代，杜甫诗中的苦难依旧如昨，所以他说杜甫好像"还活在我们堆里似的"。

之前的许多选本，选诗时似乎更注重挑《春望》《茅屋为秋风所破歌》之类的，以表现老杜身处困境，心忧国难，宁可有广厦千万间让他人安居，自己却甘愿冻死的高尚情怀。而本篇这首诗，主要写的是杜甫自己的感触，似没有更高的境界和格调，但此诗平实道来，发于肺腑，也相当感人。

从诗中所述来看，这首诗应该是写于杜甫的晚年。他已是五十多岁了，上了年纪的人总喜欢回忆旧事，他不禁想到少年时的自己：当年他健如牛犊，一天爬上爬下地上树摘梨摘枣，不知要来回多少次，而今却四肢僵木，终日慵坐懒卧。杜甫在当时正作幕宾，为了讨生活，不得不陪着笑脸娱人——“强将笑语供主人”，然而，付出了折腰屈膝的代价后，他的生活还是艰难无比——“入门依旧四壁空”，家里还是一贫如洗。

说来老杜的妻子还真是个贤良的女人，虽然老杜落魄不堪，但她却没有一句怨言。苏秦当年失意后回到家中，“妻不下紝，嫂不为炊，父母不与言”，老婆该干什么干什么，不理他。而杜甫之妻却睹其“颜色同”，和平日一样，应该算是老杜心中的一个安慰。然而，老杜幼子的哭闹声，却又生生地在老杜心上撕拉出血来——“痴儿未知父子礼，叫怒索饭啼门东”。

旧时可不同于现在，现在的80后、90后们对父母疾颜厉色地乱吼是寻常之事，父母也并不为忤。古时是特别讲究三纲五常的时代，父亲在家中的权威是非常高的，有道是“严父慈母”，儿女们一般都很害怕父亲，就像贾宝玉怕贾政，怕得如老鼠见猫一样。《红楼梦》中还有这样一个情节：贾家去郊外的道观游玩时，时值大暑之日，贾蓉不过先跑到屋里凉快一下，贾珍就叫小厮们啐他：“爷还不怕热，哥儿怎么先乘凉去了。”由此可见古时父亲的威严。所以旧时儿女敢和父亲顶嘴，往往立刻就巴掌、板子的招呼过去。但此刻杜甫对小儿子的“叫怒”，却无可奈何。小儿年幼，未识父子礼，这固然是一方面，另一方面是小儿的“叫怒”是要饭来吃，是再合理不过的要求，身为父亲，居然让自己年幼的儿子吃不上饭，又有什么脸面摆起父亲的架子来呵斥他呢？

诗到这里就突然结束了，但老杜幼子啼饥号寒之声，却似乎仍不绝于耳，诗中没继续写老杜的反应，但我们完全可以想象到，老杜除了“倚杖自叹息”，又有什么办法呢？

《杜甫集》中讲漂泊沦落、衰病潦倒的诗为数相当多，但本篇这首诗读来如与老杜对坐面谈，平实如话，絮絮道来，别有一种感人的滋味。像“痴儿未知父子礼，叫怒索饭啼门东”一句，我觉得比《狂夫》中那联“厚禄故人书断绝，恒饥稚子色凄凉”，更为真切感人。

庭前时有东风入，杨柳千条尽向西

细腻新颖的春怨诗

卷 251_24《代春怨》刘方平

朝日残莺伴妾啼，开帘只见草萋萋。

庭前时有东风入，杨柳千条尽向西。

《唐诗鉴赏词典》中评刘方平的诗时，说他是“盛唐时期一位不很出名的诗人，存诗不多，但他的几首小诗却写得清丽、细腻、隽永”，这个评价是很到位的。

刘方平是河南人，他虽然姓刘，但据考证，他有匈奴的血统（诗人刘禹锡也是如此）。《新唐书·宰相世袭表》说：“河南刘氏，本出匈奴之族，汉高祖以宗女妻冒顿，其俗贵者皆从母姓，因改为刘氏。”看来当时匈奴人倒有点崇刘媚汉，贵族们都以姓刘为荣，所以有不少姓刘的都是匈奴人。两晋南北朝的前赵之主刘曜，就是这种来历。不过到了唐代时，刘姓匈奴人早已汉化，刘方平一族又久居中原，早和其他汉人没有什么不同了。

刘方平终身不仕，但他的出身门第还是很了不起的，我们来查查户口，翻一下人家的祖宗三代：他的曾祖父刘政会，在隋朝时就是太原鹰扬府司马，后随唐高祖李渊起兵，官至洪州都督，加封邢国公，死后追赠为户部尚书；祖父刘奇，武则天时任吏部侍郎；父亲刘微，任吴郡太守和江南采访使。

有的时候，越是出身于官宦世家，越对当官发财就不怎么稀罕了。像宋代宰相晏殊的儿子晏几道之类的就是这样，一方面家里有钱，不当官也穷不死；另一方面，当官的威风也见惯了，不稀罕了，所谓“今日政事堂中半吾家旧客，亦未暇见也”——现在那些当官的有什么了不起的，原来全是上门巴结我家的，我没空搭理他们。所以，有些贵家公子反而向往一种自在平实的生活。据《唐才子传》讲，刘方平“白皙美容仪”，还极擅书画——“神意淡泊，善画山水，墨妙无前”。由此可见，刘方平也是一个翩翩浊世佳公子，恐怕能和刘希夷、王维等相比肩。

刘方平虽然不像李杜一样大名鼎鼎，但诸多选本中总少不了他的这两首诗：

卷 251_22《夜月》

更深月色半人家，北斗阑干南斗斜。

今夜偏知春气暖，虫声新透绿窗纱。

卷 251_23《春怨》

纱窗日落渐黄昏，金屋无人见泪痕。
寂寞空庭春欲晚，梨花满地不开门。

这两首诗早为人耳熟能详，这里就不多说了。而本篇选的这首诗，似乎只是一首很普通的闺怨诗，诸选本也很少提，但其细腻精妙之处，还是极能彰显出刘方平的功力的。

“朝日残莺伴妾啼”，此句点明这是一个朝日初升的清晨。树上残莺啼鸣的情景，让我们不禁想起另一首也很有名的诗：“打起黄莺儿，莫教枝上啼，啼时惊妾梦，不得到辽西。”本篇诗中这位少妇昨晚肯定也是难以安眠，是否得梦，从诗中难以推知。但得梦愁，无梦亦愁，醒来后的清晨，都是怅然若失的。

“开帘只见草萋萋”，春草萋萋，心中的春情也如春草暗生，割不尽，剪不尽。此处暗用《楚辞》中的“王孙游兮不归，春草生兮萋萋”的典故，却显得毫无痕迹，知此典故者，自然理解更深进一层，但不知此典者，也不妨碍欣赏诗句中的意境。

“庭前时有东风入，杨柳千条尽向西”，此两句尤为高妙。春日常吹东风，东风当然向西刮，柳条被吹向西边，是合理且平常的事。但刘方平将此情形写入诗中，却是一语双关，东风能催百花开、春草生，入得庭来，本应温情无限，但此时少妇的家中，却是空庭独守。春风吹动柳条向西，这样的事情或许没有人仔细留意，但却牵动了少妇那纤弱感伤的心。因为在遥远的西北边陲，是她远离家乡的丈夫，是她正在戍边从军的丈夫，是她日日夜夜盼念的人。她的心也早随风飞到那里去了，这千条飘向西的杨柳枝，不正代表了她的千缕情思吗？

历来闺情诗极多，将春风杨柳和思妇情怀相映而写的，也早就车载斗量，不计其数，而刘方平却能推陈出新，在已经写得有些俗滥的题材中找出新颖独到的视点，实在令人不得不叹服其超凡的才气。

附：刘方平《秋夜泛舟》一诗也非常妙，故录下共赏：

林塘夜泛舟，虫响荻飕飕。万影皆因月，千声各为秋。
岁华空复晚，乡思不堪愁。西北浮云外，伊川何处流。

欲知心里事，看取腹中书

美女诗人李季兰的妙句

卷805_13《结素鱼贻友人》李冶

尺素如残雪，结为双鲤鱼。欲知心里事，看取腹中书。

李冶又名李季兰，是唐代有名的三大女诗人之一（另两位为薛涛、鱼玄机），据《唐才子传》中说，李冶“美姿容，神情萧散，专心翰墨，善弹琴，尤工格律”。她的诗所存并不多，但诗如其人，透着一种萧散俊逸之气。而且李冶的诗颇有盛唐气韵，这也和薛涛、鱼玄机之作有一定的区别。正像《沧浪诗话》所言：“大历以前分明别是一副言语，晚唐分明别是一副言语，本朝诸公分明别是一副言语，如此见方许具一只眼。”也就是说，时代不同，诗风也会有所不同，而盛唐之诗，格调当属最高。

施蛰存先生在他的《唐诗百话》里说李冶的诗：“现在只存十六首，但是没有一首不是好诗。”然而，李冶的诗，《唐诗三百首》中一首都没有选，而《唐诗鉴赏词典》中选了她的《寄校书七兄》一诗，大概是受了旧时选本的影响，唐代高仲武在《中兴气象集》中曾猛夸这首诗，说“如‘远水浮仙棹，寒星伴使车’，盖五言之佳境也”。其实《寄校书七兄》一诗，我觉得在《李季兰集》中，并不算最出色的，高仲武等人说好，大概是因为这首诗中规中矩，和当时文人们应试时用得上的试帖诗相似罢了。有道是“女子能诗者多，能为试帖诗者颇少”，所以这首有试帖诗风格的诗受到当时文人的赞叹和推崇。其实这类诗无非是讲究喻意含蓄，格律工整，用典妥帖巧妙，从抒发真情上来讲，并不见得有多出色。

李冶有一首《八至》写得很不错：“至近至远东西，至深至浅清溪。至高至明日月，至亲至疏夫妻。”但这首诗现在也算不得生僻罕见之诗了，所以就不细讲了。她还有这样一首诗也相当不错：“人道海水深，不抵相思半。海水尚有涯，相思渺无畔。携琴上高楼，楼虚月华满。弹著相思曲，弦肠一时断。”同样的道理，也因为现在很多书上都提及了，我们就不多谈了。

本篇这首五绝，也是相当出色的一首好诗。要想深刻理解此诗，我们先明白这样一个典故：汉代的信函，常用两块木板做成，一底一盖，刻作鲤鱼的形状，中间放置书信。所谓“尺素”，是说古人写信用素绢，通常长约一尺，故称尺素。汉乐府民歌《饮马长城窟行》诗中有这样的句子：“客从远方来，遗我双鲤鱼。呼儿烹鲤鱼，中有尺素书，长跪读素书，书中竟何如。上有加餐食，下有长相忆。”李冶的这首诗，分明就是从此诗中化出的，但与汉诗的质朴无华、直来直去不同，李冶的这首诗言少情多，语带双关，妙趣丛生。

“尺素如残雪，结为双鲤鱼”，洁净的素绢如冰雪一样的白，暗喻自己皎皎如月的一片素心，诗人将之结为双鲤的模样后就要寄出。“欲知心里事，看取腹中书”，这句妙极了，“看取腹中书”，表面是说揭开鲤鱼形状的木盒，看鱼腹中的书信，而这书信中的文字又何尝不是发于李冶的肺腑之语？又何尝不是出于李冶腹心之中的一封书信？

清代文艺评论家刘熙载的《艺概》中说：“五绝无闲字易，有余味难。”的确如此，在五绝这样篇幅极小、容量有限的题材中，能做到清新明快间带以婉转巧妙，余味悠长，可见李季兰之功力不凡。而且此诗并非是那种娇媚端丽，纯粹靠女子特色见长的文字，而是磊落洒脱，就算是放在李、杜、王、孟集中，也丝毫不见逊色。刘长卿曾夸李季兰为女中诗豪，想来也并非完全出于恭维美女的捧鞋之举。

江上雪，浦边风。笑著荷衣不叹穷

风靡日本的渔歌

卷 29_1《杂歌谣辞·渔父歌》张志和

西塞山边白鹭飞。桃花流水鳜鱼肥。

青箬笠，绿蓑衣。斜风细雨不须归。

钓台渔父褐为裘[1]。两两三三舴艋舟[2]。

---

① 钓台渔父：指严光，字子陵，和汉光武帝刘秀是同学。刘秀当了皇帝，严光却隐名换姓，避至他乡。刘秀令绘形貌寻访，结果发现有一男子披着羊裘在泽中垂钓，像是严光，即遣使备车，聘至京城，授谏议大夫，不从，归隐富春山耕读垂钓以终。

② 舴艋：一种小舟。因小得像昆虫蚱蜢一样，故名。

能纵棹，惯乘流。长江白浪不曾忧。

霅溪湾里钓鱼翁。舴艋为家西复东。
江上雪，浦边风。笑著荷衣不叹穷。

松江蟹舍主人欢。菰饭莼羹亦共餐[1]。
枫叶落，荻花乾。醉宿渔舟不觉寒。

青草湖中月正圆。巴陵渔父棹歌连。
钓车子[2]，橛头船。乐在风波不用仙。

张志和的这组《渔父歌》，后来又称为《渔歌子》，其中第一首被选入语文课本中，是大家再熟悉不过的诗句，但后面这四首恐怕大家就不太熟悉了。对于张志和这个人，教科书上也不会介绍太多，其实在《全唐诗》和《新唐书》中，介绍了张志和的归入隐逸情怀，他是近乎神仙一流的人物。

自古以来的隐士，匿迹于万顷烟波之上的为数不少。早在《庄子》的书中就出现隐居在江湖之上的渔父形象。不过渔父形象虽多，有的是真心归隐，有的却是想沽名钓誉。我们知道孟浩然先生，虽有隐士之名，但看到洞庭湖水时，心潮荡漾，两眼鲜红，脑子里全是紫绶金印："欲济无舟楫，端居耻圣明。坐观垂

① 菰饭莼羹：晋代松江人张翰的典故。张翰在洛阳，因秋风起而怀念家乡的菰米饭、莼菜和鲈鱼。
② 钓车子：一种钓具。上有轮子缠着钓丝，既可放远，也可迅速收回。如韩愈《独钓》诗之二："坐厌亲刑柄，偷来傍钓车。"

钓者，空有羡鱼情。”而人家张志和才真是恬淡如水，不谋荣利，不显形迹，犹如神龙见首难见尾。

张志和十六岁时就以明经科及第。注意啊，十六岁啊，算是少年得志。他曾献策于唐肃宗，唐肃宗一开始很器重他，让他当翰林待诏。但是“伴君如伴虎”，皇帝喜怒无常，天威难测，像张志和这样直性子的人难免要出事，于是不久张志和就被贬官为南浦县尉。张志和在心灰意冷之下，就此不再为官，情愿驾一叶小舟，终日泛舟于江湖之上，自号为烟波钓徒。

张志和孤家寡人一个，也没有老婆。嫂子为他做了件衣服，他一穿就是十多年，无论冬夏，都是这一身。张志和隐居在江湖间，当然也遇到过麻烦，有一次，狗眼不识泰山的乡间小吏要征集民夫来挖河，看到张志和穿得破破烂烂的，就也把他征作民夫。按说张志和曾有过功名，不应该被征役的，但是张志和却并没有把眼一瞪，说“老子当年是翰林待诏”之类的话，而是乐呵呵地拿起条筐和铁锨干起活来，没有丝毫的怒色。看来张志和真是修到“无故加之而不怒”，对得失荣辱不萦于怀了。

张志和不但精于诗文，而且书画双绝。据唐代著名书法家颜真卿所记，张志和面对一幕素绢，酒酣之余，边击鼓吹笛助兴，边挥笔作画，一会儿闭着眼画，一会儿反手挥笔来画，随兴挥洒，笔下却犹如神助，山水云石顷刻间便出现在白绢之上，妙绝天成。这时候围观的人极多，以至于形成了一道密不透风的人墙，众人纷纷惊叹张志和的绝艺。电视剧《还珠格格》第三部中的知画，能够边舞蹈边作画，众人皆以为能，依我看，比起张志和来，她的那两下子可就相形见绌了。

本篇这五首诗其实都非常好懂，但仔细品味，却有“从平易处见工”之感。我想评析这几首诗，倒还真难以措辞，恰似《红楼梦》中香菱姐姐说的那样：“诗的好处，有口里说不出来的意思。”这五首诗，每一组中都有地名，分别是：“西塞山”（湖北）、“钓台”（富春江）、“雪溪湾”（湖州）、“松江”（上海附近）、“青草湖”（洞庭湖的东南部）。有人说，这是张志和在吟咏他曾经到过的地方。再仔细看，又写了春、夏、秋、冬四时的景致：“桃花流水鳜鱼肥”，当然是春天；“笑著荷衣不叹穷”是夏天；“枫叶落，荻花乾”是秋天；“钓台渔父褐为裘”，当是冬天。再看一下，又发现写出了诗人衣、食、住、行等各方面的情趣：“青箬笠，绿蓑衣”“钓台渔父褐为裘”“笑著荷衣不叹穷”，这些是说“衣”；“菰饭莼羹亦共餐”乃是“食”；“醉宿渔舟不觉寒”是“住”，“能纵棹，惯乘流”“舴艋为家西复东”是指“行”。

有比较方有鉴别，我们来看一首别人（宋《金奁集》内收录，没标清作者）唱和的：“偶然香饵得长鳣，鱼大船轻力不任。随远近，共浮沉，事事从轻不要深。”乍看起来也不错，但这个人在诗中拿腔作势地说起理来，未免有一股腐儒的酸气，和张志和那些纯天然无防腐剂的清爽诗作一比，高下立判。颜真卿曾赞张志和：“立性孤竣，不可得而亲疏；率诚澹然，人莫窥其喜愠。视轩裳如草芥，屏嗜欲若泥沙。”正是有这样高洁的心胸，这样出众的才华，张志和的这一组《渔歌子》才如仙风仙乐，读起来令人心旷神怡。

附：据《日本填词史学》记载：大约在张志和写成《渔歌子》四十九年后（公元823年，即日本平安朝弘仁十四年），这五首词传到日本，当时的嵯峨天皇读后备加赞赏，并亲作和诗五首：

江水渡头柳乱丝，渔翁上船烟景迟。
乘春兴，无厌时，求鱼不得带风吹。

渔人不记岁时流，淹泊淞洄老棹舟。
心自放，常狎鸥，桃花春水带良游。

青春林下度江桥，湖水翩翩入云霄。
烟波客，钓舟遥，往来无定带落潮。

溪边垂钓奈乐何，世上无家水宿多。
闲钓醉，独棹歌，浩荡飘飘带沧波。

寒江春晓片云晴，两岸花飞夜更明。
胪鱼脍，莼菜羹，餐罢酣歌带月行。

皇女智之内亲王也和词两首：

白头不觉何老人，明时不仕钓江滨。
饭香稻，苞紫鳞，不欲荣华送吾真。

春水洋洋沧浪清，渔翁从此独濯缨。
何乡里？何姓名？潭里闲歌送太平。

春烟间草色，春鸟隔花声

句句皆春的奇诗

卷 817_23《和邢端公登台春望句，句有春字之什》皎然

春日绣衣轻，春台别有情。春烟间草色，春鸟隔花声。
春树乱无次，春山遥得名。春风正飘荡，春瓮莫须倾[①]。

说起诗僧皎然，他的先祖倒是非常有名，那就是连李白也十分崇拜的谢灵运。皎然是他的十世孙，所以皎然俗家姓谢，又有字名清昼。出家前，他应该叫谢清昼。皎然也不是一开始就出家

---

① 春瓮：酒瓮。亦指酒。

为僧的，他一开始学道，后来才学佛，从他留下的很多诗句来看，他是儒、道、释三家均有涉猎，交友方面也是官宦、书生、道人、僧人无所不纳，甚至连李季兰这样的女道士，也没有拒之门外。

皎然高寿，至少有八十多岁，一生交往过的朋友也非常多，比较出名的有颜真卿、刘长卿、韦应物、陆羽等人。《唐诗鉴赏词典》和《唐诗三百首》都选有皎然的那首《寻陆鸿渐不遇》，这里的陆鸿渐，就是陆羽。我们知道陆羽在后世有“茶圣”之称，皎然作为陆羽的好友，当然没少喝好茶，他有一首题为《九日与陆处士羽饮茶》的诗：“九日山僧院，东篱菊也黄。俗人多泛酒，谁解助茶香。”作为出家人，皎然对于茶道的理解当然更为深入一层，所以陆羽能煮得好茶，皎然也能品得好茶，故两人相交甚笃。

皎然的容貌恐怕也相当不错，要不然大美女李季兰也不会“调戏”他（“天女来相试，将花欲染衣”），所以在我的脑海里，皎然仿佛是古龙小说中妙僧无花刚出场时的那种形象：“烟水迷蒙中，湖上竟泛着一叶孤舟。孤舟上端坐着个身穿月白色僧衣的少年僧人，正在抚琴。星月相映下，只见他目如朗星，唇红齿白，面目皎好如少女，而神情之温文，风采之潇洒，却又非世上任何女子所能比拟。他全身上下，看来一尘不染，竟似方自九天之上垂云而下。”

小说中无花这个形象（单说外貌气质），和皎然的先祖谢灵运的风度有相似有通之处，有道是“可怜东晋最风流”。王右军见杜弘治，叹曰：“面如凝脂，眼如点漆，此神仙中人。”当时有人夸一个叫王恭的人，用词是：“濯濯如春月柳”……所以按遗传学说，皎然的气度风姿，也应该是相当炫目的，这也是皎然社交圈子很多，众多达官贵人都乐于与之交往的原因吧。

皎然对于诗歌的贡献，还在于他有一篇非常有名的《诗式》。这是一部非常系统深刻的诗歌评论著作。《唐才子传》称之为“议论精当，取舍从公，整顿狂澜，出色骚雅”。像我们评论诗歌时常提到的“偷语”“偷意”“偷势”，等等，都是皎然此书中所写。

然而，诗歌评论家未必就是最好的诗人，正像优秀的裁判也难说自己上场就能打破世界纪录一样。不过，能把诗歌理论讲得头头是道的皎然，他的诗也不会太差。《唐才子传》中说皎然“外学超然，诗兴闲适，居第一流、第二流不过也”，这话说得有点含糊，第一流就是第一流，什么叫“居第一流、第二流不过也”？后来仔细一想，倒也有点道理，看遍了皎然的诗，我也觉得，如果称作第一流的好诗吧，似乎还差点火候，而算作第二流吧，又实在有点委屈。那就第一点五流？呵呵，没有这种叫法，但理论上，我觉得皎然的诗就是一点五流的水平。

《皎然集》中不乏好诗，如：“五湖生夜月，千里满寒流。旷望烟霞尽，凄凉天地秋。相思路渺渺，独梦水悠悠。何处空江上，裴回送客舟”，应该说相当不错。还有像什么“桐花落万井，月影出重城”“万里见秋色，两河伤别情”“日暮人归尽，山空雪未消”，等等，都可称之为佳句。当然，也毋庸讳言，皎然的这些诗句确实不够超一流的水准，和大历诸人及无可、贯休等诗僧的诗也差不多，并没有高出多少。

所以我们就不再重复选读皎然那些清淡幽远充满禅味的诗了，本篇所选的这首诗，单从艺术性来讲，未必有多出众，但此诗非常独特新颖，每一句的第一个字都是“春”字，一连用了八个春字，倒是春意盎然。此诗明白如话，不用多作解释，翻尽古今诗篇，这种形式的诗倒是比较罕见，故录出来，也算是“奇诗共欣赏”吧。

附：梁元帝《春日》诗，用了二十三个春字，句句有春，但却不是每个句首都是春字，皎然此诗可能对之有所借鉴：

春还春节美，春日春风过。
春心日日异，春情处处多。
处处春芳动，日日春禽变。
春意春已繁，春人春不见。
不见怀春人，徒望春光新。
春愁春自结，春结谁能申。
欲道春园趣，复忆春时人。
春人竟何在，空爽上春期。
独念春花落，还似昔春时。

愿得此身长报国，何须生入玉门关

豪情万丈的边塞壮曲

卷 274_50《塞上曲二首》戴叔伦

军门频纳受降书，一剑横行万里馀。
汉祖谩夸娄敬策[①]，却将公主嫁单于。
汉家旌帜满阴山，不遣胡儿匹马还。
愿得此身长报国，何须生入玉门关。

---

① 娄敬：汉高祖的谋臣，他劝汉高祖说“天下初定，士卒罢于兵，固不可以武胜也”，建议将嫡长公主嫁给匈奴单于，实行“和亲”。

戴叔伦也是中唐时一位相当重要的诗人，他的诗作颇丰，诗的类型和题材也非常多。我小时候读的一本叫作《唐诗选注》的集子，出版于二十世纪七十年代末，选讲了他的《女耕田行》一诗："乳燕入巢笋成竹，谁家二女种新谷。无人无牛不及犁，持刀斫地翻作泥……"全篇是写一对贫家姊妹，母亲年老多病不能劳动，哥哥还没娶亲，就被征到军中，牛也生瘟死了。到了春播的时候，家中虽然没有劳力，但有田不耕吃什么？于是两姐妹只好亲自耕地，身体劳累不堪，心中也是悲伤难耐——"姊妹相携心正苦，不见路人唯见土"。戴叔伦的这首诗，关注"弱势群体"，也算是"诗旨未忘能救物"吧。

《唐才子传》中说戴叔伦"赋性温雅，善举止，能清谈"，一派温文尔雅的书生形象，但从史书中却可以看出他为人正直，刚烈有节。史载他押送钱粮到公安时，正好遇到杨惠林反叛，这伙人劫下戴叔伦说："归我金币，可缓死"——给我钱，饶你不死。古时的史书，往往太简略，难以知道当时的详细情况，按说古时抢人钱物，直接抢就是了，不像现在打劫还要"IP、IC、IQ卡，统统告诉我密码"，或许是戴叔伦将钱藏在隐秘之处了？这些我们就不得而知了。史书上写戴叔伦大义凛然地说："身可杀，财不可夺。"这些人感于戴叔伦的忠义之为，竟不再劫他的财物，放走了他。

所以，戴叔伦虽是书生文士，但他有一腔忠直热血，这两首边塞诗也写得慷慨豪迈，振奋人心。"军门频纳受降书，一剑横行万里馀"，一开篇就虎虎生风，气势不凡，其实到了戴叔伦所在的时代，大唐的军威远不如当年之胜，"军门频纳受降书"之说，未必是写实，但此句和"一剑横行万里馀"一样，都是振奋精神、激昂士气的壮辞。

“汉祖谩夸娄敬策，却将公主嫁单于”，这两句言下之意，是说汉高祖当年采用窝囊透顶的和亲政策，将汉家公主远嫁匈奴，是很无能的表现。李山甫有诗：“谁陈帝子和番策，我是男儿为国羞”，戴叔伦的这两句也暗含着这种意思。

“汉家旌帜满阴山，不遣胡儿匹马还。”写得非常有气势，似乎还回荡着当年“犯强汉者，虽远必诛”的强音。所谓“生入玉门关”，是指这样一个典故：班超出使西域三十多年，立下不少奇勋，但临老时思念家，上书给皇帝请求回乡时说：“臣不敢望到九泉郡，但愿生入玉门关。”而戴叔伦更加义无反顾，他说：“愿得此身长报国，何须生入玉门关。”较之盛唐时王昌龄的“青海长云暗雪山，孤城遥望玉门关。黄沙百战穿金甲，不破楼兰终不还”这首诗，更多了几分雄健壮烈。王诗虽然豪迈，但还是期望能高歌凯旋，而戴叔伦这两句却有壮士一去不复返的铿锵悲慨。

读到这里，想起这样两句诗：“埋骨何须桑梓地，人生何处不青山”，倒是和“愿得此身长报国，何须生入玉门关”的意境相似，只可惜这两句却出自一个叫西乡隆盛的日本人之口。难道我们的好东西都让日本人学去了？不会的，让我们再次纵酒高歌“汉家旌帜满阴山……”，唤醒深藏在我们心中的热血。

却是梅花无世态，隔墙分送一枝春

冷语刺世的好诗

卷274_53《旅次寄湖南张郎中》戴叔伦

闭门茅底偶为邻，北阮那怜南阮贫[①]。

却是梅花无世态，隔墙分送一枝春。

戴叔伦生活的时代也是在大历年间，所以虽未列于“大历十

① 南阮：晋阮籍与其侄阮咸同负盛名，共居道南，合称“南阮”。南朝宋刘义庆《世说新语·任诞》：“阮仲容、步兵居道南，诸阮居道北。北阮皆富，南阮贫。”

才子”（李端、卢纶、吉中孚、韩翃、钱起、司空曙、苗发、崔峒、耿湋、夏侯审）之内，但他集中的主体风格还是和大历十才子的诗风相近。有人归纳说“大历十才子”的风格是：“擅长五言律诗，个性表现不强烈不分明，遣词造句都偏重于工整精练。追求清雅闲淡的艺术风格。词语往往带有萧瑟、暗淡的色彩，具有凄凉的整体风格。以写境界淡远、深冷、幽僻的山水诗见长，善于运用细微清幽的自然意象……”

的确如此，戴叔伦最为有名、常为历代选本选入的一些诗，如《除夜宿石头驿》等就是此类的代表。翻开戴叔伦的集子，五律中随处可见佳句，如：“客心双去翼，归梦一扁舟”“啼鸟云山静，落花溪水香”“心事同沙鸟，浮生寄野航”“官闲如致仕，客久似无家”，等等，都相当不错。

戴叔伦也写过很清丽的句子，比如这首《相思曲》：

高楼重重闭明月，肠断仙郎隔年别。
紫萧横笛寂无声，独向瑶窗坐愁绝。
鱼沉雁杳天涯路，始信人间别离苦。
恨满牙床翡翠衾，怨折金钗凤凰股。
井深辘轳嗟绠短，衣带相思日应缓。
将刀斫水水复连，挥刃割情情不断。
落红乱逐东流水，一点芳心为君死。
妾身愿作巫山云，飞入仙郎梦魂里。

格调端丽婉转，很有花间词的风味，而像“将刀斫水水复连，挥刃割情情不断。落红乱逐东流水，一点芳心为君死”之类的，更有点类似于乐府民歌的风格：炽热、直率、朴素、纯真。

戴叔伦的好诗不少，本篇选取他的一首绝句来和大家共赏。绝句篇幅极小，所以更要做到意味深长，这首诗堪为典范。

“闭门茅底偶为邻，北阮那怜南阮贫”，所谓南阮、北阮，是说这样一个掌故：《晋书·阮咸传》中，说阮家是个大家族，其中有富有贫。于是一条大道的北面，就形成了高级住宅区，住的全是阮姓中的富人；而道南是“棚户区”，住的全是穷人。阮咸属于穷人，住在道南。接下来又有个“阮咸曝裈”的故事，是说南方的夏天阴雨比较多，古人住的屋子没有水泥地面，防潮性能很差，衣服如果不晾晒一下，会发霉的。到了“七月七日晴”的时候，“北阮”富人们纷纷晾晒衣服，一时间花团锦秀，粲目耀眼。这既是晒衣服，也是一种变相的比富大赛。就像现在有些同学见面会就是“比富会”一样，不免比一下谁的职位高、谁开的车牌子好。面对“北阮”那边的声势，“南阮”的穷人们都自惭形秽，不敢把自家的破衣服拿出来晒，而阮咸却不管那一套，拿了根竹竿，把自己的粗布破裤头子（犊鼻裈）挑了起来，也晒在路边。人们看了纷纷惊怪，阮咸却不以为然地说：“未能免俗，聊复尔耳！（不能免俗，姑且这样吧）”说来阮咸所为也很值得称道，现在很多人都觉得自己如果没有钱，就低人一等似的，其实有钱未必就高贵，他穿他的名牌西服，我穿我的破牛仔裤，他开他的宝马，我骑我的破自行车，那又有什么？别先自己看不起自己。

了解了以上的典故，我们可以体会出，诗中这句“北阮那怜南阮贫”，表面是说富人根本不把穷人放在眼里，但联想到“阮咸曝裈”的故事，我们会感觉到，此句中也透着一股贫贱亦可骄人的态度。

“却是梅花无世态，隔墙分送一枝春”，这一句写得尤妙。花枝出墙，是常见之景，然而此处戴叔伦却以拟人的手法点铁成金，隔墙的梅花无知无思，当然更无谄富欺贫的庸俗世态，所以才分送一枝春意给邻家的贫者。反观那高墙中轻裘肥马的富贵中人，又是何等嘴脸呢？诗中没有说，但比直接絮絮叨叨地讲一大篇更有力，更多几分辛辣。

宋人叶绍翁诗《游园不值》：“满园春色关不住，一枝红杏出墙来”，也是写花枝出墙，但与此诗的视角大不相同，晚唐罗邺有一首诗倒是和此诗有相通之处，大概是有所借鉴：

> 芳草和烟暖更青，闲门要路一时生。
> 年年点检人间事，唯有春风不世情。

“却是梅花无世态”“唯有春风不世情”，正所谓“观破世事惊破胆，参透人情冷透心”，这两句诗算是说透了。

霜叶无风自落，秋云不雨空阴

被屡屡「抄袭」的好句

卷 276_25《送万巨》卢纶

把酒留君听琴，难堪岁暮离心。
霜叶无风自落，秋云不雨空阴。
人愁荒村路细，马怯寒溪水深。
望断青山独立，更知何处相寻。

年少时，琼瑶小说大行其道，琼瑶剧也炙手可热，比后来的韩剧尤有过之（那时电视节目本身也少，又无电脑网络），很多女同学往往买一本塑料皮的日记本（当时就算高档货了），在上面抄满琼瑶书中的诗句和歌词，像什么“绿草苍苍，白露茫茫”之类的。《六个梦之三朵花》一剧中标为琼瑶词、司马亮曲，由高胜美演唱的这首《天若有情》，也是女同学们“手抄本”上必录的：

黄叶无风自落／秋云不雨常阴／黄叶无风自落／秋云不雨常阴

天若有情天易老／摇摇幽恨难禁／惆怅旧欢如梦／觉来无处追寻

啦……惆怅旧欢如梦／觉来无处追寻

当时我也觉得写得很不错，有古典诗词中的韵味，但后来一翻宋词，发现完全是“抄袭”了宋人孙洙的这首词：

《何满子·秋怨》

怅望浮生急景，凄凉宝瑟余音。
楚客多情偏怨别，碧山远水登临。
目送连天衰草，夜阑几处疏砧。
黄叶无风自落，秋云不雨常阴。
天若有情天亦老，摇摇幽恨难禁。
惆怅旧欢如梦，觉来无处追寻。

原来琼瑶阿姨的歌词完全抄自该词的下半阙，一字不改，还不如“绿草苍苍，白露茫茫”之类的，总算是把《诗经》中的

“蒹葭苍苍，白露为霜”翻译了一下。这样原本照搬，却赫然注明“琼瑶词”，也有点太欺负古人不能讲话了吧！

然而，事隔多年后，我在纵览《全唐诗》时，发现孙洙这首词也“抄袭”了不少人的作品，不但“天若有情天亦老”这句，众人皆知是李贺写的，“黄叶无风自落，秋云不雨常阴”，最让整首词生辉耀眼的这两句，也是“抄袭”了卢纶的诗而来。只不过稍稍改动了两个字，卢纶的诗中是“霜叶”，这里是“黄叶”，卢是“不雨空阴”，这里是“常阴”。

前面提过的诗僧皎然，在《诗式》中讲过，作诗有三偷：一曰偷语，就是偷取前人的句子；二曰偷意，是偷用前人的意境；三曰偷势，是偷袭前人的风格气势。他以为偷势者才巧意精，可以原宥，偷意就情不可原了，而偷语则是公行劫掠，最为“钝贼”。

然而，诗人中偷语、偷意的现象还是极多的，很多大诗人也未免有之。王渔洋在《带经堂诗话》中曾指出王维的“积水亦可极，安知沧海东”是“偷”了谢灵运的“洪波不可极，安知大壑东”；“春草年年绿，王孙归不归”是“偷”了庾信的“何必游春草，王孙自不归”；“莫以今时宠，能忘昔日恩”是用了冯小怜的“虽蒙今日宠，犹忆昔时怜”。而孟浩然的“木落雁南渡，北风江上寒”是用了鲍照的“木落江渡寒，雁还风送秋”，郎士元的“暮蝉不可听，落叶岂堪闻”是用了吴均的“落叶思纷纷，蝉声犹可闻”。

话说回来，古人写诗中的“抄袭”和现代意义上的“抄袭”，还是有所不同的，古人写诗，没有版税稿酬可拿，“被抄袭”者大多也墓木已拱，早已经没有“版权”可言了。不过，即使这样，像本为卢纶所写的名句，却完全被记在孙洙，甚至琼瑶阿姨的名下，我觉得是十分不公平的。

抛开这些“是是非非”，单说卢纶的这首诗，此诗明白如话，又是六字句的形式，倒和《何满子》的词牌很相似，不过仔细品味，还是能感觉到唐诗和宋词的差异所在。

后人将卢纶诗中的“霜叶”改为“黄叶”，“空阴”改为“常阴”，好像改得不错，但卢纶的诗显示出唐代的风格，他写的可能就是当时的实情实景，不像宋词中那样巧于雕饰。另外，卢纶的这首诗写送别朋友之情，虽然诗句相对来说也是委婉惆怅的，但却不脱唐代诗歌中那种清健质朴的本色，像“望断青山独立，更知何处相寻”，顿显青衫磊落、神气峭然之感。而“惆怅旧欢如梦，觉来无处追寻”是讲男女情爱的，意境也缠绵孱弱得多。

不过，从后世的“审美”观点来看，人们好像更喜欢说霸王别姬、吕布和貂蝉般的爱情，而不大喜欢说刘关张式的友情，卢纶这两句放在宋词里面，倒似乎更得其所哉，这可能也是到了孙洙笔下，这两句反而更有名的原因之一吧。正所谓“诗无达诂”，怎么理解似乎都有道理，但无论如何我们都应该承认：第一，这两句是卢纶的原创作品。第二，卢纶的这首诗，也是一首值得我们欣赏的好诗。

却怪鸟飞平地上，自惊人语半天中

雁塔胜迹题名句

卷 281_7《题慈恩寺塔》章八元

十层突兀在虚空，四十门开面面风。
却怪鸟飞平地上，自惊人语半天中。
回梯暗踏如穿洞，绝顶初攀似出笼。
落日凤城佳气合[①]，满城春树雨濛濛。

① 凤城：指长安城。传说秦穆公女弄玉吹箫，凤降其城，因号丹凤城。又一说，汉武帝在长安造凤阙，高二十余丈，故称长安为凤城或凤凰城。

慈恩寺塔，就是至今依旧矗立在古城西安的大雁塔，时至今日，唐代建筑保存完好的已经不多，所以大雁塔更是弥足珍贵。这座塔是非常富有传奇色彩的大唐高僧玄奘法师（即唐僧）发起建造的，里面藏有唐僧从印度取回的经像，每层皆存舍利，共一万余粒。塔内还有佛足石刻、唐僧取经足迹等石刻。每层四面均有券门，塔底层门楣上刻有精美的线刻佛像，尤其是西门楣的释迦牟尼佛说法图，上刻当时废殿建筑的写真图，传为唐代大画家阎立本的手笔。南门内的砖龛里，嵌有两块珍贵的石碑：唐太宗御撰的《大唐三藏圣教序》碑和高宗李治所撰《述三藏圣教序记碑》，均为唐代大书法家褚遂良书丹，人称“二圣三绝碑”。

大雁塔高 64.7 米，以现代人的眼光来看，当然不算太高，但对于唐朝人来说，这恐怕就是他们的“东方明珠电视塔”了。所以此塔在当时就是人人争相游览，皆欲登临一眺的名胜。唐代诗人在游大雁塔时挥毫赋诗的也不少，但最有名的当属盛唐时的杜甫、岑参、高适等人的同题诗作《同诸公登慈恩寺塔》。这几人的诗，风格都是古朴雄健的。如老杜这样写：“高标跨苍穹，烈风无时休。自非旷士怀，登兹翻百忧……”岑参则是：“塔势如涌出，孤高耸天宫；登临出世界，磴道盘虚空……”有这几位大诗人的佳作在前面压着，要想脱颖而出，也是相当不容易的。

章八元也是很少提及的一位唐代诗人，我看到他的名字，总情不自禁地联系起章鱼（八爪鱼），但人家的名字并非和章鱼有什么关系，这“八元”一词应该来源于《左传》：“高辛氏有才子八人，伯奋、仲堪、叔献、季仲、伯虎、仲熊、叔豹、季狸，忠肃共懿，宣慈惠和，天下之民谓之八元。”看来是代指才子的称谓。

章八元从小就酷爱写诗，偶然在邮亭题了几句诗，被当时的著名诗人严维见到，收为弟子。在严维的悉心指点下，章八元诗赋精绝，人称“章才子”。唐大历六年（公元777年）中了第三名。当时高中的文士有雁塔题名的习惯，章八元也留诗一首，就是本篇的这首诗。事隔多年，元稹、白居易来游览，见雁塔内被写得乱七八糟，却难得有能瞧入眼的，于是边看边摇头。不过看到章八元的这首诗，二人却吟咏良久，赞叹说：“不意严维出此高弟，名下果无虚士也。”于是元白二人将雁塔内的众多“水帖”一并“删除”（铲去），只留下章八元的这首诗。

这首诗能得到元白二人的一致推崇，在众多进士们的题咏中鹤立鸡群，自然有其独到之处。和老杜、岑参他们的诗相比，章八元的这首诗在体裁上有所不同，老杜等人是五言古体诗，而这篇却是精致工稳的七律。这首诗没有堆砌太多的典故，而是道出真情实景，读来亲切自然。

“十层突兀在虚空，四十门开面面风”，章八元这里说塔有十层，但我们现在看到的大雁塔却只有七层，因此引发了大雁塔到底曾经有多少层的争论，这里且不多提了，单从诗意上来说，“十层突兀”放在句首，也可谓出语奇突，气概不凡。“在虚空”，更让人体会到塔之高耸。“四十门开面面风”，和老杜的“高标跨苍穹，烈风无时休”一样，都让人感到疾风扑面，宛如身临其境，感受到高塔上那烈烈疾风。

“却怪鸟飞平地上，自惊人语半天中”，诗人不直说塔势之高，却说奇怪鸟飞得太低，这两句不造作、不夸饰，浑然天成，不加妆点，却对仗精工，也算是佳句了。“回梯暗踏如穿洞，绝顶初攀似出笼”，描绘登塔时的情景，细致传神。我到现在还没有去过大雁塔，但我的家乡有一座明万历年间修建的“舍利宝塔”，高 53.44 米，虽然不及大雁塔，但登塔时也是黑咕隆咚的，恰似穿洞，上得最高层时，眼界顿开，清风袭来，也正如出笼飞鸟一样爽快。

不过，有人对章八元的这种描写手法嗤之以鼻，宋张戒在《岁寒堂诗话》里对杜甫的诗大夸了一番，却说章八元这首诗是要饭的寒酸口气：“人才各有分限，尺寸不可强。同一物也，而咏物之工有远近；皆此意也，而用意之工有浅深。章八元《题雁塔》云：‘十层突兀在虚空，四十门开面面风。却怪鸟飞平地上，忽惊人语半天中。回梯倒踏如穿洞，绝顶初攀似出笼。’此乞儿口中语也。”

其实，这个评价有些过分，人们的审美风格不同，像张戒就特别推崇那种古朴雄浑、苍茫大气的意境，而元稹和白居易为什么又夸这首诗好呢？恐怕也是因为章诗和他们的风格有相似之处，都是自然平易、工整细致的。所以大家不能只听一家之言。

当然，客观地说，这首诗并非超一流的好诗，蔡义江先生在《红楼梦诗词评注》一书中说，香菱姐姐初学作诗时，头尾两联二十八个字，只说得个“月亮很亮”，内容十分空洞。章八元这里也有此弊，整首诗大部分只是说雁塔很高而已，没有像“山雨欲来风满楼”那样的深远喻意。

但是，此诗能得元白称赞，并在雁塔众诗中显名，必有可观之处，也不妨一读。

柴门客去残阳在，药圃虫喧秋雨频

心情半佛半神仙，姓字半藏半显

卷 292_49《闲园即事寄暕公》司空曙

欲就东林[①]寄一身，尚怜儿女未成人。

柴门客去残阳在，药圃虫喧秋雨频。

近水方同梅市隐[②]，曝衣多笑阮家贫[③]。

---

① 东林：此处指庐山东林寺。

② 梅市隐：梅福是汉代隐者。《汉书·梅福传》："梅福字子真，九江寿春人也。少学长安，明《尚书》《谷梁春秋》，为郡文学，补南昌尉。……至始元中，王莽颛政，福一朝弃妻子，去九江，至今传以为仙。其后，人有见福于会稽者，变名姓，为吴市门卒云。"谢灵运后来有诗："范蠡出江湖，梅福入城市。"

③ 阮家贫：参见戴叔伦篇中的解释。

深山兰若[①]何时到，羡与闲云作四邻。

司空曙也是大历十才子之一，很多人将其和司空图搞混，以至于将《二十四诗品》也归到司空曙的名下了。这当然是错误的，不过也不是太要紧，司空曙是司空图的爷爷，反正都是他们司空家的。

“司空”这个姓，现在已不大常见了，据说春秋战国时，“司空”是个官名，主要负责建筑、车服、器械等督造，大概相当于“总后勤部”。晋国有个叫“士蔿”的人，官至司空，后来他的子孙就都姓“司空”了。同样是因官职传下来的姓，“司空”家远不如“司马”家的名人多，人家有司马相如、司马迁、司马懿等，司马氏还当过皇帝，晋朝就是司马家的天下。而司空家的名人，除司空曙、司空图外，还真数不上来还有谁。什么？神农帮帮主司空玄？呵呵，金庸小说中的人物不算。

司空曙诗风淡泊，喜欢与僧人、道人等方外之士交往。虽然他一直没有当过大官，仕途也算“稳中有升，升幅有限”，他进士登第后授官九品主簿，此后升为八品右拾遗，晚年入湖南观察使韦皋的幕府从事，最高做到从五品水部郎中一职。

这首诗就反映出司空曙这种半仕半隐的心情。此诗是寄给一位叫“暕公”的高僧的。起句先说“欲就东林寄一身”，这里的“东林”，并非明代才有的“东林党”，是指庐山东林寺，是晋时桓伊为高僧慧远所建，位于庐山的东面。从晋代起此处就是香

---

① 兰若：香兰杜若的合称，香兰和杜若都是草本植物，秀丽芬芳。常用来比喻承隐者的气度。

火鼎盛，高僧聚集的佛门胜地。这头两句的意思是说，我想到东林寺出家抛却一切，但只可惜儿女尚未成人。接下来描述自己的生活场景（题目就是“闲园即事”），说自己所居之地是“柴门客去残阳在，药圃虫喧秋雨频”，“柴门”“药圃”之语，透着贫病之感，而“残阳”“秋雨”也给人寥落凄寒之感。不过旧时文人往往以此自诩。像明代文人程羽文就说过：“志惟古对，意不俗谐，饥煮字而难糜，田耕砚而无稼”，将此称为文人“六病”之一。司空曙的这一联，以景衬情，其背后厌世脱俗的文人之态，透纸可见。

接下来用了两个典故，来进一步表达甘贫乐隐的心态，读诗比较多的朋友可能都会留意到，古人写诗，绝句中用典故的情况比较少，而律诗中却一般都要用典。所谓绝句乃是偏师，要出奇制胜，而律诗是“堂堂之阵，正正之师”，这时典故似乎就像贵妇人身上的珠宝首饰一般，不可或缺了。司空曙在这里用了《梅福传》和《晋书》中的两个典故，并非是装点门面，其中也表达了不少直接陈述也未必说得清的种种含意。古人有“大隐隐于市，小隐隐于野”之说，梅福隐居，并非藏入深山老林，而是混迹于市井中隐姓埋名，而“阮咸曝裈”的典故，一方面鄙视世人羡富嘲贫的情态，一方面也借用阮咸的那句“未能免俗，聊复尔尔”，来形容自己未能彻底撒手尘世的心态吧。

诗句的最后，又表达了对暕公这等方外之士的景仰神往之情：“深山兰若何时到，羡与闲云作四邻”，“深山兰若”，是指深山中的香兰杜若，用这些香花香草来比喻隐居之士；所谓“闲云作四邻”，暗用晋代隐士陶弘景诗“山中何所有，岭上多白云”，都是比喻隐者的生活。这里是说，什么时候我能也像您一样过真正的隐者生活啊！这也从侧面对暕公进行了恭维和称颂。

其实，从司空曙一生的履历来看，他并非刻意出世的人，当然，我们也不必过多地苛责司空曙是“牵连大抵难休绝”的假清高之人，有时候将某种生活状态作为一种永恒的向往，却是最美的境界。真正出家了，说不定是“披上袈裟事更多”，明代屠隆也是将这样的生活视为最理想的：“楼窥睥睨，窗中隐隐江帆，家在半村半郭；山依清庐，松下时时清梵，人称非俗非僧。”这或许正是庄子所说的“材与不材”之间的妙处吧。

司空曙还有不少绝句写得很妙，不多解了，一解反而无味，写出来与大家共赏吧：

《晚思》司空曙

蛩馀窗下月，草湿阶前露。
晚景凄我衣，秋风入庭树。

《竹里径》司空曙

幽径行迹稀，清阴苔色古。
萧萧风欲来，乍似逢山雨。

美人开池北堂下，拾得宝钗金未化

既有得钗，必有失钗

卷 298_12《开池得古钗》王建

美人开池北堂下，拾得宝钗金未化。
凤凰半在双股齐，钿花[1]落处生黄泥。
当时堕地觅不得，暗想窗中还夜啼。
可知将来对夫婿，镜前学梳古时髻。
莫言至死亦不遗，还似前人初得时。

① 钿花：此处指首饰上的花朵状装饰品。

我觉得王建也是一位被低估了的诗人。很多时候一提王建，就联想到他的那一百首《宫词》。王建的《宫词》确实在诗歌史上是独树一帜的，是他的“特色菜”，但有些人却因此忽略了《王建集》中，还有林林总总的各色好诗。这种情况很像某些演艺界的明星，因为脸蛋太漂亮而往往被观众忽略演技，从而被轻易地贴上“花瓶”的标签。

寻常选本，往往更注重律诗绝句，所以我们特意选出王建的这首七言古体诗来赏味一下。说到古体诗，并非不讲平仄就算古体诗，唐人所写的古体诗大多还是有章法可循的。古体诗从文字风格上来讲，一般都朴实无华，不像近体诗那样委婉含蓄，绕许多的“花花肠子”。从声韵上说，唐人的古体诗也喜欢故意用“三平调”，这种形式来和近体诗作区别，比如本篇诗中“生黄泥”“古时髻”等，都出现了三平调，这在近体诗中是不被允许的。所以说，写古体诗也是有讲究的，现在有人写诗，不懂平仄乱写，别人指出不合声韵时就强词夺理，自称所写为“古体诗”。正所谓“骑白马的不一定是王子，可能是唐僧；带翅膀的也不一定是天使，有时候是鸟人”；不合平仄的诗不一定是古体诗，也可能是打油诗。

有点扯远了，我们还是来看诗吧。前面说了，古体诗的叙述一般都比较直率，王建的这首诗也不例外，这里写一个美人在北堂前开一个池塘，意外挖到了一支金钗。这支金钗还算完好，钗头的凤凰剩下一多半，双股也齐全，只是钿花沾满了黄泥。拾到一支金钗，心思细腻多情的美人却想到了很多：当年丢失这支金钗的女子，可能忍不住在窗前哭了一夜吧？如今她人早已成为灰土，这支金钗却依旧还在。感叹完这些往事，美人的思绪又跳跃到了自己的将来："可知将来对夫婿，镜前学梳古时髻"，将来嫁得一个好夫婿后，自己簪上这支古钗，梳上一个古时的发髻，烛光盈盈之下，笑对郎君，该是件多么可心如意的事情啊！美人手把这支金钗，越看越爱，但她的心里也清楚地知道，她也只是这支金钗暂时的主人，正像当年失却这支金钗的女子一样，当时手把这支金钗时，曾以为会终生拥有，至死不遗，可事实如何呢？"钻石恒久远，一颗永留传"，广告语而已，即使会长久流传，也不会始终在你的手里的，甚至不会在你的家族中流传。

诗句到此就完了，但却留下无尽的思索。这世间的万事万物，无论是谁，无论何物，你怎么爱惜都不可能长久拥有，"莫言至死亦不遗"，金钗首饰是这样，爱情又何尝不是这样？有人常向往"人生若只如初见"，但长如初见，怎么可能？

有人失钗，就有人得钗，前人有失钗之痛，后人就有得钗之喜，这其中也充满了哲理禅意。王建曾写过这样一首诗："一东一西垄头水，一聚一散天边霞。一来一去道上客，一颠一倒池中麻。"初看此诗，只觉得很是新颖别致，连用八个"一"字，而且后面都跟着反义词，像什么"东"和"西""聚"和"散"，等等，挺有趣的。本篇这首《开池得古钗》，大概其主旨也是想说"一得一失泥中钗"吧。

唐人的古体诗有好多是重写古人写过的题材，像前面所选的李白的《秦女休行》等，萧梁时汤僧济就写过《泄井得金钗》这样一首诗：

昔日倡家女，摘花露井边。
摘花还自比，插映还自怜。

窥窥终不罢，笑笑自成妍。
宝钗于此落，从来非一年。
翠羽成泥去，金色尚如鲜。
此人今何在，此物今空传。

相比来说，汤僧济的这首诗只是写睹物思人的情怀，没有王建诗中丰富深远的诸多喻意。

王建的诗中多描写女子，所以和钗、镜等相关的也不少，这首《失钗怨》写得也不错，不另开篇详述了，就在此向大家推荐一下：

298_13《失钗怨》王建

贫女铜钗惜于玉，失却来寻一日哭。
嫁时女伴与作妆，头戴此钗如凤凰。
双杯行酒六亲喜，我家新妇宜拜堂。
镜中乍无失髻样，初起犹疑在床上。
高楼翠钿飘舞尘，明日从头一遍新。

这首诗说贫家女子对于自己的一支铜钗就珍贵得不得了，丢了后哭了一天多的时间。她回想刚出嫁时就戴着这支铜钗，虽然是铜钗，但也给了她很多的快乐和满足。于是她找了又找，看着镜中没有钗的发髻郁闷，又怀疑落在床上。王建最后感叹，那些高楼中起舞欢歌的女子，却是任由价钱不菲的翠钿随意落下，因为人家大不了明天从头到脚换一身新的。时至如今，同一个都市中，也是既有一次刷上几万元购物不眨眼睛的富家女子，亦有为了省下一块钱而不上空调车，宁愿在寒风里多等一会儿的贫家女孩。真是“人同命不同”啊！王建的感叹在千年后的今天，我想依然会引起大家的共鸣。

风吹昨夜泪，一片枕前冰

心何冷，泪如冰

卷 304_3《古意》刘商

达晓寝衣冷，开帷霜露凝。
风吹昨夜泪，一片枕前冰。

刘商也是位萧然出尘的才子，据《唐才子传》中说，“商性好酒，苦家贫，尝对花临月，悠然独酌，亢然长谣，放适自遂，高雅殊绝”，而且他曾师从张璪学画，张璪在唐代的名气非常大，可能和张大千的地位差不多。名师出高徒，刘商画的山水树石尤其出色，名噪一时。

刘商中得进士后，曾当过检校礼部郎中、汴州观察判官等职，但后来他“辞疾挂印”，重新过起放浪江湖的生活。他有一首诗道：“春草秋风老此身，一飘长醉任家贫。醒来还爱浮萍草，飘寄官河不属人。”确实，一看就符合刘商的个性。

所以刘商索性“结侣幽人”——过起远离尘世的生活了。有诗为证，他写有《移居深山谢别亲故》一诗：

不食黄精不采薇，葛苗为带草为衣，
孤云更入深山去，人绝音书雁自飞。

所以《唐才子传》中说他“世外冲虚而去，可谓江海冥灭，山林长往矣”。成仙升天，“冲虚而去”之事，缥缈离奇，不足为信，但刘商是个不谐于世，性乐山林的人，“江海冥灭，山林长往”是他的归宿倒是不假。他的诗也是清灵俊逸，自非世间凡语，无一篇不佳，《唐诗鉴赏词典》中只选了他的《画石》一诗，未免也太少了点。

刘商的绝句写得尤其出色，前面曾说过绝句篇幅短小，所以更要出奇制胜，如果不是“性灵”之人，恐怕写不出好的绝句来。我们来欣赏一下本篇这首五言小诗。

夜长无依，孤衾单寒，离人生怨，蛾黛长敛。这在古典诗词里并非是多么新鲜的题材，可以说早在唐代就被前人写得腻熟。而刘商这首诗，短短的二十个字，却凝成一阵浸肌透骨的寒意，袭向读者的心头，其艺术感染力也是极强的。

诗中写一位女子，在这样一个寒冷的清晨，她感觉到的只是冷，掀开帐帷，但见满地寒霜冷露。凛冽的冷风吹进来，将她昨夜枕边的泪水都凝作了冰。这位女子心中的苦痛，长夜的悲愁，都通过这结成冰的珠泪，呈现在我们的眼前，拨动着我们的心弦。这“风吹昨夜泪，一片枕前冰”之句，最为温婉动人，所以白居易后来在他的《闺怨词》中也“偷”了去：“珠箔笼寒月，纱窗背晓灯。夜来巾上泪，一半是春冰。”白诗读来更为柔婉，但不如刘商的原诗寒意透骨。

吴乔在《围炉诗话》中说：“意思，犹五谷也。文则炊而为饭，诗则酿而为酒也。”此诗就是一小杯香醇的美酒，滋味淳厚。当然，现代人的口味似乎更倾向于低度酒，所以我将之“掺水”勾兑成下面一小段歌词，虽然比不上方文山写的《青花瓷》之类的，但借了刘商的妙句，应该算是标准的“中国风”味道吧：

红烛灭月轮沉
清晓觉衣冷
我此夜未合眼
你可想来我梦
鸳鸯锦　绣一半
针却再难拈
开帘后却只见
阶上霜露凝

情难留诗难续
唯有更漏永
三生后又三世

我依然会在等

深冬夜　冷我身

你却冷我心

风吹那昨夜泪

一片枕前冰

战争中，女人无法走开

早被蛾眉累此身，空悲弱质柔如水

卷 303_13《胡笳十八拍·第三拍》刘商

如羁囚兮在缧绁[①]，忧虑万端无处说。
使余刀兮剪余发，食余肉兮饮余血。
诚知杀身愿如此，以余为妻不如死。
早被蛾眉累此身，空悲弱质柔如水。

---

① 缧绁：捆绑犯人的黑绳索。借指监狱；囚禁。

卷 303_18《胡笳十八拍·第八拍》刘商

忆昔私家恣娇小，远取珍禽学驯扰。
如今沦弃念故乡，悔不当初放林表。
朔风萧萧寒日暮，星河寥落胡天晓。
旦夕思归不得归，愁心想似笼中鸟。

卷 303_20《胡笳十八拍·第十拍》刘商

恨凌辱兮恶腥膻，憎胡地兮怨胡天。
生得胡儿欲弃捐，及生母子情宛然。
貌殊语异憎还爱，心中不觉常相牵。
朝朝暮暮在眼前，腹生手养宁不怜。

卷 303_27《胡笳十八拍·第十七拍》刘商

行尽胡天千万里，唯见黄沙白云起。
马饥跑雪衔草根，人渴敲冰饮流水。
燕山仿佛辨烽戍，鼙鼓如闻汉家垒。
努力前程是帝乡，生前免向胡中死。

刘商的集中，还有一篇非常出色的好诗，叫做《胡笳十八拍》。名为十八拍，所以这篇诗是由十八首诗组成的。犹如一首宏大的乐章，很是精彩。可惜由于篇幅所限，这里不能全录出来一一详析，只选了其中四首，希望有机会大家还是要看一看《全唐诗》第三百零三卷中的全诗。

《胡笳十八拍》的乐曲据说为蔡文姬所创，又有一首离骚体的《胡笳十八拍》诗，相传为蔡文姬所写。但此诗大有伪作的嫌疑，明代王世贞就质疑说：“《胡笳十八拍》软语似出闺襜，而中杂唐调，非文姬笔也。”胡适先生在《白话文学史》中也说：“世传的《胡笳十八拍》，大概是很晚出的伪作，事实是根据《悲愤诗》，文字很象[①]唐人的作品。”所以，大家公认出于蔡文姬之手，还是以五言《悲愤诗》更为可靠一些。

刘商的这篇《胡笳十八拍》，虽是对蔡文姬的故事的重新演绎，但其在艺术上加以生花着色，更加璨璨生辉。此诗用唐人喜欢的歌行体形式，既有悠远淳厚、气度浑灏之韵，又有声律铿锵、辞句整饬之美。而且，刘商以他细腻入微的心态，将蔡文姬当年悲苦难言的血泪阐述得非常贴切，可谓如泣如诉。

我们先来看《第三拍》，此段写蔡文姬被掳入匈奴，过着生不如死的惨痛生活。其在抒写手法上比文姬的原作更富有艺术性。《悲愤诗》中叙述这段经历时是这样说的：“岂敢惜性命，不堪其詈骂。或便加棰杖，毒痛参并下。旦则号泣行，夜则悲吟坐。欲死不能得，欲生无一可”，很是直白朴实，这也是汉诗固有的风格。这里不是说蔡文姬的原作就不好，我们应该承认，从汉诗到唐诗，诗歌在发展，诗歌的艺术形式也在进步。

需要注意的是，无论是蔡文姬的原作，还是刘商的这首诗，都描写了蔡文姬当年被掳入匈奴后的凄惨生活。让我一提起来就火冒三丈的是，后世的诸多无赖文人们，竟然胡编出什么蔡文姬

---

① 原文即用此字。

和“左贤王”的“浪漫爱情故事”！其实蔡文姬流落胡地，并非就是成为左贤王的妻妾，《后汉书》上只说：“文姬为胡骑所获，没于南匈奴左贤王，在胡中十二年，生二子。”这句话应该理解为沦落于南匈奴左贤王的部落里，并不一定就是左贤王将她纳为姬妾，至于当左贤王的正妻，那更是不可能了。《三国演义》中也是这样转述的：“原来操素与蔡邕相善。先时其女蔡琰，乃卫仲道之妻；后被北方掳去，于北地生二子，作《胡笳十八拍》，流入中原。操深怜之，使人持千金入北方赎之”，也没有臆断为嫁给左贤王。

蔡文姬被掳是明火执杖的强暴，文人烂的笔头胡乱一点，把对一个女子的强暴行为，美化成一段“爱情故事”，把蔡文姬十二年的血泪一下子轻轻地抹去，把“人多暴猛兮如虺蛇”的凶徒们安排成了她的如意郎君，这对蔡文姬来说无异于再次强暴！是可忍孰不可忍！蔡文姬当时的真实心情是什么？——“以余为妻不如死”！

顺便说一下，王安石也写过一首《胡笳十八拍》，但他喜欢集句，也就是将前人的诗句重新排列组合成为全新的一首诗。据说这首诗还是王安石晚年退职后，又打坐学禅多日的成果。不过王安石的这首诗，虽然不能不说构思精巧，但也很突出的反映出宋人作诗的毛病——过于注重辞藻和形式，而忽略了主题思想。王诗中什么“低眉信手续续弹，弹看飞鸿劝胡酒”“破除万事无过酒，虏酒千杯不醉人”之类的乱凑，不免有隔靴搔痒之感。又把明妃（王昭君）和蔡文姬的经历混为一谈，也在一定程度上削弱了文姬沦落胡地的悲剧性。宋严羽《沧浪诗话》评：“集句唯荆公最长。胡笳十八拍浑然天成，绝无痕迹，如蔡文姬肺肝间流出”，我觉得言过其实，王安石的诗远不如刘商这组诗更能反映出蔡文姬的真实心情。

《第八拍》是很有特色的一段，这段是刘商自己发挥，进行再创造的一段，其中的内容在《悲愤诗》中是找不到的。不过这段描写却十分入情入理，丝毫没有突兀生硬之感。这里写蔡文姬回想起在中原时，自己还是个娇小可爱的小女孩，当时很喜欢买些珍禽异鸟来驯养。如今自己沦落在胡地，也像笼中鸟儿一般被胡人囚了起来。在这里度日如年——“朔风萧萧寒日暮，星河寥落胡天晓”，文姬想起这些，很是后悔当初为什么要囚禁那些鸟儿，为什么不早点放它们飞回山林，飞回它们自己的天地啊！这里不写文姬多么渴望能逃回中原故土，却用后悔幼时囚禁鸟儿来侧面抒写，这和张祜诗“斜拔玉钗灯影畔，剔开红焰救飞蛾”的手法相似，都是诗家所谓的“背面敷粉”之法，即刘熙载在《艺概》中说的：“正面不写写反面，本面不写写对面，旁面，须如睹影知竿乃妙。”本诗可为典范。

《第十拍》非常细腻深刻地写出了蔡文姬生育胡子后的矛盾心情。这两个孩子虽然是她被迫为胡人所生，正像诗中所说：“恨凌辱兮恶腥膻，憎胡地兮怨胡天”，她甚至准备生出来就扔掉。但天性使然，母亲对孩子总是有感情的，当孩子生出来时，却又舍不得了。孩子长得也有几分胡人的相貌，从小就学了胡语，蔡文姬对他们是又憎又爱，但无论如何，也是自己身上掉下来的肉啊！正所谓“腹生手养宁不怜”。就像张爱玲的《半生缘》中的曼桢，被她姐夫——恶棍祝鸿才强暴后生下一个孩子，曼桢对祝鸿才厌恶至极，却对这个孩子很心疼，甚至为了这个孩子答应和祝鸿才做有名无实的夫妻。

《第十一拍》是写文姬归汉时急切而又激动的心情，这一段也是在《悲愤诗》中没有详细描述过的。这里写文姬从冰天雪地的胡人境内向汉地出发，一路上黄沙白云，似乎永无尽头。盼着盼着，终于出现了燕山上烽火台的影子，汉家故土到了！可以看见了！“努力前程是帝乡，生前免向胡中死”，快点走吧，到了汉家的土地上就算是死，也安心了。这些句子虽然蔡文姬在《悲愤诗》中没有写，但我想这和她当时的心情并无二致。

值得一提的是，刘商写这组诗，并非纯粹是“看三国流眼泪，替古人担忧”，中唐时期大唐国威不再，回纥、吐蕃等胡族不断袭扰。安史之乱时，唐朝又曾借回纥兵助战，这些回纥蛮兵虽然战斗力不弱，但抢掠起女人、财宝来，却如饿狼一般凶悍。史家评曰：“肃宗用回纥矣……所谓引外祸平内乱者也。夷狄资悍贪，人外而兽内，惟剽夺是视。”可想而知，当时大唐的女子，有不少人会有像蔡文姬一样的遭遇，文章合为时而做，借古喻今，所以这首诗在唐代已是相当流行。敦煌唐代写本中就保存着刘商的这首诗，可证明当年此诗就被众口传诵。因为这首诗中不仅唱的是蔡文姬当年的心声，也是那些不幸沦落天涯、泪洒胡尘的大唐女子们的血泪倾诉。

人生何时可得闲？

无因驻清景，日出事还生

卷317_55《夏夜作》武元衡

夜久喧暂息，池台惟月明。无因驻清景，日出事还生。

作为唐代甚至历史上都较为罕见的被刺宰相，武元衡这个名字对了解历史的人来说并不陌生。但是，对于他的诗作，有些唐诗爱好者并不是太了解。其实武元衡的诗作虽然和李杜没法比，但还是有不少诗句是值得赏玩的。

武元衡，是武则天一族的后人，当时武家已经失势了，武元衡也要老老实实地走科举之路，他曾饱尝过下第的滋味，在《寒食下第》一诗中他这样写："柳挂九衢丝，花飘万家雪。如何憔悴人，对此芳菲节。"春光明媚的时候，下第的武元衡心的中却是无穷的哀伤。

唐末的张为曾编过一个《诗人主客图》，根据诗歌的不同风格分为"六大派"，每派设一个诗才最高的代表性人物为"主"，相当于"掌门人"。而其他风格近似、成就一般的诗人就是"客"，相当于"门下弟子"。在此中，他把武元衡奉为"瑰奇美丽主"，和白居易这个"广德大化教主"齐名。当然，张为所写的这个东西不怎么靠谱，对武元衡的评价有点过高。不过武元衡确实是一位温雅沉静、彬彬有礼的人，有一次宴席上，西川从事杨嗣喝得大醉，强逼武元衡用大杯喝酒。这个人见武元衡不喝，就把酒浇在他的身上。武元衡官职远大于他，俗话道"官大一级压死人"，武元衡就算当场发怒呵斥，也很正常，但他却不动声色，换了一身衣服后，谈笑如常。

武元衡的诗，说实话，"瑰奇"谈不上，"美丽"嘛，倒是有那么点意思。武元衡诗风绮丽清越，有不少诗是用来酬答女子的，像《唐诗鉴赏词典》中选的那首"麻衣如雪一枝梅，笑掩微妆入梦来。若到越溪逢越女，红莲池里白莲开"，就是送给一位女道士的。此类的诗还有不少，比如：

《同幕府夜宴惜花》武元衡

芳草落花明月榭，朝云暮雨锦城春。
莫愁红艳风前散，自有青蛾镜里人。

卷 317_123《代佳人赠张郎中》武元衡

洛阳佳丽本神仙，冰雪颜容桃李年。

心爱阮郎留不住，独将珠泪湿红铅。

这等意味的七言诗，在《武元衡集》中还有不少，但是宋代魏泰在《临汉隐居诗话》中以为“武元衡律诗胜古诗，五字句又胜七字”，所以本篇选了武元衡这首五言绝句来赏析。

这首小诗是说，到了夜很深的时候，喧闹之声方才暂时停息，诗人坐在池边静静地望着明月，好好地享受一下这片刻的安静。可惜没有什么办法能将这片刻的清静留住，明天太阳升起来时，又会是诸事烦扰、忙忙碌碌的一天。

是啊，对于武元衡这些身在仕途中的人来说，案牍劳形，无日或免，故有此感叹。其实，我们现在的上班族又何尝不是如此？一件事完了，又一大批任务压过来，什么时候是个头？什么时候能真正地喘口气？有时候累了一天，晚上躺在床上，感到无比舒服的同时，却也这样想：明天一睁眼，又是一大堆事情！

《唐才子传》说武元衡于前一个夏夜吟成此诗，翌日就遇害被刺，所以称之为“诗盖其谶也”。如果确实如此，那么这首小诗就更增添了几分凄凉和神秘。

铁佛闻皱眉，石人战摇腿

韩文公令人发噱的打趣之作

卷345_12《嘲鼾睡》（其一）韩愈

澹师昼睡时，声气一何猥。顽飙吹肥脂[①]，坑谷相嵬磊[②]。

雄哮乍咽绝，每发壮益倍。有如阿鼻尸[③]，长唤忍众罪。

马牛惊不食，百鬼聚相待。木枕十字裂，镜面生痱瘤[④]。

① 顽飙：狂风。

② 嵬磊：高低不平貌。

③ 阿鼻：阿鼻地狱的简称。

④ 痱瘤：亦作“痱磊”。小肿块。亦泛指皮肤上的疹样小粒块。

铁佛闻皱眉，石人战摇腿。孰云天地仁，吾欲责真宰[①]。
幽寻虱搜耳，猛作涛翻海。太阳不忍明，飞御皆惰怠。
乍如彭与黥[②]，呼冤受菹醢[③]。又如圈中虎，号疮兼吼馁[④]。
虽令伶伦吹[⑤]，苦韵难可改。虽令巫咸招[⑥]，魂爽难复在。
何山有灵药，疗此愿与采。

韩愈的诗，最大的特色就是追求“奇、险、狠、重、硬、崛、狂、怪”，在他的影响和支持下，出现了诸如卢仝、刘叉这样最喜欢写“怪味诗”的诗人，甚至贾岛、孟郊的很多诗也带有僻、怪的色彩。在这类诗风中，我觉得成就最突出的当属李贺。李贺的诗奇诡冷艳，实在是诗歌宝库中的一株奇葩，他的这种风格，不能不说也受到了韩愈提倡的险怪诗风的影响。

说来也是，唐诗发展到韩愈的这个时代，也到了“瓶颈”之处。有盛唐的诗在前面摆着，后人再写，总有难翻出前人手心的感觉。飘逸你能“飘”得过李太白吗？沉郁你能“沉”得过杜少陵吗？清雅你能“清”得过王维吗？浅俗你能“浅”得过白居易吗？所以，后人也没辙，要想出新，只能另辟蹊径。书法上也是如此，四平八稳的字大家都写不出什么名堂来了，就以丑为美，

---

① 真宰：天地万物的主宰。

② 彭与黥：指西汉初年时的彭越和英布。这二人被刘邦冤杀。

③ 菹醢：剁成肉酱。

④ 馁：饥饿。

⑤ 伶伦：相传为黄帝时代的乐官，是发明音律的始祖。《吕氏春秋·古乐》中说“昔黄帝令伶伦作为律”，伶伦模拟自然界的凤鸟鸣声，选择内腔和腔壁生长匀称的竹管，制作了十二律，暗示着“雄鸣为六”，是六个阳律，“雌鸣亦六”，是六个阴吕。

⑥ 巫咸：古时神人，擅长占卜招魂。

以拙为美，因为你不变化创新，就只能因循前人、拾人牙慧。

所以说，常见选本中的韩愈诗，像什么“天街小雨润如酥”啦，什么“百般红紫斗芳菲”啦，其实都不是韩愈的“本门武功”。韩愈老师自己最得意的诗篇，想必是《病中赠张十八》和《月蚀诗效玉川子作》等。宋代张戒的《岁寒堂诗话》中说：“退之诗，大抵才气有余，故能擒能纵，颠倒崛奇，无施不可。放之则如长江大河，澜翻汹涌，滚滚不穷；收之则藏形匿影，乍出乍没。姿态横生，变怪百出，可喜可愕，可畏可服也。”

不过，宋人是比较“粉”韩愈老师的，这份夸奖我们也只能信一半。韩诗多写丑怪之物，正所谓“险语破鬼胆，高词媲皇坟”，提醒大家，尤其是美女们，打开《全唐诗》中韩愈老师的诗卷时，一定要有心理准备。因为你触目可见的并非是山山水水、花花草草之类的，而是“毒气烁体黄膏流”“赤龙拔须血淋漓”“形躯顿胮肛”“粪壤多污秽”之类狰狞恐怖，甚至使人侧目掩鼻的东西，有洁癖的美女读了恐有将隔夜饭吐出来之虞。有本叫《好事集》的书里说：“柳宗元得韩愈所寄诗，先以蔷薇露灌手，薰以玉蕤香，然后发读，曰：‘大雅之文，正当如是’。”依我看，此书乃是宋代“哈韩”一族所写，不惜编排柳宗元而抬举韩愈，就韩愈老师那些诗，还熏什么香，洗什么手啊，直接弄一副法医们用的白手套戴上是正经的。

本篇选的这首诗，很能代表韩愈老师所独创的风格，但还不像前面列举的那样“口味特重”，读起来饶有风趣。此诗是嘲笑一个名叫澹师的人，此人看来比较肥胖，打起呼噜来震天动地。

“澹师昼睡时，声气一何猥。顽飙吹肥脂，坑谷相嵬磊”，这几句是说，“澹师”这个人，白天睡觉时，发出的声响可真不体面。他长着一个“好肚油肚”，随着犹如狂风咆哮一般的粗重呼吸，大肚皮一起一伏，像是嵬磊壮观的山地一般。

“雄哮乍咽绝，每发壮益倍”，是说此人的呼噜声很大，虽然有那么一小会儿暂时不响了，但“稍作休息”后，又重新发威，而且更加响彻云霄。确实如此，有一个深受老公呼噜之苦的美女曾说，这呼噜声要总是一个节奏，一直响着，也就罢了，就像钟表，虽然发出“嗒嗒”的响声，这种声音单调沉闷也不太影响人入睡。而这打呼噜的人，一会儿停一会儿响，一会儿是粗沉的低音，一会儿是汽笛般的长鸣，实在让人忍无可忍。

从“有如阿鼻尸”到“石人战摇腿”，这几句是说，此人发出的呼噜声，听起来惨厉得很，好像阿鼻地狱中正在受刑的尸鬼们的嚎叫一般。这声音吓得马牛都不愿吃食，鬼魂都聚在一起。这声音连木枕都能震碎，镜子（古时最光滑的东西就属镜子了）上都起了鸡皮疙瘩，生铁铸就的佛爷也皱起了眉，石头雕成的人腿也发抖。

“孰云天地仁，吾欲责真宰”是说，谁说上天仁慈，如果仁慈的话怎么会让人出现打呼噜这样讨厌的事呢？我真想责问一下天地万物的主宰。

正像打呼噜的人停一会又开始了一样，韩愈老师又开始了一通“火力齐射”，又用了一大堆离奇的比喻：他说这呼噜声细微时就像虱子在耳中挠，猛烈时像大海的波涛，太阳都不敢露头了，传说中驾驭太阳的六龙也不愿动弹。这声音像是彭越和英布被剁为肉酱时的冤声，又像是受了重伤、耐着饥饿的老虎在圈里叫唤。即使让伶伦这样的音乐宗师来，也抵挡不住这难以入耳的噪音；听了这种声音，就算请来擅长招魂的巫咸，也收不住被惊散的魂魄。

因为这首诗的主题思想就是打趣，所以结句很潦草："何山有灵药，疗此愿与采"，明显是敷衍一下就完了。本诗是以嘲弄为主，说实话，类似现在网上常见的这一类爆笑帖："网上恐龙一回头，吓哭三个小朋友。网上恐龙二回头，男生马上去跳楼。……网上恐龙八回头，阎王躲避鬼见愁。网上恐龙九回头，哈雷彗星撞地球……"当然，韩愈老师的功力深，文章的档次要高一些。

宋代周紫芝在《竹坡诗话》中说："世所传退之遗文，其中载《嘲鼾睡》二诗，语极怪谲。……如'铁佛闻皱眉，石人战摇腿'之句，大似鄙陋，退之何尝作是语，小儿辈乱真，如此者甚众，乌可不辨。"意思是说这首诗写得太鄙陋，不合韩愈的身份。其实这位周老先生有点少见多怪，"语极怪谲"，正是韩愈老师在诗歌上的追求，至于写写这种玩笑类的文字，也并非什么稀奇的事情。像《嘲鲁连子》《嘲少年》《寄卢仝》等，都带有嘲讽戏谑的味道。像《寄卢仝》中所写的："玉川先生洛城里，破屋数间而已矣。一奴长须不裹头，一婢赤脚老无齿……"也带有这种色彩，所以怀疑这首诗不是韩愈之作是没有什么根据的，话说回来，换别人还真写不出这等诗来。

宋人及后世腐儒，一提韩愈老师，就是正襟危坐，大讲《师说》《原道》之类的"教科书"的道德圣人的面目，所以才对这首诗起无端地质疑。其实韩愈老师有好多诗写得"很黄很暴力"，不信？先来首有点"黄"的诗："幸有伶者妇，腰身如柳枝。但令送君酒，如醉如憨痴"；"暴力"的诗更多则是，比如《元和圣德诗》中描写刘辟一家被行刑时，就是非常血淋淋的场面：

“解脱挛索，夹以砧斧。婉婉弱子，赤立伛偻。牵头曳足，先断腰膂。次及其徒，体骇撑拄。末乃取辟，骇汗如写。挥刀纷纭，争刌脍脯……”

旧时文人，刻板守旧者占主流，他们都会排斥这首比较好玩有趣的诗。当然，这首诗只是打趣而已，并没有肩负着什么伟大正统的思想在里面。故历代选本中多不选。

朝为耕种人，暮作刀枪鬼

战乱中的悲惨血泪

卷 348_19《梁城老人怨》陈羽

朝为耕种人，暮作刀枪鬼。相看父子血，共染城壕水。

陈羽是贞元八年的进士，和韩愈、王涯、欧阳詹等人同榜登科。由于那一年榜上的进士出了不少的俊杰，所以后人将之称为“龙虎榜”。我们现在流行歌坛上所谓的“龙虎榜”，就是借用了这个典故。陈羽在这一年赴考，强手如云，相当于排在“死亡之组”，但陈羽遇强也强，依然蟾宫折桂，其实力还是卓为可观的。

陈羽的诗写得相当精妙，《唐才子传》提到他这样一首诗：

“稚子新能编笋笠，山妻旧解补荷衣。秋山隔岸清猿叫，湖水当门白鸟飞。”并称赞说，这种景致到处都有，但谁能用二十八个字，就描出一幅图画？《唐诗鉴赏词典》选了陈羽的一首《从军行》，其中“横笛闻声不见人，红旗直上天山雪”一句雄浑慷慨，确是不凡。

陈羽的这首五言古绝，虽然不如《从军行》豪迈雄健，但这短短的二十个字却更为触目惊心，摧人肝胆。此诗题为《梁城老人怨》，是借一位老人的口气来说的，我们好像看到一位发白如丝、泪血沾襟的老翁在诉说这一切：

“朝为耕种人，暮作刀枪鬼”，早上老实巴交的种田人被强迫征发，当了军卒，一仗下来，到了晚上，都成了刀枪之下的孤魂野鬼。本来作为“面朝黄土背朝天”在土里刨食吃的农民，生活就够苦的了，但是在乱世之中，却连老老实实种地的愿望都不能实现！李华《吊古战场文》中曾说：“苍苍蒸民，谁无父母？提携捧负，畏其不寿。谁无兄弟，如手如足？谁无夫妇，如宾如友？生也何恩，杀之何咎？”是啊，黎民百姓虽然穷苦，但其父母生养他们的时候也是全心全意地去疼爱呵护的，唯恐他们不能健康长命，但现在却被驱赶到战场上让他们送死，他们又有什么罪过？

李华的文章中写的还是盛唐时的情况，按正常的制度，父子一般不会被同时抽丁，所以对于死去的亲人还是“其存其没，家莫闻知。人或有言，将信将疑”。但陈羽这首诗中的惨景却是“相看父子血，共染城壕水”！这些被胁迫而来的兵卒中，很多都是父子、兄弟同行，在这场残酷的战事中，父子二人眼睁睁地看着亲人的鲜血染红了护城壕的河水，这又是何等惨绝人寰的悲剧啊！

陈羽生活的时代，正是唐代内乱不休的时候，藩镇割据的局势严重。更有朱泚篡位、朱滔作乱、李怀光反叛、王武俊起事等诸多内患，一时间群贼跳梁，滔滔汹汹，四海鼎沸。这些“军阀”们也不讲什么“国家政策”，随意到处抽丁拉伕、抢掠民财，无异贼盗，百姓苦不堪言。本来唐太宗时的府兵制，征兵时是先富后贫，政府将百姓按贫富分为九等，六等以上的农民，每三丁选一丁为府兵，免其赋役。但这些“军阀”们根本不讲这个，有男子就抓走，所以才有父子二人同时被征入伍的情景。

所以，这种战争和对外抗敌、保家卫国的战争是迥然有别的。在守疆卫土的对外战争中，大唐男儿们可以舍生忘死，面对死亡高歌“醉卧沙场君莫笑”，正所谓“愿得此身长报国，何须生入玉门关。”虽然同样是死，但是死得其所，又有何憾？而陈羽此诗中所说的，却是自相残杀的内战。从旧时“君君臣臣、父父子子”的伦理观念上来说，那些藩镇应该就是朝廷的子民，如今和朝廷互相厮杀，也是白白流尽了“父”“子”之血，这或许是此诗中暗藏的喻意吧。

我小的时候觉得打仗是件非常好玩的事情，常幻想指挥着千军万马冲杀一通，或者抱起挺机枪狂扫一阵。然而，现在我知道了，战争是非常残酷的，或许对于某些穷兵黩武的暴君悍将来说，可以用这些鲜血来换取功勋，正所谓“将军夸宝剑，功在杀人多”，但对于普通黎民百姓来说，得到的却只是“相看父子血，共染城壕水”。

门外红尘人自走，瓮头清酒我初开

诗豪刘禹锡的昂扬之作

卷 360_63《酬乐天偶题酒瓮见寄》刘禹锡

从君勇断抛名后，世路荣枯见几回。

门外红尘人自走，瓮头清酒我初开。

三冬学[1]任胸中有，万户侯须骨上来。

何幸相招同醉处，洛阳城里好池台。

---

① 三冬学：指在冬闲时苦读得来的学问。出于《汉书·东方朔传》：“（东方）朔初来，上书曰：‘臣朔少失父母，长养兄嫂。年十三学书，三冬文史足用。”

刘禹锡是大家非常熟悉的诗人，他的生平就不赘述了，值得一提的是，和刘方平一样，刘禹锡也是匈奴的后裔。读刘禹锡的诗，常会感觉到诗中凌人的豪气，白居易称他为“诗豪”，堪称其知已。刘禹锡因题“玄都观里桃千树，尽是刘郎去后栽”一诗，为当时的权贵所恶，遭到报复，刚回长安，就又被贬到穷山恶水处去。但他不屈不挠，再次回到长安时，以一句“前度刘郎今又来”，辛辣地回敬了这些人，真是够爷们的。刘禹锡凭着自己这股越挫越勇的豪气，老而弥健，生生熬死了唐朝五代皇帝，得享七十二岁高寿，也算是笑到最后了。

刘禹锡喜欢秋天，除了“自古逢秋悲寂寥，我言秋日胜春朝”那首诗外，像“山叶红时觉胜春”“试上高楼秋入骨”等句，都是由衷地喜爱和赞美秋天的。不知是不是刘禹锡体内存留的“狼图腾”基因在起作用。

不管怎么样，刘禹锡的爽朗是唐代诗人中很少见的。白居易有两个诗文好友，一个为元稹，另一个就是刘禹锡。

本篇这首诗，是一首与白居易的唱和之作。白居易的诗是这样的：

卷456_57《题酒瓮呈梦得》白居易

若无清酒两三瓮，争向白须千万茎。

麴糵销愁真得力，光阴催老苦无情。

凌烟阁上功无分，伏火炉中药未成。

更拟共君何处去，且来同作醉先生。

白居易的这首诗写于这样的情景：白居易得了坛好酒，于是在酒坛上题了这样一首诗后，派人给刘禹锡送去。诗中说，要是没有几坛好酒，怎么来面对白首白须的暮年时光呢？麴蘖是古代造酒的材料，这里代指酒。领联是说，光阴催老，无可奈何，唯有酒能消愁。凌烟阁，是唐代开国初年的功臣画像处。伏火炉，是指炼丹炉。这颈联是说，想博得被画上凌烟阁这样的功名，我们是没指望了，想长生求仙，也没有门路。那我们怎么办呢？还是一起当一回“醉先生”吧。

而刘禹锡的和诗中，意气却不似白居易这般沉闷消极。“从君勇断抛名后，世路荣枯见几回”，虽然自称抛名离世，但此句有冷眼旁观、笑对世间荣枯百态之感，这“门外红尘人自走，瓮头清酒我初开”，更有一种豪气在其中。门外的人们在红尘中熙攘，而我却闭门便如深山，独自开瓮畅饮。这感觉，犹如一位武功高强的大侠，于人声喧喧、乱作一团时，却镇定自如，独自打开一坛好酒，从容自饮，颇有些睥睨群小的气度，这种味道在白诗中是品不到的。

“三冬学任胸中有，万户侯须骨上来”，意思是说，我们三冬时苦读得来的学问，就让其藏在胸中吧，没人用就没人用吧！封万户侯，自然是人人向往的事，但折腰摧眉，抹杀良心骨气换来的功名，又有何意思？诗的结尾，又回到了相约共醉这个主题上，“何幸相招同醉处，洛阳城里好池台”，洛阳城里到处有好的风景，我们相携一醉方休吧。

纵观刘白唱和的所有诗作，我觉得几乎都是刘诗稍胜于白诗。主要原因是刘诗中气势昂扬豪迈，为白诗所不及。刘禹锡写过不少意气风发的诗句，比如像“沉舟侧畔前帆过，病树前头万木春”“芳林新叶催陈叶，流水前波让后波”等，这些现在作报告、写新闻稿时经常用的诗句，都来自于刘禹锡与白居易所唱和的诗。刘禹锡往往一改白诗中的颓唐伤感之气，代之以铿锵激越的情怀。对此白居易也挺服气的，他说：“刘君诗在处，有神物护持。”

刘禹锡的七律写得非常棒，有不少出色的对句，如“眼前名利同春梦，醉里风情敌少年”“雪里高山头白早，海中仙果子生迟”“一生不得文章力，百口空为饱暖家”“纤草数茎胜静地，幽禽忽至似佳宾”等，都是相当神妙的，《唐才子传》中，曾用“精绝”二字来形容，十分恰当。

当时初入君怀袖，岂念寒炉有死灰

喻意深长不落俗套的秋扇诗

卷365_10《秋扇词》刘禹锡

莫道恩情无重来，人间荣谢递相催。

当时初入君怀袖，岂念寒炉有死灰？

说起秋扇诗，首创者是西汉时的才女班婕妤。她的《团扇歌》是这样写的：“新制齐纨素，皎洁如霜雪。裁作合欢扇，团圆似明月。出入君怀袖，动摇微风发；常恐秋节至，凉意夺炎热；弃捐箧笥中，恩情中道绝。”诗中以秋凉后团扇被弃置一旁，来比喻情爱之善变。因为班婕妤是著名的贤妃，“班妃辞辇”之典故就出于她的身上，如此贤德之妃被冷落，“妖妃”赵飞燕这等“红颜祸水”类的却受宠，这在旧时是个很典型的事例。所以后世的文人们，也常借此来表达贤人被排挤，小人反而猖狂得志的不平。

“咏秋扇”“悲纨扇”，是诗歌中一个热门的题材，后世诗人所写的此类诗歌数不胜数。比较不错的有像王建所写的《调笑令·团扇》：“团扇，团扇，美人并来遮面。玉颜憔悴三年，谁复商量管弦。弦管，弦管，春草昭阳路断。”还有韦应物的《悲纨扇》：“非关秋节至，讵是恩情改。掩颦人已无，委箧凉空在。何言永不发，暗使销光彩。”

说实话，上面举的这些诗，虽然字如珠玉，文采斐然，艺术上的技巧比班妃的诗略有胜之，但诗中的思想却还是陈陈相因，并无出奇出新之处。无非是秋凉后扇子被抛弃，恩情易改，人无千日好之意，而刘禹锡的这首小诗却有所不同。

前面说过，刘禹锡的性格是豪放开朗的，他笔下的诗句也非常理性而睿智，诗句一开头就说：“莫道恩情无重来，人间荣谢递相催”，要知道，世间的荣枯更替是不可阻挡的，男人们喜新厌旧的坏毛病也是无法改变的，正像季节的更替，花开花落的自然规律一样，情投意洽的好时光不会长久停留。后面这句比喻十分精妙：“当时初入君怀袖，岂念寒炉有死灰？”夏去冬至，弃扇就炉，乃是常理，然而当夏暑正盛之时，又何尝会想起火炉呢？当时火炉也是被丢在一边受冷落啊！然而，秋扇会被抛弃，寒炉中的死灰也会复燃，这一切如潮起潮落、日升日沉，都无法阻止、无法改变。

当然，如果一味地这样看，只着眼于诗中的“辩证唯物主义哲学”，也未免呆板乏味。刘禹锡的这首诗并不单单是在说“理”，这句“当时初入君怀袖，岂念寒炉有死灰”，以轻灵飘逸的洁白纨扇喻已，以枯冷肮脏的寒炉死灰喻新宠之人，还是充满了感情色彩的。反复品味这一句，仿佛可以看到一个女子在充满幽怨地回忆当年初相见的甜蜜时光。而如今，被冷落在一旁的是自己，陪在他身边的却是复燃的“死灰”。

虽然本篇这首诗中说“莫道恩情无重来”，但在事实中，有多少爱可以重来？爱情实在是个难解的方程，非常难求的未知数。刘禹锡自己也写过另外一首《团扇歌》：

团扇复团扇，奉君清暑殿。秋风入庭树，从此不相见。
上有乘鸾女，苍苍虫网遍。明年入怀袖，别是机中练。

意思是说，团扇只在暑天里才陪伴殿上的君王，而秋风一来，就被丢在一边了。扇子上画的乘鸾女（秦穆公女弄玉，传乘鸾而去，常作为团扇的图画），沾满尘土，甚至结满了蜘蛛网。虽然明年暑天来时，相伴君王，被纳入怀袖中的又会是团扇，但却不会是这一把了，肯定是用新织的绸缎重新做的团扇。

旧时女子的命运往往就是如此，再美的女子看得多了，臭男人们也会出现“审美疲劳”。正如白居易所说：“为君熏衣裳，君闻兰麝不馨香。为君盛容饰，君看金翠无颜色。行路难，难重陈。人生莫作妇人身，百年苦乐由他人。”男人一变心，你怎么做，他都看不上眼。

所以我奉劝现在的美女们，一定要坚强独立，不要做攀附大树而上的藤蔓，不要做以亲媚男人为生的鱼鸟，而是要像舒婷

《致橡树》里说的那样：像“一株木棉”，“作为树的形象”出现在男人的面前。所谓“你有你的铜枝铁干”，“我有我红硕的花朵”，这样你才不会沦为像秋扇一样的命运。

半夜忽然风更起，明朝不复上南楼

无可奈何花落去

卷 371_34《衡州夜后把火看花留客》吕温

红芳暗落碧池头，把火遥看且少留。

半夜忽然风更起，明朝不复上南楼。

吕温这个人，在诗坛上名声不大响，但《唐诗鉴赏词典》中也选了他的一首诗，就是那首“吴蜀成婚此水浔，明珠步障幄黄金。谁将一女轻天下？欲换刘郎鼎峙心。”《旧唐书》中说“温天才俊拔，文采赡逸，为时流柳宗元、刘禹锡所称”，平心而论，吕温的诗作总体当然要逊色于柳、刘二人，但是他的某些诗还是相当不错的。

吕温和柳宗元、刘禹锡等人是至交好友，他和刘禹锡同岁，并且和柳宗元是同乡，还有中表之亲。他们的政治主张也很一致，现在我们一般认为，“永贞革新”中的骨干是“二王刘柳”（王伾、王叔文、刘禹锡、柳宗元），但史籍所载的王叔文一党中，吕温的名字也是排列在前的。革新失败时，吕温因奉使吐蕃而幸免遭贬，不然的话就不是“二王八司马”了，就会成为“九司马”，吕温肯定也是“司马”了。

不过，后来吕温的仕途也不顺利，元和三年（公元808年），因与窦群奏劾李吉甫交通术士，先被贬道州，后又徒衡州。不久吕温就死在衡州任上，终年只有四十岁。柳宗元写有《同刘二十八哭吕衡州兼寄江陵李元二侍御》一诗：“衡岳新摧天柱峰，士林憔悴泣相逢。只令文字传青简，不使功名上景钟。三亩空留悬罄室，九原犹寄若堂封。遥想荆州人物论，几回中夜惜元龙。”

吕温是个有政治理想的人，也是一位好官，在衡州任时，有百姓五人上缴公税时死于洪水，按说地方官没有多大的责任，完全可以推诿为“自然灾害”。而且死的又是五个小老百姓，一般官吏肯定不拿这当个事。但吕温却写了《衡州祭柘里渡溺死百姓文》，自责道：“州令未明，津渡不谨，致此沦逝，咎由使君。”并从自己工资里拿出钱抚恤死者的家属，很有当官的样子。

从此诗的标题来看，应该是写于吕温最后的日子里。吕温被贬后，“志不得行，功不得施”（柳宗元祭文中语），心中百忧骈集，他曾有诗道：“百忧攒心起复卧，夜长耿耿不可过”，这首把火看花留客诗，也透着无穷的辛酸叹惜之意。

“红芳暗落碧池头，把火遥看且少留。”花开正艳，然而却禁不住东风无力春已残，已是暗红落地，落英缤纷了。惜花的诗人，还在把火遥看最后几眼。后来苏轼有诗：“唯恐夜深花睡去，故烧高烛照红妆”，他诗中的花只是安睡，这“高烛照红妆”显得温馨旖旎，倒有几分“灯下看美人”的情致。而吕温诗中的“把火遥看”，却有“一看肠一断，好去莫回头”般的生死永别之感。

“半夜忽然风更起，明朝不复上南楼”，果然，半夜诗人听到起风了，一阵猛恶的狂风过后，本来就“红芳暗落”的花儿会怎么样？不用说肯定是满地狼藉了。诗人不忍看到这种惨景，故云“明朝不复上南楼”。南楼一望，情何以堪，所以怕上南楼。

吕温也有这样一首诗：“栖栖复汲汲，忽觉年四十。今朝满衣泪，不是伤春泣。”正所谓“树犹如此，人何以堪”，只要人们不能做到长生不老，这种感慨就不会消失。

古人常有诗谶一说，像史湘云的“寒塘渡鹤影”，林妹妹的“冷月葬花魂”等，都预示了她们将来的命运。吕温也是如此，他写了这首诗后不久，就一病不起，英年早逝，仅活了四十岁。“明朝不复上南楼”，明年花依旧会开，而吕温却永远不能再登南楼一望了。

疏钟皓月晓，晚景丹霞异

趣味盎然的人名诗

卷 327_24《古人名诗》权德舆

藩宣秉戎寄，衡石崇势位。年纪信不留，弛张良自愧。
樵苏则为惬，瓜李斯可畏。不顾荣官尊，每陈丰亩利。
家林类岩巘，负郭躬敛积。忌满宠生嫌，养蒙恬胜智。
疏钟皓月晓，晚景丹霞异。涧谷永不谖，山梁冀无累。
颇符生肇学，得展禽尚志。从此直不疑，支离疏世事。

权德舆在现在的知名度极低，但是在贞元、元和年间时却是执掌文柄，名重一时。刘禹锡、柳宗元等皆投文门下，求其品题。权德舆也算是个好人，他直谅宽恕，好学不倦，口碑是很不错的。不过客观地说，权德舆的诗总体来说仅是二流的水平。

然而，近来翻《全唐诗》，发现权德舆的某些诗还是挺有趣的，像这首《古人名诗》就是如此。此诗最大的特色，就是每一句诗中嵌入了一个古人的名字。时至今天，这些古人的名字有些我们已不太熟悉了，我也是施展“百度大法”后才了解到的。我们先一起看下这些人名：

宣秉：宣秉字巨公，是西汉时人。在汉哀帝、汉平帝执政时，不满王莽专政，隐遁深山不出。后来王莽篡位当了皇帝，多次派使者征召，宣秉坚持称病不出。直至汉光武登基后，才入朝当官，被委任为司隶校尉等职。他“务举大纲，简略苛细，百僚敬之”。

石崇：这个人大家应该比较熟悉，就是住在金谷园里，把蜡烛当柴烧，杀美人劝酒，砸珊瑚树斗富的那位“腕儿”。后来因为舍不得把美女绿珠让出去，结果遭祸被杀了头。

纪信：汉高祖刘邦的手下大将。公元204年，项羽派兵围攻荥阳城达月余，城内粮缺，朝不保夕，将士也筋疲力尽。危急中，纪信让刘邦潜逃，自己却装成汉王的模样，端坐在龙车上。楚兵以为捉到刘邦，欢喜若狂。项羽出营审视，才知道上了当，下令军兵齐扔火炬，把纪信活活烧死。所以纪信是不惜牺牲自己的生命，来保卫汉高祖的一名“烈士”。

张良：这个就不用说了吧，要是连张良（张子房）都不知道是谁，干脆买块豆腐撞一下吧。

苏则：是三国时的一名贤臣。少时就以博学多才，品行端正而闻名乡里。先后任酒泉、安定、武都太守。苏则做官，恩威并用，声誉很高。建安二十年（公元215年），曹操率军征汉中张鲁时，路过武都，很赏识他的才能，让他随军任向导官。汉中平定后，调为金城太守。后因功加封为护羌校尉，并赏爵关内候。不久，他又率军平定了一次叛乱，升为都亭侯。

李斯：秦朝丞相，这个也不用多说。

顾荣：东晋大臣。出身于江南士族，吴丞相顾雍孙。吴亡后，来到洛阳，历任尚书郎、太子中舍人、廷尉等职。后见晋朝皇族纷争，常醉酒不肯问事。八王之乱后期还吴。永嘉元年（公元307年），琅邪王司马睿（即晋元帝）逃到江南，他笼络士族，支持司马睿立足江南，居功甚伟。

陈丰：西汉末年反对王莽篡权的一位义士。王莽当政时，他仅有十八岁，但极有胆略，和其舅舅东郡太守翟义起兵讨王莽，不幸兵败，被"磔尸陈市"，壮烈捐躯。

林类：《列子·天瑞》篇中的一个人物。说有个叫林类的老头，年纪将近一百岁了，春天还穿着粗皮衣，在田里拾收割时遗落的谷穗充饥。但他却一边唱歌，一边往前走。孔子的贤徒子贡对他感叹道："您少时懒惰，壮时也不珍惜时间，老了也没有妻子儿女，现在又死到临头，还乐个啥？"林类笑道："我少时懒惰，不珍惜时间，才得以如此长寿。老了没有妻子儿女，现在又死到临头了，再没有什么负担和心事，所以才能这样快乐。"

郭躬：东汉官吏，其父断狱三十年。他少时承父业，讲授法律，徒众数百人。汉章帝元和三年（公元86年）官至廷尉（相当于最高司法官）。曾奏请修改律令四十一条，皆改重刑为轻刑，为朝廷采纳，颁布施行。

满宠：这个也不算太陌生，仔细翻翻《三国演义》我们就会了解。不过演义中的满宠只是个二流人物，除了说服徐晃归降外，似乎没有别的功劳。但历史上的满宠有勇有谋，力拒孙吴二十多年，相当不简单。

蒙恬：也是“熟人”，秦朝大将，相传发明毛笔的那个人。

钟皓：东汉学者，字秀明，长社人。隐居在密山，门徒千余人。朝中多次征召他做官，他都拒绝了。名士李膺曾感叹曰：“钟君至德可师。”书法家钟繇是他的孙子。

景丹：东汉大将，“云台二十八将”之一。年轻时曾经游学长安，后来担任新朝上谷长史，王莽灭亡后归顺更始，刘秀北上后他投降刘秀，在消灭王朗的战役中军功卓越。他连年征战操劳，后来弘农盗贼作乱时，奉刘秀之命带病作战，病死军中。

谷永：西汉成帝年间的文臣。他的文笔很好，相传六言诗就是他的首创。在政治上他依附于汉成帝的舅父王氏五侯（平阿侯王谭、成都侯王商、红阳侯王立、曲阳侯王根、高平侯王逢时），经常上疏抨击汉成帝及许皇后等。

梁冀：东汉时的外戚权臣，有跋扈将军之称。他的两个妹妹为顺帝、桓帝的皇后。顺帝死，他先后立冲、质、桓三帝，专断朝政近二十年。执政期间，骄奢横暴，后来汉桓帝与宦官单超等五人定议，诛灭梁氏，他被迫自杀。

苻生：前秦厉王。在位两年。性格叛逆凶暴。自幼叛逆凶狠，长大后，力举千钧，雄勇好杀，空手格杀猛兽，奔跑超过奔马，击刺骑射，冠绝一时。桓温北伐前秦时，生单马入阵，斩将夺旗前后数十次。公元 355 年继帝位，改元寿光。在位期间，擅杀无辜，残害百姓。酗酒不问政事。公元 357 年被苻坚、苻法等杀死。

展禽：这个名字大家可能不太熟悉，但是他的另一个名字就无人不晓了。他就是“柳下惠”，坐怀不乱的那个男人。

直不疑：西汉大臣。汉文帝时任中大夫、卫尉。吴楚七国之乱时，率兵参与平叛。景帝后元元年（公元前143年），迁御史大夫，封塞侯。为人宽厚，不好立名，能容人之过，时人称为“长者”。

支离疏：《庄子·人世间》中提到的一位怪人。他的身体残疾，下巴隐藏在肚脐下，双肩高于头顶，后脑下的发髻指向天空，两条大腿和两边的胸肋并生在一起。他给人缝衣浆洗，足够糊口度日；又替人筛糠簸米，小日子过得还挺滋润。征兵时，支离疏因身有残疾而不害怕；有差役时，支离疏因身有残疾而得免除。庄子以此人来比喻“无用比有用好”的思想。

好了，找完诗中这二十个人的“档案”，把我累得不轻。然而，诗句中如果只罗列人名，那只能叫人名大词典。我们看权德舆的这首诗，嵌入这许多人名后，意境也是流畅连贯的。

接下来我们要再了解这样几个典故：

“藩宣”，用来比喻国家重臣；“秉戎”则是执掌军政；“衡石”也是比喻国柄和相权；“驰张”就是平常所说的文王之道，一张一弛，指宽严相济的治国之道；“瓜李”就是瓜田李下之嫌。

此诗的意思大体是说：军国大事自有威风赫赫的人来掌握。自己年岁已老，一张一弛的文武之道，也自惭把握不好。于是藏愚守拙，以打柴割草为乐，避免那瓜田李下的猜疑。不会再顾念官位的尊荣，只夸口种田的收获。家在林间山野，靠近城郭自给自足。常常提醒自己，戒得戒满，以免遭人妒忌。修身养性，以恬静少动为宜，强于弄智逞能。每天清晨，听远处的钟声报晓，每天黄昏，看晚霞之奇异。山中的涧水是永不会相忘的，崎岖的山梁也不会成为负累的。我这样的作为，非常符合高僧生肇的学说，能让我像自由的禽鸟一样生活，从此我再也不会动摇，决意疏离世事，就此隐居此间。

诗意表达得非常自然，毫无生拼硬凑之感。其中“疏钟皓月晓，晚景丹霞异”，很有名句的风采。宋代的王安石曾写过一首人名诗，并自以为此类诗是其首创，其实早于他百年前，权德舆早就写过这种类型的诗，而且还写得相当出色。

顺便说一下，权德舆还写过一篇《药名诗》：“七泽兰芳千里春，潇湘花落石磷磷。有时浪白微风起，坐钓藤阴不见人。”其中依次隐着“泽兰”“落石（藤）”“白微”“钓（即“鉤”）藤”四味中药的名字，也十分有趣，感兴趣的朋友不妨一读。

今交非古交，贫语闻皆轻

峭风梳骨中的苦语

卷374_33《夕贫居述怀》孟郊

卧冷无远梦，听秋酸别情。高枝低枝风，千叶万叶声。
浅井不供饮，瘦田长废耕。今交非古交，贫语闻皆轻。

有道是“郊寒岛瘦”，打开《全唐诗》中孟郊诗所在的卷目，到处可见的是“穷、贫、饥、冻、病、老、痛”之类的字样。可能有朋友说，“穷”和“贫”这不一回事吗？其实不然，在古语中，“穷”多指不得意，像什么生不逢时、怀才不遇之类的感慨，都可以归为“穷”。

说起来孟郊的一生确实蹭蹬坎坷至极，古时常说人生有三不幸，“幼年丧父，中年丧妻，晚年丧子”，这几件事全让孟郊摊上了。而且他前后没了四个孩子：第一个大约十来岁就夭亡了，孟郊哭道：“负我十年恩，欠尔千行泪。”续娶的妻子郑氏为他生的三个孩子，竟都是未足满月而夭折。孟郊有诗哭道：“儿生月不明，儿死月始光。儿月两相夺，儿命果不长”，看来孟郊的这个孩子活的时间更短，恐怕连一周也没有。孟郊将其葬于杏树下，写诗道：“踏地恐土痛，损彼芳树根”，孟郊连踏上埋他儿子的这块地，都生怕踩痛了土，其内心又是多么的痛苦啊！

这些还不算最悲惨的，像元稹、白居易等也是屡屡丧子，给孟郊带来更多痛苦的就是一个字——贫。孟郊一生贫困，屡屡落第，他有诗道：“弃置复弃置，情如刀刃伤”，虽然他快五十岁的时候终于考上了进士，喜得差一点没有疯掉，欣喜若狂之下，写出那首大家都知道的“昔日龌龊不足夸，今朝放荡思无涯。春风得意马蹄疾，一日看尽长安花”一诗。但孟郊被“分配”到溧阳当县尉时，对官场上的繁琐政务既不感兴趣，又学不来，于是他天天纵情山水，闲坐吟诗。一把手县令也无可奈何，只好另外雇了一个“临时工”代替孟郊来处理这些工作，并从孟郊的“工资”中扣掉一半作为“临时工”的工资。有很多人评说，此县令太恶毒，但我觉得也不算太坏。老孟的这种做法，搁今天给他个“停薪留职”的处理就不错了。县尉的俸禄本来就不是很多，现在只剩下一半，所以孟郊的经济状况到死也没有什么大的改变，而且不久孟郊就暴病而亡，可以说是穷了一辈子。

孟郊有很多描写贫寒的诗句，如“秋至老更贫，破屋无门扉。一片月落床，四壁风入衣”等，但让孟郊感到更为寒心的是世态之冷酷。这首《秋夕贫居述怀》就写出了孟郊的愤懑。

“卧冷无远梦，听秋酸别情”，孟郊独卧床上，孤冷难眠，听着秋风瑟瑟，格外心酸。“高枝低枝风，千叶万叶声”，写得相当细致，诗中的“高枝”“低枝”“千叶”“万叶”，似乎显得啰嗦重复，但却恰当地表现出盈耳的秋声是如此的单调，反映出了诗人贫居不寐的烦闷、无聊。鲁迅先生《秋夜》一文中曾写过：“在我的后园，可以看见墙外有两株树，一株是枣树，还有一株也是枣树。”我觉得此手法，和孟郊的“高枝”“低枝”这句机杼相同，神理暗合。

“浅井不供饮，瘦田长废耕”，则表现出孟郊捉襟见肘的穷困境地，有道是“有钱男子汉，没钱汉子难”，孟郊当然是处处作难，正像他另一首诗中说得那样“出门如有碍，谁谓天地宽”。

“今交非古交，贫语闻皆轻”，孟郊感叹如今人心不古，轻贫谄富，于是发出“贫语闻皆轻”的感叹。所谓“贫语闻皆轻”，不但当时那些轻裘肥马的富贵中人瞧不起孟郊，就连很多有名的诗人、文人也鄙夷孟郊的穷苦之辞。

宋代的苏轼尤其瞧不起孟郊，苏轼在《读孟郊诗二首》中笑话孟郊说：“夜读孟郊诗，细字如牛毛……人生如朝露，日夜火销膏。何苦将两耳，听此寒虫号”，将孟郊视为终日啼饥号寒的小爬虫。严羽的《沧浪诗话》中也说：“李杜数公，如金鸡擘海，香象渡河。下视郊、岛辈，直虫吟草间耳。”《全唐诗话》中更是说：“乐天（白居易）赋性旷达，其诗曰：‘无事日月长，不羁天地阔’。此旷达之词也。孟郊赋性褊狭，其诗曰：‘出门即有碍，谁谓天地宽’。此褊狭之词也。然则天地又何尝碍郊，郊自碍耳。”

这些站着说话不腰疼的评价，非常过分。饱受饥寒之苦的孟郊，当然说不出“五花马，千金裘，呼儿将出换美酒”那种俊逸潇洒的豪语。白居易的生活状况和孟郊也不能同日而语，白居易虽说仕途坎坷，但大多数时间他都是地方行政一把手，他喝着小酒，搂着小蛮，看着樊素，当然是“日月长”“天地阔”了。而人家孟郊却是“秋月颜色冰，老客志气单。冷露滴梦破，峭风梳骨寒”，没法比啊！这不是两人气量大小的问题。正如李渔所说：“如人忧贫而劝之使忘，彼非不欲忘也，啼饥号寒者迫于内，课赋索逋者攻于外，忧能忘乎？”意思说：如果有人担忧贫穷想劝他忘掉，他哪里是不想忘，但是家里老婆孩子啼饥号寒，外面要债的债主不停地拍打门，这样哪里能忘得掉忧愁？所以说什么“天地又何尝碍郊，郊自碍耳”，这些话太不公平了，无钱无权之人，就是办什么事都处处荆棘，喝口凉水也塞牙。

近来网上有消息，说一大学生求职无门，无奈之下写血书自荐，评论者也是哂笑嘲弄者居多。但我觉得，既然人家不惜割肉出血，心中一定是痛到了极处，有点同情心好不好？“今交非古交，贫语闻皆轻”，原来孟郊早料到世人会瞧不起这些酸苦之语，但我觉得，虽然孟郊诗“读之令人不欢”（《沧浪诗话》语），却细微入骨地刻画出了贫士的悲哀，即使在今天，也会有人为之共鸣的。

力尽不得休杵声，杵声未尽人皆死

古人的「过劳死」很常见

卷 382_8《筑城词》张籍

筑城处，

千人万人齐抱杵。重重土坚试用锥，军吏执鞭催作迟。

来时一年深碛里，尽著短衣渴无水。力尽不得休杵声，

杵声未尽人皆死。家家养男当门户，今日作君城下土。

张籍的诗平白如话，明朗自然，但蕴意绵长，堪称佳品。王安石曾评道：“看似寻常最奇崛，成如容易却艰辛。”清人田雯在《古欢堂集》中曾夸道：“名言妙句，侧见横生，浅淡精洁之

至。”张籍各种题材的诗都写得不错，常见选本中应该也遗漏了不少好诗。

张籍尤擅长乐府诗，这首《筑城词》就是一首古乐府体诗，写得平白流畅，充满了悲天悯人的慈悲之心，对当政者的暴虐之行进行了有力地谴责。

“筑城处，千人万人齐抱杵。重重土坚试用锥，军吏执鞭催作迟”，千万人被迫夯土筑城，而且是“高标准，严要求”。所谓“试锥”一说，源于这样一个故事：南北朝时夏国有个暴君叫赫连勃勃，他在修筑统万城时，派人用利锥检查城墙的质量，只要利锥能刺入一寸，就立刻把建造这堵墙的人杀掉，然后换人拆掉重筑，并将被杀者的尸体一并筑入城墙。所以，在这样严酷的要求下，别提什么“安全生产”了，筑城的百姓陆续被折磨致死。张籍在结句时愤愤地说：“家家养男当门户，今日作君城下土。”古时的人更重视生育男儿，来传宗接代顶门立户，但如今都死在城下，作了城下之土，他们又有什么罪过呢？他们家中的父母亲人又何等的悲痛呢？

时至中晚唐，官贪吏虐，百姓生命如草芥一般。晚唐诗人陆龟蒙也写有《筑城词二首》：

城上一培土，手中千万杵。筑城畏不坚，坚城在何处。

莫叹将军逼，将军要却敌。城高功亦高，尔命何劳惜。

是啊，在封建统治者的眼中，百姓就是刀下肉，他们才不会在乎百姓的死活呢。

草堂不闭石床静，叶间坠露声重重

澄怀涤虑的清幽之作

卷 386_113《秋山》张籍

秋山无云复无风，溪头看月出深松。

草堂不闭石床静，叶间坠露声重重。

评价张籍时，很多人特别推崇他的古乐府诗。诚然，张籍在中唐的新乐府运动中是一个极为重量级的人物，白居易曾在《读张籍古乐府》中说："风雅比兴外，未尝著空文"，《唐才子传》中也说，张籍的诗使当时的诗坛"病格稍振，无愧洪河砥柱也"。张籍的古乐府类诗有《野老歌》《猛虎行》《节妇吟》等不少名篇，诸多选本中经常说，此处不再多述。这里我想说的是，张籍的绝句也是超尘绝俗、清雅淡远的。

打开《全唐诗》第三八六卷（张籍卷，基本全是绝句），便觉清气满怀，美不胜收，正所谓“碧桃满树，风日水滨。柳荫路曲，流莺比邻。乘之愈往，识之愈真。”试举几首好诗，《梅溪》：“自爱新梅好，行寻一径斜。不教人扫石，恐损落来花”；《惜花》：“山中春已晚，处处见花稀，明日来应尽，林间宿不归”；《重阳日至峡道》：“无限青山行已尽，回看忽觉远离家。逢高欲饮重阳酒，山菊今朝未有花”……都是一流的好诗。

本篇所选的这首诗更为高妙。诗中所写的清幽之景，和中唐后很多诗人笔下的情致不尽相同。如韦应物、大历诸人笔下之景，虽也可以称得上“清幽”二字，但他们的诗中常透出一缕清寂凄凉之意，而张籍此诗却静谧安恬，有盛唐时王维等人的韵味。

“秋山无云复无风”，山中本来就寂静，何况又是深夜，而且这个秋夜，万里澄澈无云，甚至没有一丝风，这又是何等的幽静！“溪头看月出深松”，读罢此句，不禁想起王维的那句“明月松间照，清泉石上流”。溪泉、明月、苍松，无一不代表着高洁出尘，正所谓“一切景语皆情语”，诗人的高洁情怀自然也就不言而喻。

“草堂不闭石床静”，隐者无欲无求，自然襟怀磊落，草堂中也是别无长物，这“不闭”二字，更增闲逸之情。而“叶间坠露声重重”，于静谧之极的环境中，增添了一点点声响，但正是这露水轻滴的声响，更衬托出山中秋夜的静谧。比如拍电影时，出现一个夜深时的画面，常用钟表的“嘀嗒”声来烘托环境的寂静，古诗中也常用这样的手法：“蝉噪林愈静，鸟鸣山更幽”“月出惊山鸟，时鸣春涧中”等，都使用的是此类表现手法。而张籍此诗中，以秋露滴落之声衬出清幽之境，不单合情合景，十分自然，而且“秋露”这一意象，和“清溪”“明月”“苍松”“草堂”“石床”等组合在一起，带给我们的意境也是素洁脱俗、澄心涤虑的。

正所谓“道上红尘，江中白浪，饶他南面百城；花间明月，松下凉风，输我北窗一枕”，现代社会中人的物质生活越来越丰富，但心境却越来越浮躁，张籍笔下的这种情境，是如此的让人向往。虽然我们不可能都住在深山之中，但于夜静之时，沏香茗一盏，读张籍此诗，也算是“闭门即是深山，读诗随处乐土”吧。

日月黏髭须，云山锁肺肠

怪诞诗翁的奇句

卷 387_6《自咏三首》（其三）卢仝

物外无知己，人间一癖王。生涯身是梦，耽乐酒为乡。

日月黏髭须，云山锁肺肠。愚公只公是，不用谩惊张。

卢仝，别号玉川子。听起来倒像是和《碧血剑》中那个风流好色的玉真子是师兄弟一般，其实不然。套用现在流行的一段话，这卢仝是“家贫貌丑，农村户口。房无一间，地无一垄。长年有病，药不离口。浑身上下，一无所有，除了发疯，就会乱吼。”有韩愈老师的诗为证：“玉川先生洛城里，破屋数间而已矣。一奴长须不裹头，一婢赤脚老无齿……”

虽然卢仝的个人形象极为糟糕，但却有“茶仙”之称。其实这些“茶仙”“茶圣”（陆羽）生前全是穷困之人，陆羽对饮茶之道还是有所研究的，卢仝博得“茶仙”这一名号，主要得益于他那首《走笔谢孟谏议寄新茶》一诗，也称《七碗茶歌》。此诗中这几句广为人知：“一碗喉吻润，二碗破孤闷。三碗搜枯肠，唯有文字五千卷。四碗发轻汗，平生不平事，尽向毛孔散。五碗肌骨清，六碗通仙灵。七碗吃不得也，唯觉两腋习习清风生……”

所以，这“七碗茶”，成为茶楼的永久招牌，据说北京中山公园内西侧有个“来今雨轩”，门旁有一副楹联就是：“三篇陆羽经，七度卢仝碗”。日本茶道中讲究的“喉吻润、破孤闷、搜枯肠、发轻汗、肌骨清、通仙灵、清风生”等，也是从卢仝的诗中演变而来的。

呵，看来就算发展到瓶装绿茶，还是要提到“七碗茶”这个典故。

但在当时，可能还没有人认卢仝为“茶仙”，卢仝当时最让人推崇的是他那怪僻的诗风。卢仝有一首叫《月蚀诗》（据说为讽刺宦官专权），写得奇崛怪诞，用“牛鬼蛇神，不足为其虚荒诞幻也”来形容，也是很恰当。前面说过，韩愈老师很是提倡这样的怪诞诗风，因此对卢仝的这首诗赞不绝口，但我看了甚感“消化不良”，试摘几句给大家看一下：

> 此时怪事发，有物吞食来。轮如壮士斧斫坏，桂似雪山风拉摧。百炼镜，照见胆，平地埋寒灰。火龙珠，飞出脑，却入蚌蛤胎。摧环破璧眼看尽，当天一搭如煤炱……

红鳞焰鸟烧口快，翎鬣倒侧声甗邹。撑肠拄肚礧傀如山丘，自可饱死更不偷。不独填饥坑，亦解尧心忧。恨汝时当食，藏头擫脑不肯食。不当食，张唇哆觜食不休……

西方攫虎立踦踦，斧为牙，凿为齿。偷牺牲，食封豕。大蟆一脔，固当软美。见似不见，是何道理……

总之是三分像诗，七分像文，而且用了很多光怪陆离、险怪幽僻的意象，读来有奇谲诡异之感。

所以，本篇选了一首卢仝略为平易一点的诗，但此诗也颇能代表卢仝的怪味诗风。“物外无知己，人间一癖王”，卢仝虽然貌丑人穷，但也挺有个性的，他在《冬日》诗中曾放言：“上不识天子，下不识王侯。”

“生涯身是梦，耽乐酒为乡”，但凡标榜隐逸的人，都像庄周一样参透生死，“蝴蝶梦庄周”，还是“庄周梦蝴蝶”？搞不清，这才叫得道之士。沉迷于醉乡，也是标准的隐士作风，像阮籍就是经常醉时比醒时多。

其实诗不可能每句都让人拍案叫绝，正像一部电影不可能从头到尾全是高潮一样。前四句应该说只是平平，真正的好句在后面——“日月黏髭须，云山锁肺肠”，才是“诗胆”。“日月黏髭须”，乍读起来比较费解，“日月”怎么能和“髭须”连在一起？细读之下，才发现此句的妙处，日升月沉，时光荏苒，诗人于风尘困顿之中，髭须不免为尘垢所粘，乃是很自然的事。此处不说“风尘粘髭须”，而代以“日月”二字，既有瑰伟之感，又令人惊叹想象之奇特。“云山锁肺肠”也是如此，如“荡胸生层云”之类的句子并不罕见，但卢仝不说“云山落心胸”却用“锁肺肠”，由潇洒飘逸改为奇崛丑怪一路，艺术效果明显不同。

“愚公只公是，不用谩惊张”，这一句是卢仝的自嘲之语，他说，世上如愚公一般傻的就是你自己了，不用大惊小怪地声张。有点类似《红楼梦》中关于宝玉的自嘲之词：“天下无能第一，世间不肖无双”，都是明贬暗褒之辞。卢仝的性格确实比较古怪，他有《村醉》一诗：“昨夜村醉归，健倒三四五，摩挲青莓苔，莫嗔惊着汝。”自己被石头绊倒，却反过来向石头道歉：“噢，对不起，惊吓着你了吧？”当真很愚很可爱。

不过卢仝诗中虽一副方外之人的派头，但他却因趟了政坛的浑水而惨死。卢仝死得真冤枉：这天，卢仝去宰相王涯家蹭饭，和众宾客喝完酒后，因天色太晚，就留宿在下人的房里。结果正好遇到“甘露之变”发生，宦官派兵要满门抄斩王涯一家，仓促间他们哪里分辨得清谁是谁，于是将卢仝也锁拿起来。卢仝高呼：“我卢山人也，何罪之有？”捉他的官骂道：“你既称山人，不在山里待着，跑宰相府来做啥？肯定是参与谋反的！”不由分说，卢仝也被砍了头。当时被杀者的首级都被悬挂在城墙上示众，卢仝老而无发，是个秃头，宦官下令用钉子钉在卢仝脑后再挂起来，可谓惨极。

《唐才子传》中感叹道：“一蹈非地，旋踵逮殃，玉石俱烂，可不痛哉！”看来，还是老子说得对：“盖闻善摄生者，陆行不遇兕虎，入军不被甲兵，兕无所投其角，虎无所用其爪，兵无所容其刃，夫何故，以其无死地也。”意思就是远离是非之地，才能避免招灾惹祸。

飞香走红满天春，花龙盘盘上紫云

瑰丽华艳的李贺诗

卷393_2《上云乐》李贺

飞香走红满天春，花龙盘盘上紫云。
三千彩女列金屋，五十弦瑟海上闻。
天河碎碎银沙路，嬴女机中断烟素。
断烟素，缝舞衣，八月一日君前舞。

李贺的诗奇诡冷艳，独树一帜，杜牧在《李长吉歌诗叙》中归结得很精妙：“云烟绵联，不足为其态也；水之迢迢，不足为其情也；春之盎盎，不足为其和也；秋之明洁，不足为其格也；

风樯阵马，不足为其勇也；瓦棺篆鼎，不足为其古也；时花美女，不足为其色也；荒国陊殿，梗莽丘垅，不足为其怨恨悲愁也；鲸呿鳌掷，牛鬼蛇神，不足为其虚荒诞幻也。”

后人赠予李贺一个外号——“诗鬼”。确实，他写过不少幽气森森的句子，如：“南山何其悲，鬼雨洒空草”“秋坟鬼唱鲍家诗”“青狸哭血寒狐死”等等。然而正如杜牧所评价的那样，李贺的诗并非全是“鬼吹灯”的风格，他的另一个特色就是“艳”，也就是所谓“时花美女，不足为其色也”。李贺喜欢用色泽明艳的字眼，像什么“冷红泣露娇啼色”“塞上燕脂凝夜紫”“粉霞红绶藕丝裙”“踏天磨刀割紫云”“桃花乱落如红雨”，等等。这让我们联想到张爱玲，据张爱玲说：“我学写文章，爱用色彩浓厚，音韵铿锵的字眼，如‘珠灰’‘黄昏’‘婉妙’”，而且张爱玲也喜欢在色彩斑斓的字句中藏蕴着苍凉落寞之感，看来李贺的诗也可以说是“华丽的袍”，其中藏着让人烦恼不已的“虱子”。

本篇这首诗，就是李贺诗中的一首奇艳之作。这首《上云乐》据说是梁武帝所创，又有人说本是道教乐曲，写成仙飞天之事。李贺的集中有《梦天》《天上谣》等，都是幻想天宫奇景的诗作。这首《上云乐》应该说和这些诗相伯仲，但不知为什么常见选本中不大选这一篇。

“飞香走红满天春”，据说《红楼梦》里林妹妹的《葬花吟》一诗，其中那句“花谢花飞飞满天”，或是从此句化出。不过，相比之下，我觉得李贺这句更有气势，更加浪漫绮丽。读罢此句，有如亲睹天女散花，绚丽缤纷无限。“花龙盘盘上紫云”，是说无数朵花，驾着轻风，织成飞龙，盘旋飘上天际。这情景，当真只能用美不胜收来形容。

“三千彩女列金屋，五十弦瑟海上闻”，是描写飞上天宫后的情景，天上仙女也是如花团锦簇一般，她们手弹锦瑟，声闻海上。这瑰丽堂皇的奇景，恐怕当今通过数码科技精心制作的电影场景，也仅能表现个大概。天女齐奏仙乐，海上都可以依稀听得见，这一句想象如天马驰骋，气魄宏大，有拔犀擢象之感。

“天河碎碎银沙路”，这句妙绝。李贺诗中常有一些匪夷所思，而又精妙绝伦的好句，如“银浦流云学水声”——天上的银河都听得到水声，“忆君清泪如铅水”——铜人所流之泪，当然是像铅水一般。以上这些情景，较起真来，似在情理之外，但若不单看，却又恰在情理之中，这正是李贺诗句的妙处所在。这句“天河碎碎银沙路”，也是如此，从人间看天河，繁星点点，李贺将此想象成天河中的粒粒银沙，很是形象贴切，令人拍案称绝。

“嬴女机中断烟素”，此处的“嬴女”，是借指天上的仙姬，李贺《天上谣》一诗中的“秦妃卷帘北窗晓”中的“秦妃”，和“嬴女”是同一个人，即秦穆公的女儿弄玉，相传她吹箫引凤，和夫君萧史一同飞上天，成为神仙。这句说仙姬嬴女的织机裁下如轻烟一般的绸帛，然后将裁下的这匹绸帛做一件舞衣，到八月一日那天，为君一舞。

不少人有“索隐”之癖，常喜欢从字面外看出点什么“迷案”“隐情”来。有人也说李贺这首诗是有讽刺或隐喻的，但我不喜欢这样解读。我觉得李贺这些诗，就是游仙体的诗，没有什么政治上的隐喻之类的。李贺的胸怀是雄奇宽广的，一个整天沉迷于人间鸡争鸭斗的人能写出“王母桃花千遍红，彭祖巫咸几回死”“天若有情天亦老”“更变千年如走马”这样的句子吗？当然，通过李贺笔下这些纷呈迷离的美丽幻象，我们也可以感觉到，李贺厌倦现实人间的污浊，向往高洁出尘的天上仙境。

韩愈等人提倡的险怪诗风，我觉得到李贺手里才泛出奇光异彩，李贺的诗虽然奇诡，但或冷艳，或幽清，都透着诗歌的美感，在唐诗中可谓别开生面。后来李商隐的那种绮密瑰妍的诗风，应该说也受到李贺的影响。李贺终年不到二十七岁，《唐才子传》中说是“上帝新作白玉楼成，立召君作记也”，于是李贺就应天帝所召，上天去了。唉，或许像李贺这样天才俊拔、惊俗绝世的才子，老天真的不忍心让他留在尘寰中太久？

“我是这耀眼的瞬间，是划过天边的刹那火焰，我要你来爱我不顾一切，我将熄灭永不能再回来，一路春光啊，一路荆棘呀，惊鸿一般短暂，如夏花一样绚烂。这是一个不能停留太久的世界……”

李贺的一生，和《生如夏花》这首歌一样，都带给我们无尽的感慨，让我们情不自禁地涌出埋藏已久的泪水。

我不非尔，尔无我非

求同存异的哲理诗

卷 418_11《君莫非》元稹

鸟不解走，兽不解飞。两不相解，那得相讥。
犬不饮露，蝉不啖肥。以蝉易犬，蝉死犬饥。
燕在梁栋，鼠在阶基。各自窠窟，人不能移。
妇好针缕，夫读书诗。男翁女嫁，卒不相知。
惧聋摘耳，效痛嚬眉[①]。我不非尔，尔不我非。

---

① 嚬眉：皱眉的意思。

元稹和白居易是好友，对于白居易提倡的新乐府诗体，元稹当然也是大力支持的。本诗就是一首新乐府体的诗。当我挑出这首诗给网上的一些朋友看时，反响也很不一样。有个美女就觉得根本不像诗，没有含蓄婉转的优美意境，一点也不喜欢，但有的人却觉得比较有趣，他说自己主办的论坛经常有人吵架，把这首诗贴上去劝导一下，倒是很合适。这正像此诗中所写：“犬不饮露，蝉不啖肥”，各有各的爱好，不必勉强。

其实元、白所写的新乐府一类的诗，多数都是“为君、为臣、为民、为物、为事而作，不为文而作也”。不崇尚辞藻的华美、不作铺陈造作的煽情，用白居易《新乐府序》中的话就是：“其辞质而径，欲见之者易谕也。其言直而切，欲闻之者深诫也。其事核而实，使采之者传信也。其体顺而肆，可以播于乐章歌曲也。”意思是要符合以下标准：语言质朴通俗，大家看了好明白；议论须直白显露，闻者足以警心，记事以事实说话，让人们信服，形式流畅上口，可作为歌谣传播。

所以，《新乐府》的重点是强调“思想性”为主，兼顾艺术性。元稹的这首诗大致也算是“达标”的作品，符合白居易所提出的那几点要求。我们来看一下这首诗的意思：

鸟不会快速奔跑，兽不会飞翔，彼此都有做不到的地方，所以不必相互讥讽。狗不会餐风饮露，蝉也不会吃肥肉，要是非让蝉吃肉，狗喝露水，那蝉就会死，狗就会饿。燕子在梁上住，老鼠在台阶下打洞住，各有各的窝，人们无法改变它们的习惯。女人一般喜弄针线，男人则要读书习文，男女之间也有不能相互理解的地方（“男翁女嫁”一词，极难解，怀疑有讹字）。担心听不到东西就扯耳朵，感到疼痛就皱眉头，我不去非议你的行为，你也别来干涉我的做法。

元稹这首诗中流露出来的思想还是很可贵的，对社会中的人，不可以强求一种模式，只要不危害国家、社会稳定，不危害其他人，我们就要尊重别人的思想和习惯，没有必要强制别人顺从自己的理念。

天可度，地可量，唯有人心不可防

最难测的是人心

卷427_27《天可度－恶诈人也》白居易

天可度，地可量，唯有人心不可防。但见丹诚赤如血，谁知伪言巧似簧。劝君掩鼻君莫掩[①]，使君夫妇为参商[②]。劝

① 掩鼻：出自《战国策·楚策四》，指的是战国时期魏哀王魏政送给楚怀王熊槐的一位魏国美人，颇得楚怀王的宠爱，引起楚怀王宠妃郑袖的嫉妒，被其暗算，惨遭割鼻之刑死去。

② 参商指的是参星与商星，二者在星空中此出彼没，古人以此比喻彼此隔绝，不能相见。

君掇蜂君莫掇[1]，使君父子成豺狼。

海底鱼兮天上鸟，高可射兮深可钓。唯有人心相对时，咫尺之间不能料。

君不见李义府之辈笑欣欣[2]，笑中有刀潜杀人。

阴阳神变皆可测，不测人间笑是瞋。

白居易是我非常喜欢的一位诗人，也是唐代诗坛中一位重量级的人物。当然，也有不少人鄙薄白居易的诗风，说什么“白俗元轻”之类的。但是，白居易的诗发挥了流畅自然一派的特色，数量之多，流传之广，是李白、杜甫也有所不及的。《白居易集》中好诗多，好句更多，像“不如不遇倾城色”“颜色如花命如叶”“彩云易散琉璃碎”等常被提及的妙句，都出于白居易的笔下。

所以，如果真的从白居易的三千首诗中选一流好诗的话，我觉得选一百首都不算难，但本书限于篇幅，只好割爱一些了。

这首诗是白居易《新乐府》集中的一篇，和前面王维那首《酌酒与裴迪》一样，都是感慨人心难料、世情多诈的。但白居易的诗风和王维的诗风大不相同，说得更加直白透彻，有一针见血之感。

此诗一开头就劈空而下这么一句：“天可度，地可量，唯有

---

① 掇蜂：《太平御览》卷九五〇引汉 刘向《列女传》：“尹吉甫子伯奇 至孝事后母。母取蜂去毒，繫于衣上，伯奇前欲去之，母便大呼曰：‘伯奇牵我。’吉甫见疑之。”后因以“掇蜂”为离间骨肉之典。

② 李义府：《旧唐书·李义府传》：“义府貌状温恭，与人语必嬉怡微笑，而褊忌阴贼……故时人言义府笑中有刀，又以其柔而害物，亦谓之‘李猫’。”

人心不可防。”度天量地，在拥有GPS定位系统的今天变得容易得多，但在白居易的时代，却是难以想象的事情。然而，比这更难的是揣测善变的人心。是啊，即使在科技发达的今天，人心这个复杂的多元函数，依然还是难解。

“但见丹诚赤如血，谁知伪言巧似簧”，正像孔子所说：“巧言令色者，鲜矣仁”，很多人说得天花乱坠，表面上捧你敬你，其实心里头指不定怎么糟践你呢。接下来白居易讲了两个典故：

“劝君掩鼻”一事出于《战国策·楚策四》。说是楚怀王宠爱一个魏国进献的美女，怀王的王后郑袖，当然吃醋了。她心生一计，故意对这个美女说：“君王很爱你的美貌，但是他讨厌你的鼻子。所以你见了君王，最好捂住鼻子。”这个美女也是胸大无脑之辈，不懂得“凡是敌人赞成的，我们都要反对”，竟信以为真。于是她再见到楚王时就赶紧捂住自己的鼻子。楚王纳闷，问郑袖说：“她看见寡人时，就捂住自己的鼻子，这是为什么？”郑袖答：“我听她说过，她是讨厌君王您身上的臭味。”楚王大怒，命人割掉那个美女的鼻子。

这里白居易是说，别人的话不可轻信，不然会使夫妻分离——“使君夫妇为参商”，参、商都是星宿名，参在西，商在东，此出彼没，不能相见。如金庸先生《倚天屠龙记》第三十章写的是张无忌和小昭就此远别，回目就是“东西永隔如参商”。

“劝君掇蜂”是刘向《列女传》中的典故。说是尹吉甫的儿子伯奇对他年轻的后妈很孝顺，但他的后妈很坏很阴险，取来黄蜂去掉毒刺后，系在衣服上，然后装作惊恐之状，让伯奇去赶跑。当伯奇手碰到她的衣服，她就大叫：“伯奇调戏我！”尹吉甫见了大怒，将儿子伯奇赶出家，伯奇百口莫辩，愤而自杀。后常用来比喻受人诬陷导致父子反目。如李端《杂歌》中说："伯奇掇蜂贤父逐，曾参杀人慈母疑。"

看来白居易的诗也不是俗得像王梵志一般，宋代惠洪《冷斋夜话》卷一中说："白乐天每作诗，问曰解否？妪曰解，则录之；不解，则易之"，似乎有夸张的成分，要不这个唐朝老太太也太厉害了啊。

海底鱼兮天上鸟，高可射兮深可钓"，读到此处，不禁联想起司马迁《史记·老子韩非列传》中所说："鸟，吾知其能飞；鱼，吾知其能游；兽，吾知其能走。走者可以为罔，游者可以为纶……"这里以海鱼天鸟虽在水深云高之处也有办法，以此作为铺垫。

"李义府之辈笑欣欣"，是指初唐时的奸臣李义府。《旧唐书·李义府传》中曾经说过，李义府长得一副温恭和蔼的样子，但是内心却"褊忌阴贼"，一肚子坏水，属于那种"当面称哥哥，暗中摸家伙"的人，"笑里藏刀"这个成语，就出于他的身上。最后诗中用一句"阴阳神变皆可测，不测人间笑是瞋"，再度强调了"人心险于山川，难于知天"的这种思想。白居易的好友刘禹锡诗中也说："瞿塘嘈嘈十二滩，人言道路古来难。长恨人心不如水，等闲平地起波澜"，亦是此意。

读罢此诗，心里有点"拔凉拔凉的"，把人情说得太可怕，太让人失望了。但此诗的题目是"恶诈人也"，白居易也是针对某些奸诈小人来说的，不过从古至今，奸诈之辈无时不有，人们也不得不处处小心——"逢人且说三分话，未可全抛一片心"，这也是很无奈的事情。

脂肤荑手不牢固，世间尤物难留连

自古红颜多薄命

卷 435_18《真娘墓（墓在虎丘寺）》白居易

真娘墓，虎丘道。不识真娘镜中面，唯见真娘墓头草。
霜摧桃李风折莲，真娘死时犹少年。脂肤荑手不牢固[1]，
世间尤物难留连。难留连，易销歇。塞北花，江南雪。

关于真娘，她详细的身世我们已经不是很清楚了，但有个这

① 脂肤荑手：指女子白嫩的皮肤，柔润的手。出于《诗经·卫风·硕人》："手如柔荑，肤如凝脂。"

样的传说：

真娘本名胡瑞珍，出身于长安的书香门第。从小聪慧、娇丽，擅歌舞，工琴棋，精书画。安史之乱时，随父母南逃，途中失散，流落苏州，被诱骗到山塘街“乐云楼”妓院。因真娘才貌双全，很快名噪一时，但她只卖艺，不卖身。后来，苏州城中有一富家子弟，爱上青楼中的真娘，用重金买通老鸨，欲留宿于真娘处。真娘觉得难以违抗，为保贞洁，悬梁自尽。又有传说茉莉花在真娘死前没有香味，死后因其魂魄附于花上，从此茉莉花就带有了香味，所以叫茉莉花又称香魂，茉莉花茶又称为香魂茶。

真实情况究竟是不是这样，我们已无从知晓。但是这几点可以确认：一、真娘是一位才貌双全，却不幸沦落青楼的女子；二、真娘死得很早，死于最灿烂的青春年华。所以，许多唐代诗人都纷纷挥笔写下有关真娘的诗篇。

前面说过，刘禹锡和白居易经常同题唱和，刘禹锡也有一首诗是写真娘的：

卷360_42《和乐天题真娘墓》刘禹锡

薝卜林中黄土堆，罗襦绣黛已成灰。
芳魂虽死人不怕，蔓草逢春花自开。
幡盖向风疑舞袖，镜灯临晓似妆台。
吴王娇女坟相近，一片行云应往来。

在谈刘禹锡的诗时，我曾说过刘、白二人唱和，一般都是刘诗强于白诗，但这首写真娘的诗，白居易的却似乎更好一些。虽然刘禹锡的诗中也有像“芳魂虽死人不怕，蔓草逢春花自开”这样的佳句，但白诗情真意切，不尚典故，不事藻绘，于平易之语中透出感慨无限，似更略胜一筹。

“真娘墓，虎丘道。不识真娘镜中面，唯见真娘墓头草，”典型的白诗特色，确实如同日常的口语一般，绝无半分雕饰做作。但仔细品来，却并非寡淡无味，走在虎丘山道，遥想昔日真娘的镜中芳容，而如今却只能看一看真娘墓上的荒草，诗人心中自是感慨万千。

在此诗中，白居易用了一系列比喻来惋惜真娘之死：“霜摧桃李风折莲”“易销歇，塞北花，江南雪”等，看得出，白居易惋惜的不仅仅是真娘，同时也借此惋惜这世上一切留不住、唤不回的美好事物。

这首诗编在《白居易集》中的“感伤”部，注意白居易的诗集是他自己亲手编集的，这和有些人的诗集常由不相干的后人乱编大有不同，什么算是“感伤”部的诗呢？白居易自己解释过：“有事物牵于外，情理动于内，随感遇而形于叹咏者一百首，谓之感伤诗。”

在唐代，还有不少人都在真娘墓旁题诗，如李绅、沈亚之等，到了会昌年间，出来一个叫谭铢的家伙，写了这样一首诗：

武丘山下冢累累，松柏萧条尽可悲。
何事世人偏重色，真娘墓上独题诗。

好嘛，让他这么一说，后人纷纷收笔缄口，不敢再题有关真娘的诗句了，因为这姓谭的说了，好色之徒才对着真娘墓长吟短吁呢。其实，这个人未免也太道貌岸然了，像白居易这样的诗，和“好色”“意淫”根本不沾边，纯粹是为了伤悼这易于消逝的美丽。

白诗同一卷中，距这首诗不远，又有一篇格调相近的《简简吟》：

苏家小女名简简，芙蓉花腮柳叶眼。
十一把镜学点妆，十二抽针能绣裳。
十三行坐事调品，不肯迷头白地藏。
玲珑云髻生花样，飘飖风袖蔷薇香。
殊姿异态不可状，忽忽转动如有光。
二月繁霜杀桃李，明年欲嫁今年死。
丈人阿母勿悲啼，此女不是凡夫妻。
恐是天仙谪人世，只合人间十三岁。
大都好物不坚牢，彩云易散琉璃脆。

“大都好物不坚牢，彩云易散琉璃脆”，《红楼梦》里将此句化为“霁月难逢，彩云易散”，确实，世上的美景、美人、美事，往往不可长驻。正如一颗划过天际的流星，虽然绚丽却十分短暂，人们有个习俗，说是对着流星许下自己的心愿，就会实现，但是令人遗憾的是，我们这些美好的期盼，例如甜蜜的爱情、美丽的容颜，等等，却往往像流星一样，即使能真的到来，却也不会持久。

白居易的《花非花》一诗，向来有朦胧诗之称：“花非花，雾非雾。夜半来，天明去。来如春梦几多时，去似朝云无觅处。”

对于此诗到底说的是什么，众说纷纭，有人甚至猜成是感慨“一夜情”的，但结合上面几篇的诗意，这首同在一卷中的《花非花》，确实也是在感慨往事虽美，却如梦如云，一去不返。

在今天，也有不少红颜早早地离去，像翁美玲、邓丽君、梅艳芳、陈晓旭等，都是如此。有道是“天妒红颜”，却也不可不信。追思她们依旧留在我们眼前的旧时音容，心中的感叹正是白居易诗中的这句——“难留连，易销歇。塞北花，江南雪。”

水能性淡为吾友，竹解心虚即我师

白居易的乐天闲适之作

卷 446_83《池上竹下》白居易

穿篱绕舍碧逶迤，十亩闲居半是池。
食饱窗间新睡后，脚轻林下独行时。
水能性淡为吾友，竹解心虚即我师。
何必悠悠人世上，劳心费目觅亲知。

《白香山集》中有相当多的一部分是“闲适”诗。对于这些闲适诗，过去得到的评价一直比较差，有人觉得这部分诗思想“消极”，甚至说白居易的这些诗是“热衷于铺叙身边琐事，将衣食俸禄挂在嘴边，千篇一律，令人生厌”，把“白俗元轻”之“白俗”理解为好说这些日常生活中的“俗”事，其实大谬。

其实，白居易所写的这些闲适诗，深得乐天达命、藏愚守拙、知足不辱、知止不殆的道家思想，在生活压力重如泰山的今天，读来很能化郁通滞，消愁解忧。

前面说孟郊时提过，有人拿白居易和孟郊相比，来讥讽孟郊气量狭小，这是不太恰当的。白居易的生活环境安适得多，和孟郊不可同日而语。但是，白居易心胸旷达，却是不假。有很多人官比白居易大，钱比白居易多，但却是终日营营扰扰，膏火自煎，日以心斗，不死不休。白居易有诗曰：“荣华急如水，忧患大如山。见苦方知乐，经忙始爱闲。未闻笼里鸟，飞出肯飞还。”很多人却正是如飞蛾投火一般沉溺于权力的漩涡，不知其祸将至。像一直嫉恨白居易的宰相王涯，最终也在政治斗争中死于非命，尸骨无存，而白居易却因外放闲官，安然无恙。

白居易有首诗是这样写的：“昔为凤阁郎，今为二千石。自觉不如今，人言不如昔。昔虽居近密，终日多忧惕。有诗不敢吟，有酒不敢吃。今虽在疏远，竟岁无牵役。饱食坐终朝，长歌醉通夕……”一般人都把升官晋职当作最得意的事，而白居易此诗说，原来他是“凤阁郎”（中书侍郎、正三品），现在是“二千石”（刺史、五品），大家都说他混得不行了，官职降了，而他自己却觉得现在降了官，远离了朝中倒是好事。原来在皇帝的身边，说话做事处处要小心——“有诗不敢吟，有酒不敢吃”，而外放到天高皇帝远的地方，却自由自在多了。看来白居易不愧有“乐天”之号，凡事都往好处想、宽处想。

白居易后半生常主动求做闲官，以安适恬逸为乐，堪称“世间好物黄醅酒，天下闲人白侍郎”。他的后园有一个小池塘，《旧唐书·白居易传》中曾引他的《池上篇》序文说过这个小池塘陆续营建起来的情况。白居易任杭州刺史时，带回来一块天竺石，两只华亭鹤，修了个“西平桥”，开了环池路。当苏州刺史时，又捎回太湖石、白莲、折腰菱、青版舫等物。朋友们也不断给添东西，有个叫陈孝山的赠给他酿酒的方子，崔晦叔送了一张琴，杨贞一给了三块光滑方长，可以坐卧的大石。白居易自己言道：“每至池风春，池月秋，水香莲开之旦，露清鹤唳之夕，拂杨石，举陈酒，援崔琴，弹《秋思》，颓然自适，不知其他。酒酣琴罢，又命乐童登中岛亭，含奏《霓裳散序》，声随风飘，或凝或散，悠扬于竹烟波月之际者久之。曲未竟，而乐天陶然，已醉睡于石上矣。”

这等优哉游哉的情景，真让我们羡慕不已。《白香山集》中有不少诗是写于这个小池边的，如《池上夜境》《池上逐凉》，等等，都相当不错，但这首《池上竹下作》最为精彩，娓娓道来，舒卷自如，条理井然，读来饶有滋味。

“穿篱绕舍碧逶迤，十亩闲居半是池”，白居易所居之处，有十亩之广的闲园，穿篱绕舍到处都是绿草萋萋，而他的这个池塘就占了一多半的地方。这里的环境是够清幽闲适的了，而更难得的是主人的心情也是如此的悠闲——“食饱窗间新睡后，脚轻林下独行时”，吃饱睡足之后，精神健旺，脚步轻快，独步林下，无思无念，这又是何等的快意！

“水能性淡为吾友，竹解心虚即我师”，这一联对仗精工，设喻巧妙，很有名句的风采。我觉得书写成两联挂在家中客厅书房等处，也是不错的。淡泊明志，宁静致远，水性之淡诚为益友；而抱虚胜盈，空心向道，虚心之竹似可教人。切物切景，入情入理，实在是妙句。

“何必悠悠人世上，劳心费目觅亲知”，说罢水能为友，竹能为师后，白居易来了这样一句意味深长的话作为结语。表面是说，有“水”“竹”可以为师友即可，而背后的意思却是：世上所觅来的那些所谓“师”“友”，远不如水和竹更能信得过，那些所谓的“亲知”，说不定什么时候就反目变脸，哪里比得上闲居池上，以泛舟玩竹为乐？这对世态人情又是一种绵里藏针的暗讽。

《白香山集》中的闲适诗数量很多，不管别人如何非议，白居易少年多病，能活到七十多岁的高龄，不能不说是由于他这种乐天自得的心态所致。这些闲适诗，我觉得在我们今天读来，依然很有意义，现在广告词常提倡来喝某饮料“战胜疲劳，不做纸片人”，其实我觉得，消除压力的最关键之处，就在于心态。天下之事，都没有什么了不起的，“醉来枕麹贫如富，身后堆金有若亡”，虽然在忙碌紧张的现实社会中，我们不可能有那么多的闲适时光，但是借鉴一下白居易的这种闲逸自乐的心态，还是大有裨益的。

白居易曾道：“有官慵不选，有田慵不农。屋穿慵不葺，衣裂慵不缝。有酒慵不酌，无异樽常空。有琴慵不弹，亦与无弦同。家人告饭尽，欲炊慵不舂。亲朋寄书至，欲读慵开封。尝闻嵇叔夜，一生在慵中。弹琴复锻铁，比我未为慵。”我想，这并非是教人懒惰，正所谓“世人皆道春云懒，我比春云懒更多”，彻底放松是何等的快意，希望大家抽出一点时间，沏好一壶香茶，暂时忘掉一切的烦恼，用悠闲的心情来品读一下《白香山集》中的闲适诗句，也是人生一乐。

东涧水流西涧水，南山云起北山云

连珠叠璧的精妙诗句

卷 462_40《寄韬光禅师》白居易

一山门作两山门，两寺原从一寺分。
东涧水流西涧水，南山云起北山云。
前台花发后台见，上界钟声下界闻。
遥想吾师行道处，天香桂子落纷纷。

白居易的诗已经选了三首了，本来不打算再挑了，但是翻到最后，我又发现了这样一首好诗。于是，不得不又放入“购物车”内。说来也是，白居易的诗数量之多，在唐代诗人中是首屈一指的，几乎占了中华书局版《全唐诗》第七册的全部。有个广告词是“好吃点，好吃点，好吃你就多吃点”，在这里，我们好诗也就多选点吧。

这首诗是白居易任杭州刺史时写的，其中这个“韬光禅师”和白居易交游甚密，另有《招韬光禅师》一诗为证：“白屋炊香饭，荤膻不入家。滤泉澄葛粉，洗手摘藤花。青芥除黄叶，红姜带紫芽。命师相伴食，斋罢一瓯茶。”可见两人交情不浅，经常在一起谈禅论佛。白居易晚年所撰的《醉吟先生传》自我表白云：“性嗜酒、耽琴、淫诗（浸淫于诗中）。凡酒徒、琴侣、诗友多与之游，游之外，栖心释氏。”所以这些大德高僧，也是白居易的座中常客。

本诗最为出色的地方，就在于文字花巧，结构新颖。当句对这种形式，其实并非白居易首创，老杜就有“即从巴峡穿巫峡，便下襄阳向洛阳”“桃花细逐杨花落，黄鸟时兼白鸟飞”“戎马不如归马逸，千家今有百家存”等，韩愈《遣兴》一诗也说“莫忧世事兼身事，且著人间比梦间”，就是白居易自己也另外有一首诗中写到“今日心情如往日，秋风气味似春风”，但这些诗都远不如本篇这首出色。因为偶尔用上一联，并不为奇，奇在连用六句，更奇在并非故弄玄虚，生拉硬扯，而是切合实情，丝丝入扣，真可谓妙到巅毫。

“一山门作两山门，两寺原从一寺分”，说的是这个意思：杭州灵隐寺的山门也就是天竺寺的山门，这两座寺是从一座寺分离出来的。犹如现在的某些大学，先分成新校、老校，后来又换了名字，各自独立，成为两所学校了。

“东涧水流西涧水，南山云起北山云”，是说山门内有冷泉亭，是两道溪涧的合流处。灵隐寺、天竺寺又同处在北高峰下，对着南高峰。熟悉此地的人都会觉得，白居易此诗真是妙不可言。接下来的“前台花发后台见”之类的比较好懂，就不用我多嘴了。

回味一下这首诗，又有不同的感受。佛经中常说：“有此则有彼，此生则彼生；无此则无彼，此灭则彼灭”，所谓“有因有果”“因生缘，缘亦生缘”，这“东涧”和“西涧”“南山”和“北山”“前台”和“后台”“上界”和“下界”，在俗世中人看来，迥然有别，但以佛门中万法归一，众生平等，无彼无我的心境来看，却并无隔阂滞碍。想必韬光禅师读来，也有拈花微笑之态。

白居易当年曾亲笔写了此诗，留在寺中。宋代的苏轼，眼高于顶，经常菲薄古人，但他比较“粉”白居易。他的外号“东坡”，就来自于白居易的《东坡种花》，他心爱的侍妾“朝云”之名，也取自白居易的《花非花》。苏东坡从小就听父亲说，杭州天竺寺里有白居易此诗的手书墨迹，但是直到四十七年后，他任杭州刺史时，才得以游览天竺寺。一问大和尚，得知白居易的墨迹早已无存，只有石刻的诗碑还在。于是苏东坡感慨一番后写诗道：

香山居士留遗迹，天竺禅师有故家，
空咏连珠吟叠壁，已亡飞鸟失惊蛇。
林深野桂寒无子，雨挹山蘲病有花。
四十七年真一梦，天涯流落泪横斜。

此诗中，苏东坡极口称赞白居易的诗结构精巧，如“咏连珠、吟叠壁”，现代大学者钱锺书也称赞此诗是“极七律当句对之妙”。所以，此诗不可不选。

晚岁君能赏，苍苍劲节奇

——《薛涛集》中的压卷之作

卷 803_1《酬人雨后玩竹》薛涛

南天春雨时，那鉴雪霜姿。
众类亦云茂，虚心能自持。
多留晋贤醉，早伴舜妃悲。
晚岁君能赏，苍苍劲节奇。

薛涛是唐代三大女诗人之一，虽然她出身官妓，但品格高贵，比起有些“不是妓女，胜似妓女”的才女来，倒要自尊自爱得多。薛涛的身世及有关故事，我在《长安月下红袖香》中已经说过，这里就不再反复提了。此诗在《长安月下红袖香》中虽然引录，但并未细解，这里我们来看一下这首诗为什么被后人推崇，以至于在编《薛涛集》时被放在开卷第一篇。我们知道古人编诗集时，往往是将其最好的诗作编在开卷第一篇，也称为“压卷”。当然，到了后世，“压卷之作”这个名称，也泛指集中最出色的作品。

此诗名为《酬人雨后玩竹》，是酬答何人，似已难查考。但当时写诗和薛涛这个才女搭讪的，多半是些风流子弟，到处猎艳渔色之辈。原诗中恐怕也充满挑逗之意。而薛涛回答他的这首诗时，却是“端服严容”，一点轻佻之意也没有。

“南天春雨时，那鉴雪霜姿”，意思是说，此时正是南国春雨过后，你哪里能看到青竹在严冬时不畏霜雪之姿呢？读罢此句，就仿佛瞧见薛大美人挂着一脸冰霜。“众类亦云茂，虚心能自持”，“众类”指各种其他的草木花卉，这些东西虽然枝繁叶茂，但又怎么能比得上翠竹虚心有节呢？此句气韵散朗，似对非对，更显得神情萧散，有盛唐之风。

接下来用了两个典故：“多留晋贤醉”，这“晋贤”自然是指以嵇康、阮籍等为代表的“竹林七贤”了。我们知道，“竹林七贤”是一群傲世独立、愤世嫉俗、离尘出世的高士。而“早伴舜妃悲”，是指“斑竹一枝千滴泪”这个典故，相传舜南巡时，死于苍梧。他的两位妃子娥皇、女英痛哭不已，眼泪滴在竹上形成斑点，成为湘妃竹，又名斑竹。这两个都是关于“竹”的典故，都突出了竹的高洁坚贞之情。

尾联是说，如果你到了年终时再来看竹，就可见到它苍健遒劲、不畏霜雪的劲节了。此诗不作半分媚容，始终保持一种清高庄重、不可冒犯的姿态，对于薛涛这种身份的女子来说，尤其难能可贵。明代胡震亨评道：“工绝句无雌声”，甚为精当。

确实，《薛涛集》中有不少好诗，都是用典老到，气势雄浑，不逊须眉。比如像“峨嵋山下水如油，怜我心同不系舟。何日片帆离锦浦，棹声齐唱发中流”，这首诗放在李白等人的集中也并不逊色多少。又有《送卢员外》这样一首诗：“玉垒山前风雪夜，锦官城外别离魂。信陵公子如相问，长向夷门感旧恩。”浑不似女儿家的手笔，和王昌龄那首“仗剑行千里，微躯敢一言。曾为大梁客，不负信陵恩”，似在伯仲之间。怪不得明代钟惺称赞此诗说：“只似一首吊古咏怀诗，却作送赠，高而朴，古而静，可谓大手笔。”

“万里桥边女校书，枇杷花里闭门居。扫眉才子知多少，管领春风总不如”，薛涛这“女校书”，确实名至实归。据说一开始薛涛的坟前遍植桃花，晚唐郑谷有“小桃花绕薛涛坟”之句，但后来就换成了一片竹林。清初郑成基在《咏薛涛坟》的诗中说：“昔日桃花剩无影，到今斑竹有啼痕。”我想，这倒很符合薛涛本人的愿望，因为比起轻浮娇艳的桃花来，她可能更喜欢“苍苍劲节”的茂林修竹。

惆怅后时孤剑冷，寂寥无寐一灯残

落魄书生同此一叹

卷 467_3《秋夜醉归，有感而赋》牟融

衔杯谁道易更阑，沉醉归来不自欢。
惆怅后时孤剑冷，寂寥无寐一灯残。
竹窗凉雨鸣秋籁，江郭清砧捣夜寒。
多少客怀消不得，临风搔首浩漫漫。

牟融这个人，历来很少有人提及。不但《唐诗三百首》和《唐诗鉴赏词典》中没有收录他的一首诗，就连历代的各种诗话里，也鲜有人提及他。《全唐诗》中对他的生平也说得含糊不清，因他写有赠给欧阳詹、张籍、韩翃等人的诗作，故判断他是贞元、元和年间的人。所以，牟融应该也是中唐时的一位诗人，和韩愈、白居易等大约同一时代。

《全唐诗》中有牟融的诗一卷（卷四六七），共六十二首。从牟融的诗来看，他生活的环境和活动的范围多在江浙一带，且常幽居于山野乡间。正像他的诗中所写："流水断桥芳草路，淡烟疏雨落花天。"牟融一生坎坷多艰，有才不得展，有志不得伸，他有诗道："龙鱼失水难为用，龟玉蒙尘未见珍。"蛟龙失水，龟玉[1]不得用，都是形容有才不得用之意。又有一诗道："山中荆璞谁知玉，海底骊龙不见珠"，用三献方识其宝的和氏璧和海底骊龙口边的宝珠，来形容贤才高士沦落草野。

有道是"说你行，你就行，不行也行；说不行，就不行，行也不行"，自古至今，虽然满腹经纶，但无人汲引，无人识遇，不免如蒿如草，老死乡间。牟融出身贫寒，又不屑奔走于那些甲第朱门，所以只好寄迹山林，聊以自慰。他有一首诗道：

> 十年学道苦劳神，赢得尊前一病身。
> 天上故人皆自贵，山中明月独相亲。
> 客心淡泊偏宜静，吾道从容不厌贫。
> 几度临风一回首，笑看华发及时新。

这句"天上故人皆自贵，山中明月独相亲"，写得尤为深刻

---

①"龟玉"：指龟甲和宝玉，古代认为是国家的重器，如孔子《论语》中："虎兕出于柙，龟玉毁于椟中，是谁之过与？"

动人，正所谓“贫居闹市无人问”，更何况牟融不愿染上市井的俗尘而隐于山中？话说回来，其实就算是遍投名刺，四处奔走，那些高高在上的“贵人”们也不会正眼瞧你的。正像《古文观止》中那篇《报刘一丈人书》中写的那样：“日夕策马候权者之门，门者故不入，则甘言媚妇人状，袖金以私之。即门者持刺入，而主人又不即出见；立厩中仆马之间，恶气袭衣袖，即饥寒毒热不可忍，不去也。”就算想送礼，也要低三下四地趋奉，连达官贵人的门都不是那么好进的。

同为唐代诗人的孟浩然也说过：“当路谁相假，知音世所稀。只应守寂寞，还掩故园扉。”与牟融这联相似。不过牟融更为孤傲，那些高高在上的“故人”们当然瞧不起自己的这个穷朋友了，这“皆自贵”三个字，讽刺极为辛辣，而下联则表达了自己不屑于与这些势利之徒往来——“山中明月独相亲”，大有飘飘若遗世独立之感。

大体了解了牟融的为人，我们来看一下本篇这首诗，这首诗题为《秋夜醉归，有感而赋》，应该是写于一个寂寥惆怅的秋夜，情调也十分低沉黯淡。

“衔杯谁道易更阑，沉醉归来不自欢”，意思是说，谁说多喝几杯酒就容易打发这凄清的秋夜啊？如今我已从酒肆中沉醉归来，却依旧郁郁不欢。正所谓“把酒消愁愁更愁”，这酒入愁肠，不但未能解愁，反而更加使诗人思绪万千，愁肠百结。

“惆怅后时孤剑冷，寂寥无寐一灯残”，虽然沉醉，却还是难以入眠，孤灯相伴，独自看剑。辛弃疾有一句“醉里挑灯看剑”，貌似相同，其实不然。牟融这一联并没有稼轩的豪气，此处看剑，应是感慨自己有才不得用，如宝剑一般空染壁上尘土，却不能到疆场一展锋芒。

诗人把剑独坐，正是“谁伴孤灯独坐，我共影儿两个”，而此时窗外的景致，又来添愁送恨——“竹窗凉雨鸣秋籁，江郭清砧捣夜寒”，竹窗下，淅沥作响的雨下个不停，不免让人联想起林黛玉所写的那句“已觉秋窗秋不尽，哪堪风雨助凄凉”，秋寒已至，万家捣衣，处处砧声，也是如同捣在他乡远客的心上。

“多少客怀消不得，临风搔首浩漫漫”，此情此景下，我们似乎看到诗人推开窗子，任秋风秋雨吹在脸上，打在身上，他长吁一声，高声吟道：“多少客怀消不得！”然而，感叹过后，回答他的却是那漫无边际的凄风苦雨，他也只好临风搔首，无可奈何。

牟融所写的诗多数类似于此，像本诗中的“竹窗凉雨鸣秋籁，江郭清砧捣夜寒”，并不比李颀的“关城树色催寒近，御苑砧声向晚多”逊色多少。牟融非常擅长写七律，虽然未必就是超一流，但我觉得和刘长卿等人还是有一比的，可惜牟融一生仕途无份还算罢了，诗名也是无人闻知，想必九泉之下的他也会郁郁不平吧？

这里再录牟融的《写意二首》，大家一起欣赏一下：

卷 467_34《写意二首》牟融

寂寥荒馆闭闲门，苔径阴阴屐少痕。

白发颠狂尘梦断，青毡冷落客心存。

高山流水琴三弄，明月清风酒一樽。

醉后曲肱林下卧[1]，此生荣辱不须论。

萧萧华发满头生，深远蓬门倦送迎。
独喜冥心无外慕，自怜知命不求荣。
闲情欲赋思陶令[2]。卧病何人问马卿[3]。
林下贫居甘困守，尽教城市不知名。

“高山流水琴三弄，明月清风酒一樽”一联，写得相当不错。近年来发现有一笔山，传为曹雪芹的遗物，笔山上刻有一联：“高山流水诗千首，明月清风酒一船”，似仿效牟融这句得来。

① 曲肱：弯着胳膊当枕头，比喻生活贫困。孔子曾自谓曲肱而枕，乐在其中。见于《论语·述而》：“子曰：‘饭疏食，饮水，曲肱而枕之，乐亦在其中矣。不义而富且贵，于我如浮云。’”
② 陶令：指陶渊明。
③ 马卿：指司马相如。

别我已为泉下土，思君犹似掌中珠

茜纱窗下，公子情深；黄土垅中，卿何薄命

卷 484_2《过小妓英英墓》杨虞卿

萧晨[①]骑马出皇都，闻说埋冤在路隅。

别我已为泉下土，思君犹似掌中珠。

四弦品柱[②]声初绝，三尺孤坟草已枯。

兰质蕙心何所在，焉知过者是狂夫。

---

① 萧晨：凄清的秋晨。如晋代殷仲文《南州桓公九井作》诗："哲匠感萧晨，肃此尘外轸。"

② 四弦品柱：代指英英所擅的乐器。陈阳《乐书》载："月琴，形圆项长，上按四弦十三品柱，象琴之徽，转轸应律，晋阮咸造也。"

杨虞卿留下来的诗就这么一首。在《旧唐书》之类的史书上，倒是经常可见他的名字。杨虞卿，字师皋，是元和五年（公元 810 年）的进士，“牛党”中的主要人物之一，他的仕途不算太顺利，几度被贬官，还被下过狱，最后卒于司户参军这样一个小官任上。值得一提的是，他和白居易关系挺近的，其表妹就是白居易的夫人。

这首诗在《全唐诗话》中曾特意提及，是杨虞卿写给自己的爱姬英英的。这个“小妓英英”和杨虞卿到底有什么故事，我们已经不太清楚了。但从此诗中所称的“埋冤在路隅”来看，英英的去世也是非正常死亡，十有八九也是像晴雯一般含恨而去的。从诗中看，杨虞卿似乎是在英英已经埋骨黄土垅中后，才得知消息的。他在凄冷的秋天清晨，策马出城，找到英英的墓，痛哭哀悼。说实话，杨虞卿的诗才并不是特别出色，但“别我已为泉下土，思君犹似掌中珠”等句子，还是发于肺腑，动人心魄的。

据《唐传奇》记载，杨虞卿的妻子是鄜相（指唐德宗时京兆尹李齐运，后官至礼部尚书）之女，长得其丑无比。杨虞卿有个好朋友叫张又新，娶了个相貌平平的老婆，经常心中郁郁，但杨虞卿开导他说，自己的老婆比他的老婆要丑多了，张又新偷看了一眼后，马上心中释然，高兴起来。能让张又新“看了开心”，可见杨虞卿的老婆是名副其实的“三心牌”女人——“自己看了伤心，别人看了开心，扔在家里放心”。

我在《长安月下红袖香》中曾说过，旧时的婚姻制度，不单是对女子的束缚，男人同样也有感情上的苦闷，杨虞卿和英英虽然主奴有别，但是他们的感情恐怕早就超越了身份的界限。白居易的诗《和杨师皋伤小姬英英》中说：“自从娇呆一相依，共见杨花七度飞。玳瑁床空收枕席，琵琶弦断倚屏帏。人间有梦何曾入，泉下无家岂是归。坟上少啼留取泪，明年寒食更沾衣。”由此看来，杨虞卿和英英相偎相处了有七年的时光，宝玉在《芙蓉女儿诔》中说他的晴雯是：“亲昵狎亵，相与共处者，仅五年八月有奇”，还不如杨虞卿和英英相处的时间长。

杨虞卿痛悼英英的诗作，在当时引起了很大的轰动，除了上面所说的白居易的和诗外，刘禹锡也写了这样一首：

《和杨师皋给事伤小姬英英》

见学胡琴见艺成，今朝追想几伤情。
撚弦花下呈新曲。放拨灯前谢改名。
但是好花皆易落，从来尤物不长生。
鸾台夜直衣衾冷，云雨无因入禁城。

从“见学胡琴见艺成”“放拨灯前谢改名”等句，我们可以知道英英从小就被收养在杨府中，乃是家姬。“但是好花皆易落，从来尤物不长生”，大有“霁月难逢，彩云易散”之意，是此诗中的点睛之笔。

同时，姚合也写了一首诗，题目是《杨给事师皋哭亡爱姬英英窃闻诗人多赋因而继和》，诗云：

真珠为土玉为尘，未识遥闻鼻亦辛。
天上还应收至宝，世间难得是佳人。
朱丝自断虚银烛，红粉潜销冷绣裀。

见说忘情唯有酒，夕阳对酒更伤神。

姚合和杨虞卿的关系远不如刘、白二人，他对英英的情况应该比较陌生，所以说“未识遥闻鼻亦辛”——虽然不认识，但从远方听说后，也觉得鼻酸心痛。是啊，红颜薄命古今同，一个可怜的娇弱女子凄凉地死去，就算是局外人也会闻之恻然，何况是杨虞卿呢？

所谓“天上还应收至宝，世间难得是佳人”，其实是安慰人的话，就像宝玉自欺欺人地说晴雯去做了“芙蓉花神”一般。这里有很多疑问：英英是怎么死的呢？为什么是“埋冤在路隅”？为什么杨虞卿要用“闻说”二字？为什么是急促地“萧晨骑马出皇都”？这不像是事后祭扫的模样，似是乍闻噩耗的情态。这其中的种种疑团，令人十分费解。经我大胆猜测，极有可能发生了以下这样一幕：

杨虞卿和英英如胶似漆，情意甚笃，但杨虞卿和鄜相之女李氏成婚后，奇丑无比的李氏便把英英当成了眼中钉、肉中刺。这一年，杨虞卿有公务外出，李氏趁机找借口痛殴英英，致其含恨而死。当杨虞卿终于从远方回来时，他心爱的英英早已长眠在城外的一座荒坟，于是他扑在坟前痛哭失声，才写下了这首诗。“别我已为泉下土，思君犹似掌中珠”，可是，这颗他视为至宝的珍珠，如今像水珠一样蒸发了，他这一生中，也不再有爱情。

思君若孤灯，一夜一心死

修道中人的闺情诗

卷 494_15《杂古词五首》（其五）施肩吾

红颜感暮花，白日同流水。思君若孤灯，一夜一心死。

话说在历史上有两个叫施肩吾的人，一位在唐朝，一位在宋朝，且都是道士。我真有点怀疑，是不是施肩吾真的练成了“八荒六合唯我独尊功”，每三十年，就能返老还童一次，所以一直活到宋朝了？当然，这种想法大家都不会信，所以搞学术的人，一般都把这两个施肩吾算做是不同时代的两个人。

《唐诗鉴赏词典》选有施肩吾的两首诗——《幼女词》和

《望夫词》，并评说道："施肩吾是位道士，但他写的诗却很有人情味。"确实，施肩吾的诗很多都不似出家人的口吻，我们看《全唐诗》中另一个道士吴筠的诗，就不说"人话"，只说"仙话""神话"，通篇读下来那真叫"香烟缭绕"，读来如同进了庙观一般。而施肩吾却截然不同，他的诗有豪情、有爱情，绝对是位性情中人。

先看一首豪情的诗：

卷 494_5《壮士行》施肩吾

一斗之胆撑脏腑，如磲之筋碍臂骨。
有时误入千人丛，自觉一身横突兀。
当今四海无烟尘，胸襟被压不得伸。
冻枭残蚕我不取，污我匣里青蛇鳞。

诗中说，自己胆大如斗，撑肠顶肺；筋力暴满，只恨臂骨碍事，读罢此句，想起金庸武侠中这段描写："那阿三却是精壮结实，虎虎有威，脸上、手上、项颈之中，凡是可见到肌肉处，尽皆盘根虬结，似乎周身都是精力，胀得要爆炸出来……"当然，书中阿三是个反角，而施肩吾诗中这位侠士却是位英雄，像"冻枭残蚕"（枭，猫头鹰，古时认为是恶鸟，蚕，是蝎子）这样的烂污之辈，他都不屑于动手，怕脏了他匣中的宝剑（青蛇鳞）。他感慨的是"胸襟被压"，有才不得用，不能为国效力，不能做一个为国为民，侠之大者的英雄。

施肩吾写英雄十分传神，写起美人来也很生动，请看这首：

卷494_139《观美人》施肩吾

漆点双眸鬓绕蝉，长留白雪占胸前。

爱将红袖遮娇笑，往往偷开水上莲。

这个美女酥胸半露，蝉鬓如漆，明眸善睐，红袖遮颜，时作娇笑之态，很是“性感”，这可能是施肩吾入道之前写的吧？

这首《笑卿卿词》也很有趣：

笑向卿卿道，耽书夜夜多。出来看玉兔，又欲过银河。

这个女子的老公大概是位爱看书的书生，只知太用功，不免辜负春宵。于是这个女子笑着说：“好老公，你别只呆呆地看书了，你看看月上中天，这一晚又要过去了。”言外之意是：“老公，天都这么晚了，我们还是早点上床‘安歇’了吧。”

有道是“女人心，海底针”，但施肩吾对红粉佳人们的心思似乎十分了解，他的笔下写了诸多的女子情怀，写妻子因丈夫终夜不归宿而伤心：“每坐台前见玉容，今朝不与昨朝同。良人一夜出门宿，减却桃花一半红”；写夜宴时男女嬉笑的欢情：“被郎嗔罚琉璃盏，酒入四肢红玉软”；还有吃醋的女人：“一种貌如仙，人情要自偏。罗敷有底好，最得使君怜？”空床独守的思妇：“香销连理带，尘覆合欢杯。懒卧相思枕，愁吟夜起来”……都摹写得细致入微。真奇怪，施肩吾怎么对女性的心态这样熟悉，难不成也像宝玉一样，曾是整天在脂粉堆里混的人？

我这样猜，似乎也有些道理，虽然施肩吾后来入道修仙，但他早年想必也是位风流才子，韵事多多。在他集中有这样一首诗可以透露出蛛丝马迹：“自喜寻幽夜，新当及第年。还将天上桂，来访月中仙。”（《及第后夜访月仙子》）我们知道，很多唐朝人在中举后，以“红笺名纸谒平康”，到妓馆中狎游，乃是常事，这个夜访“月中仙”，分明是去寻妓作乐。

所以，施肩吾很可能早年是情场荡子，晚岁才悉心入道。有道是“淫奔之妇，矫而为尼；热中之人，激而入道”，呵呵，虽然这话不大好听，却是人之常情，宝玉不也曾是那样一个“爱红”“亲脂粉”的人吗？后来却撒手悬崖，出家为僧。

相传施肩吾曾远去东海寻仙，不想来到“外婆的澎湖湾”——现在的澎湖列岛，于是在岛上住下，直到老死于岛上。

施肩吾也有一些方外之人气味比较浓的诗，但我却更喜欢他的这些闺情诗，这一组《杂古词五首》，情景交融，直出口心，很有《子夜吴歌》的味道。这第五首尤其出色，而其中“思君若孤灯，一夜一心死”，最为令人拍案叫绝。此女子夜夜思念情郎，但夜夜落空，一颗心也渐渐冷去、死去。正像这伴她而坐的孤灯，烛泪夜夜滴尽，灯芯也夜夜化为死灰。这和“蜡炬成灰泪始干”有异曲同工之妙，很值得众口传诵。

人行中路月生海，鹤语上方星满天

张祜气象不凡的好句

卷 511_16《秋夜登润州慈和寺塔》张祜

清夜浮埃暂歇鄽[①]，塔轮金照露华鲜。

人行中路月生海，鹤语上方星满天。

楼影半连深岸水，钟声寒彻远林烟。

僧房闭尽下楼去，一半梦魂离世缘。

张祜是位翩翩佳公子，有人考证说，他是盛唐时宰相张说的

① 鄽：同廛。古代指一户人家占用的房子、宅院和店铺集中的地方。

后代。但时至晚唐，这些资历和关系早已派不上用场了，所以张祜诗才虽好，但也在坎坷中度过了一生。

张祜有一首诗叫《京城寓怀》：“三十年持一钓竿，偶随书荐入长安。由来不是求名者，唯待春风看牡丹。”诗中说，他三十年来一直闲居江湖，笑把鱼竿，偶然有人来信推荐，才不得不来到长安名利之地，但他不是那种求名以图仕进之人，他只是来长安看看牡丹花罢了。诗写得非常潇洒，一派孤高自许的样子。然而，正像元稹写过“取次花丛懒回顾，半缘修道半缘君”，却依旧拈花惹草一样，其实张祜一生“始终都在努力”，努力拜访诸多达官贵人，从他的诗中看，他拜谒过的高官还真不少：像令狐楚、裴度、李德裕、李程、田弘正、韦颢、韦辞、韦处厚、李绅、李愬、萧俛、崔植、崔群等，这里面有好多人是宰相，差一点的也是三品以上的大员，但拜谒这些人根本没有起到什么作用，张祜收获得是一个又一个的失望。

后来有个叫颜萱的写过一首《过张祜处士丹阳故居》，有这样一句：“岂是争权留怨敌，可怜当路尽公卿。”确实，很多朝中大员嫉妒张祜的才能，千方百计排挤张祜，《唐摭言》中曾说皇帝一度赏识张祜，但元稹不知为何给张祜垫了坏话，说“张祜雕虫小巧，壮夫耻而不为者，或奖激之，恐变陛下风教”，让张祜的希望再次破灭。

张祜早年曾“很傻很天真”地崇拜那些纵横江湖的侠客。有天晚上，一“壮士”求见张祜，且手提一包袱，不时有血渗出。他对张祜说：“有一仇人，寻他十年，今夜斩之。”又指包袱道：“此其首也。”这桥段酷似《射雕英雄传》剧中丘处机见郭靖、杨康他爹时的场景。张祜以为遇到英雄，大喜之下，设宴款待。“壮士”大吃大喝后，又说：“素闻张公子仗义疏财，能否先借我十万钱？”张祜头脑发昏，借着酒劲，一拍胸脯就把钱送了。此“壮士”留下包袱，拿了钱，道声“去去就来”，不想“壮士一去不复返”了。张祜心想，包袱里的人头搁着不太保险，先偷偷埋掉吧，结果打开一看，里面竟是一个猪头，他这才知道上了当，从此再不玩“侠义”之举了。

后来，张祜在仕途上也屡屡碰壁，求官之心也渐渐灰冷。于是就寄情于江南的山山水水，尤其是佛寺之中。宋人葛立方在《韵语阳秋》一书中说：“张祜喜游山而多苦吟，凡历僧寺，往往题咏。”确实，张祜几乎题遍了江南古寺，所创诗中不乏佳句，如《题杭州孤山寺》：“不雨山常润，无云水自阴”；《题惠山寺》：“泉声到池尽，山色上楼多”；《题丘山寺》：“地平边海处，江出上山时”；《题润州甘露寺》中的“日月光先见，江山势尽来”……而我觉得最为精彩的是本篇这首《秋夜登润州慈和寺塔》。

这是一个秋天的明月夜，张祜独登慈和寺塔。塔下的人家早已安歇，白日的喧嚣浮尘，也都沉寂下来，明月照在金色的塔轮上映着新鲜的露水。在登塔的途中似乎可以看到海上明月升起，星空中飞过的鹤叫声是那样的近，仿佛自己已经置身于天上。塔的倒影连着江岸，寺里的钟声传到雾气弥漫的山林。这个时候，连众僧都关门闭户歇息去了，只留下自己怅然若失，似乎一半的魂魄已离开了人世。

前面说过章八元的一首登塔之作，相比之下，这两首诗的意境大不相同。章诗只是描写慈恩塔之高耸，诗中透露出欣喜惊叹之态，而张祜这首诗虽也描写了塔高入云的巍峨，但夜登古塔，流露出来的却是“高处不胜寒”“人间无所依”的孤清之感，而“人行中路月生海，鹤语上方星满天”，尤为对仗精工，气象不凡。我觉得不逊于“楼观沧海日，门对浙江潮”，相比之下，我更喜欢张祜这首诗。

张祜的一生，曾是狂士、浪子、游客、幕僚、隐者，唯独没有做过官。张祜有诗：“行却江南路几千，归来不把一文钱。乡人笑我穷寒鬼，还似襄阳孟浩然。”他和孟浩然一样，都是白衣终生。但我觉得张祜此生也过得不错，第一，正像小杜所说：“何人得似张公子，千首诗轻万户侯”，万户侯海了去了，现在能被人记住的有几个？还不如张祜名传千古；第二，张祜活到七十多岁，而很多达官贵人早早的就成了城外土馒头的馅了。所以我很想劝一劝张祜：“万钟万户有何羡，千山千水好吟诗。”

雨暗残灯棋散后，酒醒孤枕雁来初

清健拗峭的小杜七律

卷522_14《齐安郡晚秋》杜牧

柳岸风来影渐疏，使君家似野人居。
云容水态还堪赏，啸志歌怀亦自如。
雨暗残灯棋散后，酒醒孤枕雁来初。
可怜赤壁争雄渡，唯有蓑翁坐钓鱼。

《唐才子传》说：“牧美容姿，好歌舞，风情颇张，不能自遏。”我也早就听说小杜经常流连于那烟柳画桥，风帘翠幕，春风十里，佳人如玉的江南温柔之地，留下许多风流韵事。杜牧是贵家子弟，又是朝廷命官，钱肯定不少，而且他长得又帅——“美姿容”，俗话说“鸨儿爱钞，姐儿爱俏”，人家小杜要钞有钞，要俏有俏，绝对是青楼里最受欢迎的贵客。但有关小杜的那些八卦绯闻，早被人提得太频繁了，这里就不想重复了。我想从《全唐诗》中再找出点小杜的艳情诗来“晒”一“晒”，结果找来找去，除了人家早就说烂了的什么“赢得青楼薄幸名”“绿叶成荫子满枝”“卷上珠帘总不如”外，再也找不出什么值得爆料的了。

据说小杜晚年大病一场后，自知来日无多，将平生所写的一千多首诗烧得只剩下二百多首，有人说这和俄国老头果戈理将《死魂灵》书稿烧掉相似，都是不愿将质量不好的作品传世。幸好小杜的外甥是个有心人，另外收集了他的两百首诗，这样他才有四百首传世。我时常暗暗惋惜，小杜烧掉的诗中，会不会也有“多情却似总无情”这类的绝妙好诗？

好了，既然找不到，我们也就不说了。小杜的诗在晚唐诗人中应该是个亮点，“后人评牧诗，如铜丸走坂，骏马驻坡，谓圆快奋急也”，确实，杜牧的诗气俊思活、豪纵拗峭，恰似落日楼台中的一笛清音，响彻整个晚唐诗坛。

历来评诗者都觉得小杜的绝句非常不错，施蛰存先生的《唐诗百话》里也选了他的十一首绝句。但我觉得小杜的七律也相当不错，七绝既然能写得好，那七律自然也不会太差，就像一个武功高手，拳脚功夫好，使起刀剑来，也不会差到哪里去的。

这首《齐安郡晚秋》，当是写于唐武宗会昌二年小杜出任黄州之时，“齐安郡”就是黄州的另一个称谓。说起来，小杜在黄州时写过不少的好诗句，光《唐诗鉴赏词典》中小杜的诗就有三首是带“齐安郡”字样的。数百年后，苏东坡也到了黄州，写下不少好诗，这黄州真是诗家福地，我以后有条件了真想住到黄州去。

本篇这首诗其实也相当不错，只不过意境有些消沉。“柳岸风来影渐疏”，写秋节已至，柳上的枝叶越吹越少，所以连树影都显得稀疏孤单。“使君家似野人居”，使君，是小杜自谓，这里说自己所居之地远离红尘，似乎是山野之居。这样的环境，当然是非常幽静了，所以诗人接着说：“云容水态还堪赏，啸志歌怀亦自如”，小杜对“云容水态”，可能真的仔细观赏过，要不然绝不能想出“云烟绵联，不足为其态也；水之迢迢，不足为其情也”（《李长吉歌诗叙》），这样绝妙的形容词来，从这句看，小杜观云赏水，啸歌抒怀，倒也还自得其乐。

然而，接下来这几句却不免有些寂寥孤清之感了：“雨暗残灯棋散后，酒醒孤枕雁来初”，小杜是爱下棋之人，他有《送国棋王逢》一诗，可证明他是个围棋高手。然而，一盘棋下完后，友人也终将离去，只留下那残灯暗雨。夜半酒醒之后，孤枕上只听得雁叫声声，更添凄凉。杜牧在感慨什么？为什么又有寥落悲伤之感？正所谓“多无百年命，常有万般愁”（杜牧《不寝》一诗）。不过，说起来小杜身为一州刺史，行政一把手，在当地也是跺一下脚方圆百里都要晃的人物，照一般人的思路看，应该不错了，为什么还这样失落？岂不知，小杜刚直有节，胸有大志，常希望做一番大事，青史留名，万世流芳。区区一个刺史岂能满足他？小杜有诗说：“绝技如君天下少，闲人如我世间无”，其实小杜哪里是闲人，只是觉得抱负难申罢了。

当时的小杜已经四十岁了，古时的人到了四十岁，已经是后半生的光景了，小杜的理想却渐行渐远。于是他只好自我安慰：

“可怜赤壁争雄渡，唯有蓑翁坐钓鱼”——赤壁争锋的豪雄们也都没了踪影，只有老渔翁还依旧在那里钓鱼，“惯看秋月春风”。初读此诗时，我觉得最后这两句有点突兀，但是细读之后，才了解到小杜的这般心思，这和小杜集中的“秋山春雨闲吟处，倚遍江南寺寺楼”“古往今来只如此，牛山何必独沾衣”等句表现的情怀是一样的，初读诗的前几句，觉得小杜似乎无拘无束、无忧无虑，但读到最后，却沉入百无聊赖、无可奈何的感伤之中。这种“悲欣交集”的滋味，是《樊川集》的特色。

曲尽不知处，月高风满城

余韵袅袅的许浑绝句

卷538_2《闻歌》许浑

新秋弦管清，时转遏云声。曲尽不知处，月高风满城。

不知为什么，有些人非常看不起许浑的诗，五代时的孙光宪在《北梦琐言》里说："世谓许浑诗、李远赋，不如不作，言其无才藻，鄙其无教化也"；宋代江西派诗人陈师道也说："后世无高学，举俗爱许浑"；写《三国演义》卷首词的那个明代杨慎更狠，说什么："唐诗至许浑，浅陋极矣，而俗喜传之，至今不废"。但我觉得许浑的诗俊逸爽朗，清气满怀，和小杜的诗有很多相通之处，也是相当不错的。

许浑相传是盛唐时宰相许圉师（其孙女婿为李白）的后代，这点和张祜有点相似。许浑的年龄比杜牧要大十多岁，因此小杜和他是好朋友，其诗风深受许浑的影响，以至于现在我们看到两个人诗集中有很多相同的诗，分不清到底谁是作者。

《许浑集》中，五七律居多，其中不乏佳句，除了“山雨欲来风满楼”那种常见选本中选过的外，我试选出以下这些：

月过碧窗今夜雨，雨昏红壁去年书——《再游姑苏玉芝观》

孤舟移棹一江月，高阁卷帘千树风——《夜归驿楼》

阴云迎雨枕先润，夜电引雷窗暂明——《早秋韶阳夜雨》

露堕桂花棋局湿，风吹荷叶酒瓶香——《韶州驿楼宴罢》

江湖潮落高楼迥，河汉秋归广簟凉——《宿望亭驿寄苏州同游》

书院欲开虫网户，讼庭犹掩雀罗门——《疾后与郡中群公宴李秀才》

蒹葭露白莲塘浅，砧杵夜清河汉凉——《秋夜与友人宿》

云抱四山终日在，草荒三径几时归——《冬日五浪馆水亭怀别》

……

当然，许浑的这些诗，格调多半相同，所以也有人诟病说“浑句联多重用”。一个人能做到风格百变，固然是大家风范，但一般的诗人大多只有一种风格，就像现在歌手、演员也是如此，想让田震唱出杨钰莹的味道，让李保田演贾玉玉这样的小正太，恐怕也绝无可能。

因前面选了不少七律，尤其是刚说了小杜的七律，所以这里就换换口味，来一首许浑的五绝瞧瞧。许浑这首五绝，意象绵渺，余韵袅袅不尽，称得上是首佳作。

“新秋管弦清，时转遏云声”，这是一个秋夜，正是那夜凉如水，碧空高远，云似轻纱，月如明镜之时。而此时，从远处传来一阵清脆嘹亮的管弦之声，这声音之美，让诗人不由得心神俱醉。然而，正当诗人陶醉于这动人的乐曲声中时，曲子却突然停了，诗人虽意犹未尽，但他无处去寻找，也无缘见到那个吹奏此曲的美人，于是他只好再度侧耳倾听。然而，他此时听到的，却只是那秋夜中的萧萧晚风。明月高悬，满城清风，而那乐曲再也没有响起，只留下怅然若失的许浑。

前面我们说过徐安贞的《闻邻家理筝》，在题材上和此诗有相似之处，对比两首诗，会发现许浑的诗更加含蓄有味。许浑也是多情之人，有这样一个传说：

据孟棨《本事诗》中说，许浑好像宝玉神游太虚幻境一般，常在梦中登一座高山，山上宫殿巍峨华美，不似人间。有人告诉他说：这是昆仑山。他走了一段，看到有几十人饮宴，并邀他入座共饮。后来有一美人，要求他赋诗。许浑慑于仙女之美，诗还没有做成便醒了。醒后，许浑写下这样一首诗："晓入瑶台露气清，座中惟见许飞琼。尘心未尽俗缘在，十里下山空月明。"过了几天后，他的梦又"断线续传"，重新梦到了那个仙子，仙子却不高兴地说："你为何将我的名字传到人间？"许浑惶恐，马上将把第二句改为"天风吹下步虚声"，仙女许飞琼才解颐开颜。

能得到仙女索诗，可见许浑的诗并不差，反正我也很喜欢许浑的诗，我觉得还是晚唐诗人韦庄写的这首《题许浑诗卷》说得对：

江南才子许浑诗，字字清新句句奇，
十斛明珠量不尽，惠休虚作碧云词[1]。

---

① 惠休，即乃南朝诗僧，本姓汤，后还俗，官至扬州刺史，常作《碧云词》，其诗已失传。

争将世上无期别，换得年年一度来

相思深入骨的李义山

卷 539_179《七夕》李商隐

鸾扇斜分凤幄开，星桥横过鹊飞回。
争将世上无期别，换得年年一度来。

周汝昌先生曾说过：“玉谿一生经历，有难言之痛，至苦之情，郁结中怀，发为诗句，幽伤要眇，往复低徊，感染于人者至深。”确实如此，读李商隐的诗，最感人至深的就是他那些缠绵低回、欲说还休的无题诗。

对于李商隐的很多无题诗，不少人猜测为其中暗喻仕途上坎坷、政治上失意之类的感触，但我觉得并非如此。李商隐的一生虽然在仕途上很不顺，但是他对于这些从不讳言。令狐楚对李商隐是相当不错的，但其子令狐綯却对他十分冷落，他曾写过《九日》这样一首诗："曾共山翁把酒时，霜天白菊绕阶墀。十年泉下无人问，九日樽前有所思。不学汉臣栽苜蓿，空教楚客咏江蓠。郎君官贵施行马，东阁无因再得窥。"

当时李商隐去拜访在朝廷中大权在握的令狐綯，结果令狐綯嫌他做了李党的女婿（令狐綯是牛党），有意不见他，把李商隐晾了半天，最终也没见面。李商隐在墙上题了这样一首诗后怅然离去。这首诗的意思很明白，就是埋怨令狐楚死后，其子令狐綯待之甚薄。据说令狐綯看到此诗后惭愧不已，就把此屋锁住，终身不再进来半步。由此看来，《无题》等诗中根本不会寄托这些事情，因为李商隐把这些事都明明白白地说出来过，再含含糊糊地说一遍，有何意义？对于宦官专权之类的行为，他的《重有感》等诗也进行了金刚怒目壮士挥戈般的申斥，一点也不琵琶遮面，羞羞答答的。

所以，《无题》及《李商隐集》中这些典雅绮丽、云山雾罩般的朦胧诗，必是爱情诗无疑，而且多半也不是写给女道士宋华阳她们的。因为当时的才子们，和女冠们来往也是常事，也用不着遮遮掩掩，像刘长卿就和李季兰大侃"黄段子"，温飞卿也和鱼玄机关系甚密，李商隐大可不必如此讳莫如深。

那这些《无题》诗和类《无题》诗（这类诗取诗中前几字作题，实同无题一样）中，让李商隐相思入骨，至死方尽，成灰方休的女子是谁呢？这个已经难以确切地考证出来，恐怕永远也考证不出来了。因为这是李商隐一生都不敢说出来的名字，虽然她的名字可能在李商隐的心中呼唤了几千几万遍。

这名女子应该是一位有夫之妇，甚至就是李商隐朋友的妻子。所以他们的相爱背负着道德上的重重压力，李商隐的心里始终有挥之不去的阴云。然而，他们还是不顾一切地跨过了这个雷池。但这种爱是苦涩的，“相见时难别亦难”，而且不敢名正言顺地去追求，不敢讲给任何人听，于是李商隐只好把这满腔情愫化为这一首首缠绵悱恻的《无题》诗。

这并非无中生有，细读《全唐诗》中的李商隐诗，我们会发现很多“蛛丝马迹”。比如他有这样一首诗：“红露花房白蜜脾，黄蜂紫蝶两参差。春窗一觉风流梦，却是同衾不得知。”（《闺情》）这首《闺情》诗，可真不一般。我们看什么“花房”“红露”“蜜脾”都是指花心，常作为女子自谓，而“黄蜂”“紫蝶”则是指男人，接下来的诗意不解自明，“同衾”之人，自然是她的正牌老公，但风流梦却和他无关，原来是说这个女子睡在老公身旁，却梦见与她的情人欢会。

再看《可叹》这首诗：

幸会东城宴未回，年华忧共水相催。
梁家宅里秦宫入，赵后楼中赤凤来。
冰簟且眠金镂枕，琼筵不醉玉交杯。
宓妃愁坐芝田馆，用尽陈王八斗才。

我们看这里用了三个典故，无一不是讲“婚外情”的，所谓“梁家宅里秦宫入”，是说汉朝大将军梁冀的妻子孙寿，和一个叫秦宫的下人相好，“赵后楼中赤凤来”，则是说赵飞燕和其情人赤凤的故事，“宓妃愁坐芝田馆”，“宓妃”就是甄后，曹丕的妻子，和曹植相爱了。曹植的《洛神赋》原名《感甄赋》，就是因思念她所写。

义山另一首叫做《蜂》的诗，也非常耐人寻味：

小苑华池烂熳通，后门前槛思无穷。
宓妃腰细才胜露，赵后身轻欲倚风。
红壁寂寥崖蜜尽，碧帘迢递雾巢空。
青陵粉蝶休离恨，长定相逢二月中。

这里再次出现“宓妃”“赵后”的字样，我猜想，说不定当年那个女子就将她的情郎义山称为“蜂”，那李商隐叫她什么？是“花”还是“蜜”，说不准，但两人浓情蜜意，能度得一宵，虽九死但不悔，是肯定没有错的。

我在义山的诗集里追寻，仿佛能追寻到他们当年的欢娱、怅惘、寂寥、凄婉：

《屏风》李商隐

六曲连环接翠帷，高楼半夜酒醒时。
掩灯遮雾密如此，雨落月明俱不知。

义山和那位女子想必就是在这掩灯遮雾的屏风之后，翠帷之中，一度欢爱无限，云雨巫山的吧？可惜的是，好多人解诗时，说是以“屏风”比喻阻挡或隐瞒真实情况的小人，从而让君王不能辩明贤人。唉，这些人啊，除了官场上勾心斗角的事情，还会惦记什么？你看诗中翠帷、高楼，红灯薄雾、细雨明月，这些意境是何等的美，如果是想讽刺什么，义山会写得如此美丽迷离吗？

《袜》李商隐

尝闻宓妃袜，渡水欲生尘。好借嫦娥著，清秋踏月轮。

这是义山送给她一双袜子后写下的？或者是义山看到她除掉绣鞋，只着罗袜时所作？

《楚吟》李商隐

山上离宫宫上楼，楼前宫畔暮江流。
楚天长短黄昏雨，宋玉无愁亦自愁。

这应该是离别后，伤感于难以再相见时写下的吧？义山以宋玉自比，而他所恋的情人却和巫山神女一样，再也难以重逢。有人说提“楚”字就是说令狐楚，依我看，还是犯了索隐癖所致。古人常用“楚妃”借指巫山神女，和令狐楚没有什么关系。其实大家再看看那些《无题》诗，什么“刘郎已恨蓬山远”“一寸相思一寸灰”等，都是情人分别后的苦涩，而“红楼隔雨相望冷”一句，怅惘至极。

《残花》李商隐

残花啼露莫留春，尖发谁非怨别人。

若但掩关劳独梦，宝钗何日不生尘。

这应该是二人相思难相见，就此不能再度欢聚的感慨之言。此诗排在“嫦娥应悔偷灵药”那首诗之后，这“宝钗何日不生尘”正是反映了此女子的寂寥之情。而接下来又有《西亭》一诗写道：“此夜西亭夜正圆，疏帘相伴宿风烟。梧桐莫更翻清露，孤鹤从来不得眠。”很显然，乃是表达李商隐孤枕难眠、终夜思念之情。

了解了李商隐的这段苦恋，我们对他的那些《无题》诗就不难理解了，本篇这首诗也就迎刃而解。诗中说，七夕这天，画着鸾鸟的扇仗斜斜地分开，凤鸟的帐幕也打开了（明为写织女，其实写的大概是那位女子所居处的情景），喜鹊架好了星桥，织女和牛郎就要盼来那一年一度的相会了。然后义山发出让人不免陪他感慨流泪的一叹：“争将世上无期别，换得年年一度来”，人人都说牛郎织女一年只能见一回很苦，但是比起世上相见无因、相见无期的痛苦来，却又是多么幸运的事情！如果让义山和他相爱的女子一年一会，想必他们也会欣喜万分了。但是，在重重的压力下，他们只好一个临风洒泪，一个对月长吁，虽咫尺之遥，亦如蓬山永别。这又是何等痛苦的事情！

“重衾幽梦他年断，别树羁雌昨夜惊”，李商隐和他所爱的那位女子终生为这段没有结果的爱情痛苦、挣扎，李商隐有诗道：“深知身在情长在”，确实，他们为了这份爱，承受了太多的苦痛，可谓有“情极之毒”。这份爱至死不渝，至死不悔，穿越千年，依旧震撼我们的心灵。

玲珑骰子安红豆，入骨相思知不知

花间体中的清新之作

卷 583_44《南歌子词二首》温庭筠

一尺深红胜麴尘[1]，天生旧物不如新。
合欢桃核终堪恨，里许元来别有人。
井底点灯深烛伊，共郎长行莫围棋。
玲珑骰子安红豆，入骨相思知不知。

温庭筠也是唐末的一个狂怪才子，他那些恣意放浪于青楼之

① 麴尘：酒曲上所生菌。因色淡黄如尘，亦用以指淡黄色。

中，专门作弊于考场之内的事，我在以前的书里说过，这里就不再提了。单说这温庭筠，虽然名字风雅，别号也动听——“飞卿”，有道是“亲卿爱卿，是以卿卿；我不卿卿，谁当卿卿”，听起来似乎是个美如温玉的俊俏书生，但实际上温爷相貌丑如钟馗，能吓哭小朋友。

不过温爷虽然相貌丑陋凶恶，但却是《花间集》的缔造者之一，这本《花间集》中的句子，风流旖旎，贴金描翠，不少美女都非常喜欢。我有一个同学，长得比温钟馗略强点，勉强称得上是其貌不扬。不过人家凭抄来的一大本子《花间集》，竟也吸引了不少美女的青睐，可见温老师的花间一派真称得上是遗泽苍生，功德无量。

其实温庭筠的诗，“花间味”的并不是太多，他的很多诗句还是相当清健俊朗的。比如像“天上岁时星又转，世间离别水东流”“三秋梅雨愁枫叶，一夜篷舟宿苇花”“窗间半偈闻钟后，松下残棋送客回”等等，都和杜牧、许浑等人的风格相近。《唐诗鉴赏词典》中选的几乎全是温庭筠这类风格的诗作，因为像本篇这样的“艳情诗”，按当时人的思想，会被认为是不能登大雅之堂的。

本篇这两首诗，虽然题目是《南歌子词》，但是和《南歌子》的词牌并不相同，倒是和绝句差不多。不过，这两首诗民歌风味还是非常浓郁的。

先看第一首诗：

“一尺深红胜麴尘”，意思是说新染的一幅红绡，当然胜过褪了色后变淡发黄的旧物，所以接下来就是“天生旧物不如新”。“合欢桃核终堪恨，里许元来别有人”，意思是借桃核里面又有个桃仁，来比喻情人用心不专，别有所属。结合前面新物胜旧物之语，当是埋怨情郎心猿意马，喜新厌旧。

这第二首写得更妙：

民歌中常用谐声双关语的手法，如《子夜歌》中“桐树生门前，出入见梧子”，“梧子”即“吾子”。又比如将“莲”通作“怜”，“丝”借指“思”等，都是如此。“井底点灯”当然就是“深烛”，而“深烛”谐音“深嘱”。“围棋”，则是谐音“违期”。这首诗的意思是说，我要千嘱咐万叮咛，可莫要违了约期。我的相思之情就像嵌在骰子中红豆一样，入骨铭心啊！“玲珑骰子安红豆，入骨相思知不知”这句妙极，别有情致，寓意深刻。旧时没有塑料等材料，骰子多为猪、牛、羊的骨头所制，将质坚色艳的红豆镶在骰子上作装饰，应是当时很常见的情形，而红豆又名相思子，所以堪称“入骨相思”。

这两首诗可谓兴中有比，比中有兴，颇富情韵。尤其这句“入骨相思知不知”句，尤其令人击节赞叹。温庭筠还有一些绮艳之作，没有这两首明快清新，但却更蕴藉含蓄，我们也不妨一读，以下选录两首：

卷578_37《偶游》温庭筠

曲巷斜临一水间，小门终日不开关。
红珠斗帐樱桃熟，金尾屏风孔雀闲。
云髻几迷芳草蝶，额黄无限夕阳山。
与君便是鸳鸯侣，休向人间觅往还。

卷578_17《偶题》温庭筠

微风和暖日鲜明，草色迷人向渭城。
洛客卷帘闲不语，楚娥攀树独含情。
红垂果蒂樱桃重，黄染花丛蝶粉轻。
自恨青楼无近信，不将心事许卿卿。

春来秋去相思在，秋去春来信息稀

才女鱼玄机的愁闷之情

卷804_10《闺怨》鱼玄机

蘼芜盈手泣斜晖①，闻道邻家夫婿归。
别日南鸿才北去，今朝北雁又南飞。
春来秋去相思在，秋去春来信息稀。
扃闭朱门人不到②，砧声何事透罗帏。

---

① 蘼芜：是一种香草，《红楼梦》中说过："什么丹椒、蘼芜、风连。如今年深岁改，人不能识，故皆象形夺名"，据说就是川芎的苗叶。
② 扃：关门的意思。

鱼玄机是个风流多情的女道士，她虽然号称出家，但其实整日里门庭若市，迎来送往，结交的男人着实不少。但她的风流故事，我在《长安月下红袖香》中都说得足够详细了，根据陈寅恪先生要求的“自己以前讲过的，也不讲”一条，这里就不再重复。

在唐代三大女诗人中（李冶、薛涛、鱼玄机），我觉得从总体水平上来说，鱼玄机应该是排在最后的。不过，鱼玄机作为晚唐最为出色的女诗人，她的诗也并非是全无可取之处的。时至晚唐，诗歌在气象雄浑、笔致洒脱上不如盛唐、中唐，但细腻精巧之处却独擅胜场。兵器中说：“一寸长，一寸强，一寸小，一寸巧”，诗歌也是如此，有些意境缠绵、心思纤细的诗作，也耐人寻味，值得品味。鱼玄机作为一个多情的女子，她的这首诗也富有这种特点。

“蘼芜盈手泣斜晖，闻道邻家夫婿归。”这里的“蘼芜盈手”，用到了一个典故，所以我们有必要先看一下这首古乐府中的诗：

上山采蘼芜，下山逢故夫。长跪问故夫，新人复何如？
新人虽言好，未若故人姝。颜色类相似，手爪不相如。
新人从门入，故人从閤去。新人工织缣，故人工织素。
织缣日一匹，织素五丈余。将缣来比素，新人不如故。

这首诗大体是说，有一个被前夫抛弃的女子在山上采蘼芜草时，碰见了以前的丈夫。她问前夫新娶的妻子好不好？丈夫叹息道，新娶的妻子虽然容貌也不差，但手太笨了，不会干活，只会织缣，而他原来的妻子会织素（缣为黄色的绢，素为白色的细绢，价比缣贵）。诗中吐露的是男人错休妻子的惭悔之情。

我们知道，鱼玄机也是和情郎李亿缱绻了一段时间后，被赶出家门的。虽然她不是李亿明媒正娶的大老婆，但在心情上和上面这首诗中的女子有相通之处。她被“休弃”后，只好到咸宜观中隐居，虽然她表面上和很多男人寻欢作乐，但内心中的孤单和寂寞却是排解不了的，她也很想有个温暖安定的家庭，有个一直真心爱她的男人。所以“闻道邻家夫婿归”，对她来说是一种难以忍受的精神折磨。

“别日南鸿才北去，今朝北雁又南飞。春来秋去相思在，秋去春来信息稀”，中间这两联的对仗非常精巧别致，“南”“北”“春”“秋”，反复出现，形成对句，似乎是在玩文字游戏。但也恰当地反映出诗人心中的寂寞单调之情。大雁南飞北去，季节春去秋来，一切在循环往复，但你的青春呢？你的如花容颜呢？能经得起多少次这样的循环？相思仍在，情郎的信息渐稀，此情何处依，此情何处归？

“扃闭朱门人不到，砧声何事透罗帏”，这句是说，自己紧闭起厚厚的朱门，无人前来，但是秋声里传来的处处砧声，却关不住，它穿透罗帏，让睡在床上的鱼玄机更加夜不能眠。所谓“砧声”，是唐诗中常见的一个词，古人到了秋天，赶制衣服时，要把布帛先放在石砧上，用杵捣平捣软，这叫作“捣衣”。“捣衣”的声音，就是砧声了。其实，这和秋虫鸣叹秋声瑟瑟一样，都给人一种秋天要来到的感触。

由此看来，鱼玄机的内心是寂寞的，身体上的放纵并不能给她带来心灵上的安慰，却让她更加寂寞、焦虑、不安。鱼玄机还有一首这样的六言诗，同样表达了此种心情，也写得不错，值得一读：

卷804_39《寓言》鱼玄机

红桃处处春色，碧柳家家月明。
楼上新妆待夜，闺中独坐含情。
芙蓉月下鱼戏，螮蝀天边雀声[①]。
人世悲欢一梦，如何得作双成。

① 螮蝀：虹的别名。

妙趣横生的回文诗

晴寺野寻同去好，古碑苔字细书匀

卷630_14《晓起即事因成回文寄袭美》陆龟蒙

平波落月吟闲景，暗幌浮烟思起人。
清露晓垂花谢半，远风微动蕙抽新。
城荒上处樵童小，石藓分来宿鹭驯。
晴寺野寻同去好，古碑苔字细书匀。

陆龟蒙是晚唐一位很重要的诗人，《全唐诗》中录其诗达十四卷。据《唐才子传》中所载，陆龟蒙是苏州人，从小就聪明，家中藏书万卷。但晚唐时期科举腐败，像陆龟蒙这样的才子居然也没有考中，后来他到湖州、苏州两地当了一段时间的幕僚。但是他很不习惯官场中的那些规矩，于是拂衣而去。

陆龟蒙的家境并不富裕，他家的田地低洼，江南又经常发水灾，往往会先把陆龟蒙家的地淹没了，所以陆龟蒙经常挨饿。但他不以为苦，发奋钻研农耕技术，写了《耒耜经》一书，其中对犁、耙和碌碡等诸般农具颇有研究，是我国农业史上的一部很有价值的著作。正所谓“慧则通，通即无所不达；专则精，精则无所不妙”，人家陆龟蒙“修理地球”也能修出学问来。

陆龟蒙嗜茶，后来在山坡上开辟了几亩茶园，除供自己饮茶外，还能换些钱买酒喝。他对茶也研究极精，写了一部《茶书》，是继《茶经》《茶诀》之后又一本关于茶叶的专著。

陆龟蒙经常泛舟于太湖之上，真可谓“玉镜琼田三万倾，着我扁舟一叶”，他自号“江湖散人”，很是名副其实。他的诗也是清高出尘，吴融曾夸他的诗歌和为人是“霏漠漠，淡涓涓，春融冶，秋鲜妍。触即碎，潭下月；拭不灭，玉上烟”。

我们来看一下《陆龟蒙集》中，这首特别一点的诗，诗题中的“袭美”，是其好友皮日休，陆龟蒙和皮日休是至交，集中到处可见“袭美”的名字。同样，皮日休的集中也随处可见“鲁望”（陆龟蒙的字），可见二人的友情之深，“皮陆”的友情恐怕只有“元白”才约略相近，比“李杜”的交情要强多了。

这是首回文诗，正读倒读都十分的流畅自然。对于回文诗，有人常讥之为文字游戏，然而，这“游戏”却不是人人都玩得了的，回文诗很是难写，“如舞霓裳于寸木，抽长绪于乱丝”，虽然有苏伯玉妻盘中诗和苏蕙的织锦回文诗在先，但七律题材的回文诗，陆龟蒙应该算是NO.1了。纵观整个文学史，写回文诗的也不过寥寥数十人。但皮日休也非寻常之辈，有道是“来而不往非礼也”，于是他也回敬了陆龟蒙一首回文诗：

卷 616_3《奉和鲁望晓起回文》皮日休

孤烟晓起初原曲，碎树微分半浪中。
湖后钓筒移夜雨，竹傍眠几侧晨风。
图梅带润轻沾墨，画藓经蒸半失红。
无事有杯持永日，共君惟好隐墙东。

两人的回文对诗，真是诗坛上的一曲佳话，让我悠然神往。念及此处，不禁想起《笑傲江湖》中的这段：

曲洋向刘正风望了一眼，说道：“我和刘贤弟醉心音律，以数年之功，创制了一曲《笑傲江湖》，自信此曲之奇，千古所未有。今后纵然世上再有曲洋，不见得又有刘正风，有刘正风，不见得又有曲洋。就算又有曲洋、刘正风一般的人物，二人又未必生于同时，相遇结交，要两个既精音律，又精内功之人，志趣相投，修为相若，一同创制此曲，实是千难万难了。此曲绝响，我和刘贤弟在九泉之下，不免时发浩叹。”

而皮陆两人也是如此，这七律回文诗应和的绝唱，后世再也难得一见。

《陆龟蒙集》中还有不少这种构思精妙、令人叫绝的诗句，我们再选一些看看：

卷 630_15《回文》陆龟蒙

静烟临碧树，残雪背晴楼。冷天侵极戍，寒月对行舟。

这是一首回文体的五言绝句，这首绝句倒着读和正着读同样流畅，而且诗意也大体相同，不像有些回文诗，倒读意境就有所变化。下面这五首，也是很有趣的一组诗：

卷 630_21《闲居杂题五首·鸣蜩早》陆龟蒙

闲来倚杖柴门口，鸟下深枝啄晚虫。
周步一池销半日，十年听此鬓如蓬。

卷 630_22《闲居杂题五首·野态真》陆龟蒙

君如有意耽田里，予亦无机向艺能。
心迹所便唯是直，人间闻道最先憎。

卷 630_23《闲居杂题五首·松间斟》陆龟蒙

子山园静怜幽木，公干词清咏荜门。
日上风微萧洒甚，斗醪何惜置盈尊。

卷630_24《闲居杂题五首·饮岩泉》陆龟蒙

已甘茅洞三君食，欠买桐江一朵山。
严子濑高秋浪白，水禽飞尽钓舟还。

卷630_25《闲居杂题五首·当轩鹤》陆龟蒙

自笑与人乖好尚，田家山客共柴车。
干时未似栖庐雀，鸟道闲携相尔书。

发现其中的奥妙了没有？这组诗以第一首诗为例，首句末字为“口”，次句首字为“鸟”，合起来就是“鸣”字；接下来，次句末字为“虫”，第三句开头的字为“周”，合起来就是“蜩”字，以此类推，最后一个字合起来就是“早”字，合出来的“鸣”“蜩”“早”三个字，则是诗的题目。以上这五首诗都是这样的，所以称之为“离合诗”。

这种很有意思的诗体，似乎也只有陆龟蒙能写得如此精妙，由此可见陆龟蒙那卓然不俗的才气。这样的能人，居然被弃之山野江湖，唐朝焉得不亡？

花下一禾生，去之为恶草

百姓易欺，好人难做

卷636_24《公子家（一作长安花，一作公子行）》聂夷中

种花满西园，花发青楼道。花下一禾生，去之为恶草。

聂夷中的名字，大家应该也有些印象，虽然他留下的诗只有三十二首，但是他那首《伤田家》非常有名：“二月卖新丝，五月粜新谷，医得眼前疮，剜却心头肉……”以至于留下“剜肉补疮”这样一个令人惊悚的成语。他的字大家也会听着耳熟——坦之。当然，相信大多数人联想到的是《天龙八部》中的游坦之，和聂夷中应该是没有什么关系。或许金庸先生让游坦之剜了自己的眼给阿紫，和聂夷中说的“剜肉补疮”有点什么联系，就顺手取了这样一个名字？

据《唐才子传》中说，聂夷中曾屡试不第，在长安待了许久，“皂裘已弊，黄粮如珠”——衣食不继，十分困顿。最终才得了个华阴县尉这样的小官。他出身于“草泽”，也就是说出身贫苦人家，所以深知普通百姓的苦难。他的诗也多有讽刺警醒之辞，此诗就是一例。

这首诗，句子非常通俗，说在园子里种满了花，通往青楼（富家的高楼也可以称为青楼，后来才专指风尘女子“做生意”的地方）的道上也开满了花。这些花虽然占了道路，却也没有被清理，可见是备受宠爱的。但是花底下突然有一枝禾苗冒了出来，却马上被拔掉，就像拔掉一根野草一样毫不留情。

想必聂夷中是农家子弟出身，对于“民以食为天”有深刻的体会，他还曾写过这样的诗：“片玉一尘轻，粒粟山丘重。唐虞贵民食，只是勤播种。前圣后圣同，今人古人共。一岁如苦饥，金玉何所用。”此诗表达了黄金珠玉都不如谷物桑麻的思想，并以唐虞等圣君不事靡华，来暗暗讥讽当时的唐朝皇帝（当时执政的正是败家皇帝唐懿宗）。

聂夷中对当时的贵公子们的作为是非常厌恶的，他有诗说道：“花树出墙头，花里谁家楼。一行书不读，身封万户侯”，这些豪门公子不读诗书，不学无术，却靠世袭祖荫，安安稳稳地当“万户侯”，他们的恣意妄为更是让人愤慨：“汉代多豪族，恩深益骄逸。走马踏杀人，街吏不敢诘。”这些公子哥们在街上纵马踩死人，都没人敢管。

娇媚虚华者受宠，诚挚实干者却受欺，这大概是晚唐时期一种很普遍的现象，同是晚唐诗人的郑谷也有诗说：“禾黍不阳艳，竞栽桃李春。翻令力耕者，半作卖花人。”然而，就算是在今天，在某些地方，依然存在着这样的现象，善于搞人际关系，像“花朵”一样献媚邀宠的人，备受领导的宠爱，而真正有才华的人，埋头苦干、老黄牛一样的人却受到欺负，甚至成为某些人的眼中钉、肉中刺。你虽然是一棵禾苗，将来能产粮食，但人家这里就用不着你这根“禾苗”，人家要看的是花，你会被毫不留情地拔掉，扔在泥里，像一株理应剪除的野草。

所以，我们现在读聂夷中的这首诗，心中也别有一番滋味。

天地沸一镬，竟自烹妖孽

四海滔滔的末世悲叹

卷632_4《华下》司空图

日炙旱云裂，迸为千道血。天地沸一镬，竟自烹妖孽。

尧汤遇灾数，灾数还中辍[①]。何事奸与邪，古来难扑灭。

前面说过，司空图是中唐诗人司空曙的孙子，在唐代诗坛中，似乎有隔代遗传的现象，祖孙都是诗人的有不少，而且似乎都是孙子写得比爷爷好。像杜审言的孙子是杜甫，比起爷爷杜审

---

① 中辍：中止的意思。

言来，杜甫可要强得多。同样，我觉得司空图比司空曙写得更好。

司空图写有《二十四诗品》一文，其中将诗歌分成“雄浑、冲淡、纤秾、沉着、高古、典雅、洗炼、劲健、绮丽、自然、含蓄、豪放、精神、缜密、疏野、清奇、委曲、实境、悲慨、形容、超诣、飘逸、旷达、流动”，这样二十四类风格，可谓文字惝恍，旨意遥深，是诗歌评论方面非常出名的著作。

当然，前面说皎然时就提过，诗评家并不一定就是最优秀的诗人，但是既然称得上是诗评家，写起诗来也不会太差。司空图的很多诗也相当不错，有人评论说司空图的诗“大多抒发山水隐逸的闲情逸致，内容非常单薄”，我觉得不大公允。司空图有好多诗，表面上是寄情山水，但他面对的是大唐末年，礼崩乐坏、社稷倾颓、百姓涂炭的情景，想必他的心情是相当沉重的。

司空图有诗道：“愁看地色连空色，静听歌声似哭声”“乱后他乡节，烧残故国春”，都描绘出战乱中的萧瑟之景，也有诗讽刺淮西高骈拥兵自守，不为国家效力：“莫夸十万兵威盛，消个忠良效顺无。”而这两句“汉儿尽作胡儿语，却向城头骂汉人”，则是感慨西北之地被胡人侵占，有些汉人却成为胡人的帮凶。我们看这些句子，怎么能称之为“抒发山水隐逸的闲情逸致，内容非常单薄”？

本篇所选的这首诗，读来更是有怒发冲冠、目眦欲裂之感。“日炙旱云裂，迸为千道血”，强烈的日光透过云彩，似乎是千道鲜血一般，这种形容手法也只有在晚唐乱世中才能见到，因为当时正是杀人如麻、血流盈野、乱兵争相把人肉作“干粮”的时候。所以，这“迸为千道血”一句，显得倒是十分恰当。

“天地沸一镬，竟自烹妖孽”，这里说现在天下大乱，四海滔滔，活像一口煮沸了的大锅，而妖孽四处丛生，不可收拾。“尧汤遇灾数，灾数还中辍”，意思说是，尧汤这样的明君在位时，也会遇到灾难，但是当时的灾难却能很快被控制和平息。这里的潜台词是，当时的大唐，还有像尧汤一样的圣明之主吗？答案当然是否定的，于是司空图只好发出这样的叹息：“何事奸与邪，古来难扑灭”——为什么奸邪之辈，从古到今都是这样凶恶，难以消灭呢？

这首诗是一首古体诗，押仄韵，显得更为慷慨悲怆，正所谓：“大风卷水，林木为摧。适苦欲死，招憩不来。百岁如流，富贵冷灰。大道日丧，若为雄才。壮士拂剑，浩然弥哀。萧萧落叶，漏雨苍苔。”（《二十四诗品·悲慨》）

司空图的诗中常常表现出失落绝望之情，又如这首《有感》：“灯影看须黑，墙阴惜草青。岁阑悲物我，同是冒霜萤。”意思是说，我的胡子都白了，只有在灯影下看才是黑的，而墙背阴处的草尚且还是青的，已经到了岁末秋深时分了，我和秋草都像那霜后的萤火虫一样，没有几天的活头了。这不单是感伤自身，也是在惋惜那将近三百年的大唐，因为大唐也要灭亡了。

公元907年，朱温称帝，唐朝正式灭亡，唐哀帝不久被弑。司空图得知后，不食扼腕，呕血数升而卒。

家家只是栽桃李，独自无根到处生

托物写人的咏柳诗

卷643_74《柳十首》（选二首）李山甫

长恨阳和也世情[①]，把香和艳与红英。
家家只是栽桃李，独自无根到处生。
从来只是爱花人，杨柳何曾占得春。
多向客亭门外立，与他迎送往来尘。

晚唐诗人李山甫的名字，想必大家也比较陌生，他的诗《唐

① 阳和：春天的暖气。如《史记·秦始皇本纪》："时在中春，阳和方起。"

诗鉴赏词典》一首都没选。然而，我翻看李山甫留在《全唐诗》中的这七十八首诗，倒觉得很不错，他的诗情思婉转，风骨萧然，并不比罗隐、杜荀鹤等人逊色多少。

李山甫才华虽高，但唐末社会已全面腐败，科举考试制度也越来越不公平，营私舞弊已经到了无以复加的程度。晚唐的著名才子几乎都考不中进士，李山甫也不例外。他曾有《下第献所知三首》，其中有句道："青桂本来无欠负，碧霄何处有因依"，和我们熟知的那首"天山碧桃和露种，日边红杏依云栽"的意思相近，都是感慨世道不公的。那些无权无势、与考官非亲非故的考生，想蟾宫折桂根本没指望。这个时候参加唐代科举考试，已经不是凭本事了，而是靠关系，靠"潜规则"，金榜上全是有钱、有背景的世贵子弟。也怪不得人家黄巢不第后赋菊明志，造反了。

李山甫曾写过《公子家》二首，生动形象地描绘出当时豪门公子的丑态：

曾是皇家几世侯，入云高第照神州。
柳遮门户横金锁，花拥弦歌咽画楼。
锦袖妒姬争巧笑，玉衔骄马索闲游。
麻衣酷献平生业[①]，醉倚春风不点头。

柳底花阴压露尘，醉烟轻罩一团春。
鸳鸯占水能嗔客，鹦鹉嫌笼解骂人。

---

①麻衣：唐代凡有应试资格的举子，都必须在衣袍外面套上一件由国家发给的麻衣，以有别于平民。这里是尚未取得功名的书生。

騕褭[1]似龙随日换，轻盈如燕逐年新。

不知买尽长安笑，活得苍生几户贫。

“鸳鸯占水能嗔客，鹦鹉嫌笼解骂人”，写得真好，鸳鸯、鹦鹉，本非凶恶之物，但却也能对客人发怒，胡乱骂人，豪门高第的凌人气焰，扑面而来。清潘德舆《养一斋诗话》说此句“轻靡”，是“晚唐之最下者”。我很怀疑他没读懂这首诗。这些不学无术的贵家公子，本是社会的寄生虫，却倚仗自已是豪门高第，骄奢淫逸，对待平民贫士视如虫蚁——“麻衣酷献平生业，醉倚春风不点头”，这些未得功名的书生，他们根本不屑搭理。

李山甫的诗虽然只传下七十八首，但是他的诗风格多样，慷慨英武者有之：“尽驱神鬼随鞭策，全罩英雄入网罗”；旷达淡泊者有之：“长疑好事皆虚事，却恐闲人是贵人”；绵丽宛转者有之：“蜂怜杏蕊细香落，莺坠柳条浓翠低”；工巧精妙者有之：“有时三点两点雨，到处十枝五枝花”；奇崛清癯者有之：“高峰枯槁骨偏峭，野树扶疏叶未摧”；警语动人者有之：“世乱僮欺主，年衰鬼弄人”……

据袁枚的《随园诗话》中所说，李山甫长得姿容秀美，标准的花样美男。一天早晨李山甫正在梳头，有个客人闯进来，但见内室有一人“云鬟委地，肌理玉映”，客人以为李山甫的内眷尚没穿好衣服，惊惭不已。等到李山甫出来后，这个人向他致歉，哪知李山甫说，刚才你看到的就是我。两人一笑作罢。

不过李山甫虽是如花美男，但他的心中却豪气纵横——“书

---

①騕褭：古骏马名，代指好马。

生只是平时物，男子争无乱世才”，他强烈反对公主和亲，曾写过：“谁陈帝子和番策，我是男儿为国羞”，又以公主的口吻说：“遣妾一身安社稷，不知何处用将军”。《唐才子传》中曾说他“每狂歌痛饮，拔剑斫地”，可见是位充满侠气的男儿。

然而，这样一个才貌俱佳的才子，一生仕途无望，只好在魏博幕府、乐彦祯、罗弘信父子，这些藩镇处谋些差事，这对当时的读书人来说，是非常痛苦无奈的选择。旧时书生，讲究的是“学成文武艺，货与帝王家”，走科考中举之路，才是“堂堂正正”的道路，才是光宗耀祖的事情。没有功名，在藩镇这里混事，就好比女子给人当“二奶”一样，没名没分，终究不算什么光彩的事。

所以，李山甫一生心中郁郁，他的很多诗里面都寄托了怀才不遇的失落之情，《全唐诗话》中举了他的一首《贫女》，其中像“平生不识绣衣裳，闲把荆钗亦自伤。镜里只应谙素貌，人间多自信红妆……”正所谓“语语皆贫女自伤同，而实为贫士不遇者写牢愁抑塞之怀”。

本篇这两首写柳的诗，和《贫女》等诗有异曲同工之妙，“长恨阳和也世情，把香和艳与红英”，表面上是说春天的暖风也偏心，只把香气和艳色带给那些花儿，其实这“阳和”，多比喻皇家的恩泽，如蔡琰的《胡笳十八拍》：“东风应律兮暖气多，知是汉家天子兮布阳和”。实际上李山甫是说，皇家的恩泽根本不会照顾他这样的读书人，他们这些书生只能像无根杨柳一样，自生自灭。

第二首咏柳诗，似在描述自己当幕僚时的辛酸。在这些“军阀”们的手下讨生活，也不是什么轻松的事，迎来送往，趋奉那些贵人、要人，都是免不了的。而书生之辈，一贯清高，折腰下节做这些事，心中也很是郁郁，正是“多向客亭门外立，与他迎送往来尘”。

通过这两首诗，我们仿佛能看到李山甫难以展开的愁眉，这应是晚唐时众多失意书生的共同写照。

谁家促席临低树，何处横钗戴小枝

绮艳风流的晚唐诗句

卷 670_9《对花》秦韬玉

长与韶光暗有期，可怜蜂蝶却先知。
谁家促席临低树，何处横钗戴小枝。
丽日多情疑曲照，和风得路合偏吹。
向人虽道浑无语，笑劝王孙到醉时。

“一种风流吾最爱，六朝人物晚唐诗”，晚唐之时，正如万物之遇秋天，虽然草木即将凋零，但霜叶如花，那一抹胭脂之色，却是格外的鲜艳。这是晚唐风韵给予大家的印象。

确实，晚唐之时，流行这样一种风韵。从李商隐开始，那时的诗歌就有这样一种典丽香艳的色彩，加上他的外甥韩偓的《香奁集》，还有后来的《花间集》，都给晚唐诗打上了绮艳的标签。

秦韬玉的诗风，也不免带着浓郁的晚唐色彩，他的下笔往往是缱绻婉转，柔情款款，有女儿之态。比如写雪："片才著地轻轻陷，力不禁风旋旋销。惹砌任他香粉妒，萦丛自学小梅娇"，对比之前面我们说过的王维的诗："洒空深巷静，积素广庭闲"，就可以品出此中的差异，虽然都是写细雪洒落，但王维的诗幽静从容，是士大夫的感觉，秦韬玉的这首诗就像是妾婢之态，带着撒娇卖萌的感觉。当然，诗有多般滋味，都像王维一般也没什么意思，只可惜秦韬玉是个男人，要是这样的诗出自才女之手，就更可爱了。

秦韬玉写女子的情态，多有妙笔，如："一双十指玉纤纤，不是风流物不拈。鸾镜巧梳匀翠黛，画楼闲望擘珠帘。金杯有喜轻轻点，银鸭无香旋旋添。因把剪刀嫌道冷，泥人呵了弄人髯。"虽然题目叫《咏手》，但其实写的是一位富家的娇憨女子，尤其最后两句最传神，"泥人呵了弄人髯"，缠着男人给自己的手呵气，接着就把玩男人的胡子，道尽闺阁中的画眉之乐。所以明代胡震亨《唐音癸签》中也批道："咏手押'髯'字诗，尤娇痴可真。"

当然，秦韬玉也不是只写富家女子，他最有名的一首诗写的就是贫女："敢将十指夸偏巧，不把双眉斗画长。苦恨年年压金线，为他人作嫁衣裳"，此处就不再赘述了。

再说本篇这首《对花》，这首诗也写得很巧妙，表面写的是花，其实字字句句，都暗喻着美人。"长与韶光暗有期，可怜蜂蝶却先知"，看上去是写春花，但使用拟人的口吻——我和春天有个约会，可遇上的偏是一样无行浪子（蜂蝶），有点《诗经》中那个“山有扶苏，隰有荷华。不见子都，乃见狂且”的意味，“谁家促席临低树，何处横钗戴小枝”，就更像女子的形迹了，话说这句“横钗戴小枝”，也被后人化用为“小钗横戴一枝芳”，为后人所喜爱。记得现在有个写诗评文字的作者，网名就取为“小钗横戴”。

附：

《浣溪沙》李珣

晚出闲庭看海棠，风流学得内家妆，小钗横戴一枝芳。镂玉梳斜云鬓腻，缕金衣透雪肌香，暗思何事立残阳。

接下来这句“丽日多情疑曲照，和风得路合偏吹”，尽显花朵娉娉袅袅、摇曳生姿之态。和风吹动，丽日高照，处处生情留意。而最后一句“向人虽道浑无语，笑劝王孙到醉时”，就更直接了，花虽不解语，但一样让王孙留恋迷醉，能说会唱的美人，自然就更不用说了。

像这样的晚唐诗，过去常被讥为绮艳，甚至有淫靡之嫌。确实，像秦韬玉这首诗中所写的花朵，格调不那么高大上，说不好听的，甚至有妓妾之态，妩媚动人，但诗旨并不高昂。相反，像鲍君徽这样的女子写的《惜花吟》，倒是昂扬得多：“枝上花，花下人，可怜颜色俱青春。昨日看花花灼灼，今朝看花花欲落。不如尽此花下欢，莫待春风总吹却……妆成罢吟恣游后，独把花枝归洞房。”

不过，我觉得世间自有人情百态，秦韬玉这首诗能把这种情态描摹得十分生动，也不乏为一篇佳作。诗情虽不是那样堂皇，但却是“柔情蜜意满人间”，也值得选出来一赏。

当然，秦韬玉也不是只有这种“伪娘”格调的诗，他也有不少的彰显男儿气概的是，如下面这两首边塞诗，就写得虎虎生风，凛然生威：

《边将》秦韬玉

剑光如电马如风，百捷长轻是掌中。
无定河边蕃将死，受降城外虏尘空。
旗缝雁翅如竿袅，箭撚雕翎逐隼雄。
自指燕山最高石，不知谁为勒殊功。

《塞下》秦韬玉

到处人皆著战袍，麾旗风紧马蹄劳。
黑山霜重弓添硬，青冢沙平月更高。
大野几重开雪岭，长河无限旧云涛。
凤林关外皆唐土，何日陈兵戍不毛。

其中如“剑光如电马如风”“青冢沙平月更高”，都有盛唐的气概，不过这样的句子在唐诗中算不上稀缺，这也是本篇把秦韬玉《对花》这首风格妩媚的诗重点推荐的原因，我觉得这样的风格，直接影响了五代时花间词的产生。

国计已推肝胆许，家财不为子孙谋

罗隐心中的期望

卷658_22《夏州胡常侍》罗隐

百尺高台勃勃州，大刀长戟汉诸侯。

征鸿过尽边云阔，战马闲来塞草秋。

国计已推肝胆许，家财不为子孙谋。

仍闻陇蜀由多事，深喜将军未白头。

罗隐是晚唐时期有名的“愤青”型才子，《唐才子传》中说他：“诗文凡以讥刺为主，虽荒祠木偶，莫能免者。”确实，《罗隐集》中的讽刺诗着实不少，正像有人评论罗大佑的好多充满社会批判性的歌，无法在酒吧里同美酒一起入口一样，罗隐的诗也是不宜在歌舞宴间读的，但是对于那些被褐怀玉、挣扎于乱世中的书生们来说，却浇尽心中块磊，道出他们共同的心声。

除了《唐诗鉴赏词典》选的“采得百花成蜜后，为谁辛苦为谁甜”“我未成名君未嫁，可能俱是不如人”等外，《罗隐集》中还有不少的讽刺诗，比如这首写蝉的：

卷665_42《蝉》罗隐

天地工夫一不遗，与君声调借君緌。
风栖露饱今如此，应忘当年滓浊时。

这里用蝉来形容那些摇身一变成为大官后就一脸清高的人，当年污泥里厮混的那些事，仿佛就完全和他们无关了。此前的种种劣迹，都被彻底洗白，成为一个纯粹的好人。

罗隐的另一首诗也有异曲同工之妙：“潏潏寒光溅路尘，相传妖物此潜身。又应改换皮毛后，何处人间作好人。”（《野狐泉》）大唐末年，正是人妖颠倒、官贼不分的时候，像朱温之类的，本是贼人出身，一摇身也“改换皮毛”，成了堂堂的朝廷命官。罗隐在此诗中以妖狐作喻，可谓入骨三分，极为辛辣。他还有《春风》这样一首诗：

也知有意吹嘘切，争奈人间善恶分。
但是秕糠微细物，等闲抬举到青云。

一干庸禄小人，如“秕糠微细物”一般的浊物，却被抬举到青云之上，而罗隐这样的贤士，却屈居下尘，无人问津，怎么能不让他心中愤懑呢？

不过罗隐也不是一味地只会发泄谩骂，本篇这首诗就起到了“正面宣传”的作用。这首诗是当时罗隐到了夏州时，看到当地军容威武、兵马骁勇后所作。诗中的胡常侍，应该是当时镇守夏州的一把手，从前我看《三国演义》什么的，经常听“十常侍乱政”，一看到“常侍”这个名字就以为是宦官。后来才知道其实不然，“常侍”其实是汉唐时很正规的官名，像高适就称为高常侍，而宦官当常侍，是东汉末年出现的特殊现象，其实是应该叫“内常侍”的。

“百尺高台勃勃州”，夏州是南北朝时夏国暴君赫连勃勃占据的地方，当年赫连勃勃杀人如麻，积数万人头为“京观”，名曰“骷髅台”。他修筑的城池高大坚硬，铁锥也扎不进去。这里罗隐提及此典故，倒并非讽刺之意，而是称赞此地雄壮，是豪杰用武之地。所以下句自然就接上：“大刀长戟汉诸侯”“镜头”马上就推到了现实中来。

“征鸿过尽边云阔，战马闲来塞草秋”，当时正是边云辽阔、秋爽马肥之时，“马思边草拳毛动，雕眄青云睡眼开”，正是用兵杀敌的好时候。所以罗隐劝胡常侍：“国计已推肝胆许，家财不为子孙谋”——现在正值国家用人之际，大人您应该心存社稷，披肝沥胆为国家效力，不要学那些蝇营狗苟，只会求田问舍，为子孙攒钱的庸官贪官。最后罗隐说：“仍闻陇蜀由多事，深喜将军未白头”——甘肃、四川这些地方很重要，经常有事端发生，我很高兴看到将军您正值盛年，尚能为国家效力。

这首诗在《罗隐集》中应该是比较特别的，全诗都是激励之语，没有讽刺。“国计已推肝胆许，家财不为子孙谋”，一句说得非常好，理应成为历代官员们的座右铭才是。但是从历史上看，这个胡常侍也没有什么大的作为，罗隐的期望看来仍然落空。唉，说起来，还是明哲保身、聚财为己者多，什么“国计已推肝胆许，家财不为子孙谋”，嘴上说说罢了，他们心里的小算盘是“国计空谈肝胆许，家财尽为子孙谋”。

怀里不知金钿落，暗中唯觉绣衣香

《香奁集》中的艳诗

卷683_16《五更》韩偓

往年曾约郁金床，半夜潜身入洞房。
怀里不知金钿落，暗中唯觉绣鞋香。
此时欲别魂俱断，自后相逢眼更狂。
光景旋消惆怅在，一生赢得是凄凉。

晚唐诗作中，除了愤激之诗占相当一大部分比例外，镂金错彩的香艳之作也不少。这些诗作和《花间集》中的诗作有相近之处。清刘熙载《艺概》中曾说：“齐梁小赋，唐末小诗，五代小词，虽小却好，虽好却小，盖所谓儿女情多，风云气少也。”确实，这些词作多是写脂香粉浓的男女之情，而且在晚唐的时代背景下，显得更像是靡靡之音。

陆游读了《花间集》后写道：“方斯时，天下岌岌，生民救死不暇，士大夫乃流宕至此。可叹也哉！或者出于无聊故耶！”这个评价同样适用于晚唐的这些绮艳之诗。不过韩偓却并非一味荒淫、庸碌偷生的小人之辈，他忠于唐室，也算得上是个好汉子。后来权臣朱温篡唐，如同董卓、曹操一般强横，韩偓却坚守气节，不向朱温低头，差点被杀。据说有一次，朱温上殿奏事，侍臣们纷纷避席起立，唯有韩偓遵守礼制端坐不动，于是深为朱温所忌，被贬出京城。韩偓有诗言道：“谋身拙为安蛇足，报国危曾捋虎须”，并非虚辞，他确实捋过“朱温”的“虎须”。

抛开时代的背景，重读晚唐这些“缕玉雕琼”“裁花剪叶”的花间味诗，其实倒也挺不错的。很多美女应该喜欢这一类的诗，所以这里从韩偓的《香奁集》中找出一些诗来，我们一起品味一下。

《香奁集》写了不少关于女子心态的诗，我们来看这首《半睡》：“抬镜仍嫌瘦，更衣又怕寒。宵分未归帐，半睡待郎看。”这个女子盛装打扮后，有心想让她的郎君回来时看一看，但郎君夜半尚未归来，于是她和衣半睡，依旧等着他回来。其中的娇痴之态，刻画得十分生动。而这首《哭花》则似乎是林黛玉一般的女子的口吻：“曾愁香结破颜迟，今见妖红委地时。若是有情争不哭，夜来风雨葬西施。”

此类诗作中，春恨秋悲，相思离情往往是“主旋律”，《香奁集》当然也不例外。像“一夜清风动扇愁，背时容色入新秋。

桃花脸里汪汪泪，忍到更深枕上流”“氤氲帐里香，薄薄睡时妆。长吁解罗带，怯见上空床”等，都写尽女子相思难耐的寂寞愁苦。

本篇这首诗是比较特别的一首，第一，《香奁集》中的诗作，绝大多数都是以女子的口吻和视角来写的，但这首不一样；第二，这首是描写男女偷情之作，从内容上看，还是有些特别的。

这首诗中写一对偷情男女幽会的情景，我觉得是这名女子像崔莺莺一样“敛衾携枕”而至的，因为从下面的描写可以看出来，“怀里不知金钿落，暗中唯觉绣衣香”，说明此女头插金钗、身着绣衣，这不像是夜眠时的装束。有道是“欢娱夜短”“春宵一刻值千金”，很快就到五更了，天就要亮了，他们即将面对无可奈何的离别。短暂的欢愉很快逝去，换回的却是来一生的伤怀回忆——“光景旋消惆怅在，一生赢得是凄凉”，但是他们后悔吗？我想不会，因为这是他们一生中最值得珍藏的回忆吧。

《香奁集》中的《复偶见三绝》这三首诗，我觉得就是写他们在某个场合又见到彼此，却不敢款通心曲，只好暗地拭泪感伤的情形：

雾为襟袖玉为冠，半似羞人半忍寒。
别易会难长自叹，转身应把泪珠弹。

桃花脸薄难藏泪，柳叶眉长易觉愁。
形迹未成当面笑，几回抬眼又低头。

半身映竹轻闻语，一手揭帘微转头。

此意别人应未觉，不胜情绪两风流。

这名女子或许是有夫之妇，或许是未嫁之女，却因为种种原因，不得和有情人成为眷属。她现在默默地望着这个和她有一夕之欢的男人，心中悲辛交集，却不敢脱露形迹，此时此刻，情何以堪！

而这首《偶见背面是夕兼梦》似乎是写他们初见之时的情形：

酥凝背胛玉搓肩，轻薄红绡覆白莲。
此夜分明来入梦，当时惆怅不成眠。
眼波向我无端艳，心火因君特地燃。
莫道人生难际会，秦楼鸾凤有神仙。

“眼波向我无端艳，心火因君特地燃”，天雷勾动地火，才有了这样一段苦恋。

就算在花间词中，这种题材的诗词也不多，我觉得本诗和李煜的那首《菩萨蛮》有相似之处：“花明月黯笼轻雾，今宵好向郎边去，刬袜步香阶，手提金缕鞋。画堂南畔见，一晌偎人颤。奴为出来难，教君恣意怜。”相比后主词，韩偓的这两句“怀里不知金钿落，暗中唯觉绣衣香”，似乎逊色了些，但韩偓对欢会之后，离别难堪、凄凉难耐的感情描写得更为细腻。“一生赢得是凄凉”，应该是多数偷情男女所收获的结果，当然，也有人心甘情愿，终生不悔。

半夜灯前十年事，一时和雨到心头

夜雨秋灯下的无限愁怀

卷693_44《旅舍遇雨》杜荀鹤

月华星彩坐来收，岳色江声暗结愁。

半夜灯前十年事，一时和雨到心头。

相传杜荀鹤是杜牧的私生子，杜牧当年和一个姓程的歌妓相好，怀上了杜荀鹤。但杜牧却不敢娶她回家，就把她安排给一个姓杜的乡正为妻，这样做的目的，大概是想让自己的骨肉不至于改姓，说来小杜也够自私的。

大概是因为有小杜的DNA，杜荀鹤也成为晚唐时诗坛上的一位重量级人物。很多人常言“诗必盛唐”，而把晚唐的诗当作脚底下踩着的泥，对于杜荀鹤，很多人也有颇多鄙视轻蔑之语。北宋吴可在《藏海诗话》中说道：“老杜诗‘本卖文为活，翻令室倒悬；荆扉深蔓草，土锉冷疏烟’，此言贫不露筋骨。如杜荀鹤‘时挑野菜和根煮，旋斫青柴带叶烧’，盖不忌当头直言穷愁之迹，所以鄙陋也。”他先夸杜甫的诗含蓄，以此来讽刺杜荀鹤的诗直白。然而，含蓄和直白都是艺术手法，运用得好，都是好诗。杜荀鹤的诗虽然不如老杜的诗含蓄，但却一针见血，给人的感染力和冲击力并不差。某些时候太过花巧的招式，还不如直捣中宫，一剑封喉。

清代诗人贺裳在他的《载酒园诗话又编》中，也是一竿子打翻所有晚唐诗人：“诗至晚唐而败坏极矣，不待宋人。大都绮丽则无骨，至郑谷、李建勋，益复靡靡。朴澹则寡味，李频、许棠，尤无取焉。甚则粗鄙陋劣，如杜荀鹤、僧贯休者。”

晚唐有些诗绮丽是不假，但也有可取之处，绮丽而有骨，似乎是不可能的事，就像你要求一个女子既身材婀娜娇媚，又能倒拔垂杨柳，这恐怕只能存在于武侠小说之中。

其实杜荀鹤诗风清新自然，也不是绮丽一派，而是白居易那一路的。什么“粗鄙陋劣”云云，都是因为不合某些人的变态口味所致。其实打开杜荀鹤的诗卷，我们也能找出不少好句来：“风射破窗灯易灭，月穿疏屋梦难成”“举世尽从愁里老，谁人肯向死前闲”“半雨半风三月内，多愁多病百年中”“乱时为客无人识，废寺吟诗有鬼惊”“闷向酒杯吞日月，闲将诗句问乾坤”……这样的句子，何惭盛唐、中唐时人？当然，杜荀鹤的诗有个特点，就是不大用典，但就我看来，这非但不是缺点，反而是优点。而且就凭“今来县宰加朱绂，便是生灵血染成”这一句刺世入骨的好诗，杜荀鹤先生如果能通过时光机器来到我们的这个时代，我肯定心服口服地请他喝酒，而且喝好酒！

本篇这首绝句，也很能反映出杜荀鹤的诗风，那就是清新质朴，不巧于雕饰，不为作诗而作诗，全是真情流露。这样的诗不是慢慢捻着胡子琢磨出来的，而是像眼泪一样，在某个时候一下子就涌出来的。

杜荀鹤漂泊半生，直到四十六岁才考中了进士。杜荀鹤常常独自天涯羁旅，而且身处唐末乱世，他心中的愁怀更是如山岳一般沉重。此诗就很生动地反映出他当时的心情。

诗人在一个旅店中，突然遇到了一场秋雨。“月华星彩坐来收”，这里不直接说星月无光，看不到了，而是着重说“月华”“星彩”，这恐怕不单单是在说天象的变化，所谓“一切景语皆情语”，其中定也包含着对大唐昔日盛景不再的感慨，所以暗淡的山色，呜咽般的江水声，无不让诗人愁上心头。

“半夜灯前十年事，一时和雨到心头”，这两句最为精彩，夜阑静，独自一人远在离家千里的异乡，只伴着一灯如豆，偏偏此时又下了一场萧萧的苦雨，诗人心潮如涌，思前想后，十年间的历历往事、种种辛酸，一起涌上心头，那真是糖、醋、盐、倒在了一起，说不出是什么滋味。

像这种心情，相信我们也有过同样的体会，所以杜荀鹤的这首诗，我觉得尤为动人，虽然此诗前两句略为逊色，但仍不失为一首好诗。

田园三亩绿，轩冕一铢轻

道尽千古隐逸风范

卷 679_43《过陶征君隐居》崔涂

陶令昔居此，弄琴遗世荣。田园三亩绿，轩冕一铢轻。

衰柳自无主，白云犹可耕。不随陵谷变，应只有高名。

崔涂生于晚唐乱世中，因为残唐时兵荒马乱，生灵涂炭，各种文史资料遗失很多，以至于崔涂成了“三无”人员——无生卒年、无籍贯、无完整的生平事迹。唯一值得安慰的是，崔涂依靠文才，才如孤星一点，辉耀在唐代文坛的天空中，英灵不泯。

首先，唐僖宗光启四年（公元 888 年）的进士榜上，有他的名字。再者，他的好诗句，诸如“蝴蝶梦中家万里，杜鹃枝上月三更”“山残雪夜，孤烛异乡春。渐与骨肉远，转于僮仆亲”等，都成为千古名句，流芳百世。

细品崔涂的诗集，有一种俊爽飘逸之感，正如明徐献忠《唐诗品》中所说：“殆亦矫翮于林越间，而翛然欲举者也。”崔涂遣词造句，丝毫不雕琢坚涩，有人往往囿于诗必盛唐之见，对晚唐之作颇多忽视，但正如清贺裳在《载酒园诗话》中所说，崔涂的诗“读之如凉雨凄风飒然而至，此所谓真诗，正不得以晚唐概薄之”。

像老贺说的“凉雨凄风飒然”之句，我在《崔涂集》中找了一些，大家共赏：

如“冷禽栖不定，衰叶堕无时”；“听残池上雨，吟尽枕前灯”；“虫声移暗壁，月色动寒条”。又如“并闻寒雨多因夜，不得乡书又到秋”；“云外关山闻独去，渡头风雨见初来”；“千古是非输蝶梦，一轮风雨属渔舟”等等，可尝一脔而知一鼎之味。

本篇所选的这首诗，也很有崔涂的特色，就是爽爽朗朗，明白如话，于平易中见功夫。我们看，崔涂此诗写过陶渊明故居时的感咏，借陶令之高情，写隐士之情怀，透露出敬仰与向往之情。全诗无一难字，无一僻典，却十分切合陶渊明的平生事迹，像“弄琴”暗喻陶渊明弹无弦琴的典故，“田园”取自那篇著名文章《归园田居》，“衰柳”则出自另一篇名文《五柳先生传》，而且这些元素并非生硬地堆砌起来，而是流畅自然，用典不着痕迹，可谓十分高明。

有道是，没有比较就没有鉴别，我们把盛唐时期的孟浩然写陶渊明的诗，拿来比较一下：

《仲夏归汉南园寄京邑耆旧》孟浩然

尝读高士传，最嘉陶徵君。日耽田园趣，自谓羲皇人。
予复何为者，栖栖徒问津。中年废丘壑，上国旅风尘。
忠欲事明主，孝思侍老亲。归来当炎夏，耕稼不及春。
扇枕北窗下，采芝南涧滨。因声谢同列，吾慕颍阳真。

我们看，相比于崔涂的清峭流畅，孟浩然此诗就显得冗长无味，诗意不足，倒似一篇小韵文。虽然一样融入了与陶渊明相关的典故，如“田园”“羲皇”“北窗”等，但这些词如同砖块一样被硬塞到诗篇中，哪里像崔涂的诗那样化用入骨，有水乳交融之感？

再比如，白居易的这首写陶渊明的诗，也是一贯沿用他“老妪能解”的浅近风格，不如崔涂诗浓洌有味：

《效陶潜体诗十六首·其十二》白居易

吾闻浔阳郡，昔有陶徵君。爱酒不爱名，忧醒不忧贫。
尝为彭泽令，在官才八旬。愀然忽不乐，挂印著公门。
口吟归去来，头戴漉酒巾。人吏留不得，直入故山云。
归来五柳下，还以酒养真。人间荣与利，摆落如泥尘。
先生去已久，纸墨有遗文。篇篇劝我饮，此外无所云。
我从老大来，窃慕其为人。其他不可及，且效醉昏昏。

也是小韵文一般的一首叙事诗，倒是把陶渊明的事迹说得很清楚，但这些大多数文人早已知晓，不免老生常谈吧。

据我自己的感觉，虽然孟浩然、白居易身在盛唐和中唐，但就写陶渊明的诗相较，尚不及崔涂。

另外要说的是，从崔涂这首诗里，还可以窥见他特别擅长用数字作对仗，初唐时骆宾王号为“算博士”，其实崔涂也不遑多让，名句“蝴蝶梦中家万里，杜鹃枝上月三更”不必说了，这首诗里也有“田园三亩绿，轩冕一铢轻”，这样的妙句，其集中还有“分明三鸟下储胥，一觉钧天梦不如”“三声戍角边城暮，万里乡心塞草春”“一曲巴歌半江月，便应消得二毛生”等诗句，都是“数字化”对仗的典范。

只可惜，崔涂的生平故事，我们知道的太少了。但依我的想象，他一定是个清癯俊秀的男子，著一袭青衫，漂泊于风雨潇湘，巴山楚水，吹横笛一曲，凄怆万古。

有国有家皆是梦，为龙为虎亦成空

乱世争雄的生动写照

卷 697_1《上元县（浙西作）》韦庄

南朝三十六英雄，角逐兴亡尽此中。
有国有家皆是梦，为龙为虎亦成空。
残花旧宅悲江令[1]，落日青山吊谢公[2]。
止竟霸图何物在，石麟无主卧秋风。

---

① 江令：隋朝江总先后仕南朝梁、陈及隋三朝，仕陈时官至尚书令，世称“江令”。
② 谢公：指晋谢安。南朝宋刘义庆《世说新语·任诞》：“桓子野每闻清歌，辄唤‘奈何！’谢公闻之曰：‘子野可谓一往有深情。’”

韦庄生于唐末乱世之中，他到长安应试的时候，正好碰上“满城尽带黄金甲”——黄巢的大军杀进长安，一时间血雨腥风，昔日的繁华都城顿成人间地狱——“家家流血如泉涌，处处冤声声动地”。韦庄根据亲见亲闻的经历，写成《秦妇吟》这首长诗，诗的最后说：“避难徒为阙下人，怀安却羡江南鬼”，当时四海汹汹，只有江南尚且安定，所以韦庄就逃往江南避难。有韦庄《古离别》一诗为证：“晴烟漠漠柳毵毵，不那离情酒半酣。更把玉鞭云外指，断肠春色在江南。”

当时已是各地军阀割据一方，江南这个地方当时是节度使周宝的地盘，韦庄去了后，周宝对他倒是不错。“既在屋檐下，哪能不低头”，韦庄当然也要写点拍马屁的诗，比如这首《观浙西府相畋游》：

十里旌旗十万兵，等闲游猎出军城。
紫袍日照金鹅斗，红旆风吹画虎狞。
带箭彩禽云外落，避雕寒兔月中惊。
归来一路笙歌满，更有仙娥载酒迎。

这里的“浙西府相”就是周宝，“畋游”是打猎，韦庄的这首诗，论文采是相当不错的，但一味地肉麻吹捧，恐怕也是违心之作。耽于游猎之行，在古代是玩物丧志的体现，《道德经》曾言：“驰骋畋猎令人心发狂。”何况从诗中看“更有仙娥载酒迎”，看来周宝也是沉溺于声色犬马之人（史载其有“女妓百数”）。韦庄的心中其实是在暗暗地叹息的。

从这首诗中，我们才能看出韦庄内心深处的真实的感受：

“南朝三十六英雄，角逐兴亡自此中。”这里的“三十六英雄”，并非实指，而是借指南北朝时南朝各国的几十个帝王，想当年他们角逐称雄，国与国争，百姓与百姓斗，甚至骨肉相残。他们也曾称霸一方，一度不可一世，然而，“有国有家皆是梦，为龙为虎亦成空”。在波谲云诡而又残酷无比的政治斗争中，这些满以为可以化家为国的豪雄们，却很快就国破家灭，只留下一场金陵残梦。

“残花旧宅悲江令，落日青山吊谢公”，此处的江令是指江总，他先后经历梁、陈及隋三朝，曾官至尚书令，世称“江令”。而谢公，则是李白心中的偶像——东晋时的宰相谢安。这里说他们只留下残花旧宅，早非昔日模样，只有那落日青山依旧。和《三国演义》开卷词中的“青山依旧在，几度夕阳红”意思相同。

“止竟霸图何物在，石麒麟没卧秋风”，“止竟”，就是毕竟的意思，韦庄感叹，当年的王霸雄图今日安在？留下的只是那墓地间冷冰冰的石兽，在秋风里静静地伫立着。正所谓，“百年奇特几张纸，千古英雄一窖尘”。这些争来夺去的藩镇们，得到好下场的也没有多少。

韦庄此诗并非应景似的悼古伤今，无病呻吟，附庸风雅，而是有感而发。唐朝末年，很多独霸一方的节度使们个个野心勃勃的，有不臣之心，互相争来杀去，只苦了天下的百姓。然而，这些“有枪就是草头王”的军阀们，多数也在大鱼吃小鱼的争斗中丧命，像我们前面提过的周宝，虽然在韦庄刚去金陵时，风光一时，和土皇帝似的，但后来被高骈击败，他走投无路时想投靠钱镠，结果这些人个个如狼似虎，哪有搞慈善事业的，钱镠来了个趁火打劫，端了周宝的地盘和兵将后，将其杀死。

韦庄有《台城》一诗：“江雨霏霏江草齐，六朝如梦鸟空啼。无情最是台城柳，依旧烟笼十里堤”，此诗诗意含蓄，流传很广，而本篇的这首诗堪为其注脚，“有国有家皆是梦，为龙为虎亦成空”一联，尤为出色。

最后韦庄入蜀给王建当了掌书记，王建称前蜀皇帝时，曾任命他为宰相。虽然没有做多久，韦庄就去世了，但在那个乱世之中，人人都难以保全首领的环境下，也算不错了。

后记

这部书稿，是我在炎炎暑日里开始写的，有道是“人皆苦炎热，吾爱夏日长”，其实我也害怕炎热，之所以喜欢夏日，却是因为放暑假，我可以闲下来，比较安心地去做一些自己喜欢的事情。

去年，我一连出了好几本书，心中也暗自欢喜，不过距自己心中的期望，还是有一些差距的。于是，我也曾一度浮躁不安，也想着追逐一下热点，吸引一下大众的眼球，捕捉一些时髦的题材，好让自己也能像烟花一样绽放在空中，绚烂一番。

然而，当心境渐渐地重新沉下来时，我发现自己最钟爱的还是唐诗，还是唐代的美丽和繁华。美轮美奂的画楼朱阁早毁于兵火，旷世难逢的才子美人也埋入黄土，所幸的是，在我们今天，依然还能看到如许之多的唐诗。

人生中总是有种种的无奈，时光总是在指缝间悄悄地溜走，七彩迷离的幻想，最终变成暗蓝色的忧郁，醉生梦死中醒来的清晨，却是一片荒芜的空白，总有这样一个时刻，我们脆弱、焦躁、倦怠、失落。而每当这样的时候，我总是喜欢静静地捧起厚厚的《全唐诗》，这里沉淀着千年前的喜怒哀乐，读着读着，心境会慢慢地静如止水，朗如皎月。仿佛回到那个遥远的诗意年代，沉浸在芬芳甜美的前生回忆中。

从《全唐诗》中大海捞针一般地选诗，然后自己查证、注释、评析，这一切的工作，都没有前人的成果可以参照借用，可能还是一件吃力不讨好的事情，远不如借用别人现有的成果“remark”一下就出炉，高效得多。而且，从诸多前辈层层筛选过的唐诗中，想要再选出诸如“春眠不觉晓”“床前明月光”这样的佳作，难度也是非常大的，甚至是不可能的。

然而，对唐诗的爱恋让我还是要做下去，这毕竟算是为唐诗做了一点事情，我相信这是有价值的。世上的事情，有的像片刻就会消失的沙雕城堡，有的像经久不灭的石窟造像，我还是想做一点类似于后者的事情，虽然前者容易得多。

在此，转录郁达夫先生的《读唐诗偶成》一诗，以抒我此刻的心情：

生年十八九，亦作时世装。而今英气尽，谦抑让人强。
但觉幽居乐，千里来穷乡。读书适我性，野径自回翔。
日与山水亲，渐与世相忘。古人如可及，巢许共行藏。

何必“兰花为供，甘露为饮，橄榄为肴，蛤蜊为羹，百合为荠，鹦鹉为婢，白鹤为奴，桐柏为薪，薏苡为米”，但得香茗一盏，读太白之飘逸、子美之沉郁、摩诘之清雅、梦得之豪放、长吉之瑰丽、飞卿之绮艳、义山之迷离，亦平生之至乐。

石继航（江湖夜雨）